16	3	2	13
5	10	11	8
9	6	7	12
4	15	14	1

Publicado com o apoio do Instituto de Tradução da Rússia

Coleção LESTE

Varlam Chalámov

A MARGEM ESQUERDA

Contos de Kolimá 2

Tradução e notas
Cecília Rosas

Prefácio
Roberto Saviano

editora 34

EDITORA 34

Editora 34 Ltda.
Rua Hungria, 592 Jardim Europa CEP 01455-000
São Paulo - SP Brasil Tel/Fax (11) 3811-6777 www.editora34.com.br

Imagem da capa:
Campo de trabalhos forçados na União Soviética, anos 1930

Capa, projeto gráfico e editoração eletrônica:
Bracher & Malta Produção Gráfica

Revisão:
Cide Piquet, Lucas Simone, Francisco de Araújo

1ª Edição - 2016, 2ª Edição - 2019

CIP - Brasil. Catalogação-na-Fonte
(Sindicato Nacional dos Editores de Livros, RJ, Brasil)

Chalámov, Varlam, 1907-1982
C251m A margem esquerda (Contos de Kolimá 2) /
Varlam Chalámov; tradução e notas de Cecília Rosas;
prefácio de Roberto Saviano — São Paulo:
Editora 34, 2019 (2ª Edição).
304 p. (Coleção Leste)

Tradução de: Liévi biéreg

ISBN 978-85-7326-627-6

1. Literatura russa. 2. História da Rússia -
Século XX. I. Rosas, Cecília. II. Saviano, Roberto.
III. Título. IV. Série.

CDD - 891.73

A MARGEM ESQUERDA

Contos de Kolimá 2

LER CHALÁMOV

Roberto Saviano[1]

Ler Chalámov mudou a minha vida. Por si só, esta não é uma grande notícia. Não tem nenhuma importância; pelo contrário, é um detalhe privado sem nenhum valor para o leitor. Mas, de minha parte, pode ser o melhor convite para entrar em suas páginas. Eu não saberia dizer nada mais convincente e mais verdadeiro. É um autor que conheci quase por acaso, encontrando seus livros com certa dificuldade. Quem me aconselhou a ler os *Contos de Kolimá* foi Gustaw Herling, autor de *Um mundo à parte*[2] e sobrevivente dos *gulags*, que o destino levou a viver em Nápoles.

Um conselho que corria de boca em boca entre os dissidentes do Leste, entre aqueles que sabiam que o sonho de uma humanidade livre de injustiça e fadiga, libertada do salário e da opressão, havia se transformado num dos piores pesadelos que o homem jamais vira: os *gulags*.

Entrar nas páginas de Varlam Chalámov é uma experiência própria e verdadeiramente física para o leitor. Esse escritor desconhecido do grande público e venerado por seus

[1] Este texto foi extraído do prefácio — aqui publicado graças à gentil cessão de Roberto Saviano — ao livro *Víchera* (Milão, Adelphi, 2010), prelúdio aos *Contos de Kolimá*, no qual Varlam Chalámov narra o surgimento dos campos de trabalho soviéticos, sua primeira prisão e suas experiências no *gulag*. A tradução é de Cide Piquet.

[2] Gustaw Herling, *Un mondo a parte*, Milão, Feltrinelli, 2003, tradução de Gaspare Magi.

poucos leitores havia passado vinte anos nos *gulags*. Vinte longos anos na Sibéria. Vinte anos por crime de opinião. Eis a pena. E os anos que lhe restava viver após o *lager*, ele os passou contando aquela experiência, com a consciência de quem sabe que está fazendo algo de absolutamente necessário. E, para fazê-lo, perdeu tudo. Para escrever sobre o *gulag* perdeu até mesmo o contato com a primeira esposa, que, quando de seu retorno dos campos, foi recebê-lo na estação e lhe comunicou, ali mesmo na calçada, que não desejava uma reaproximação, e que, portanto, fizesse o favor de levar os seus trapos para outro lugar. Assim, Chalámov foi viver sozinho, em um quarto minúsculo, sob constante vigilância dos serviços de segurança soviéticos.

Sua grandeza não está só no testemunho, que, embora necessário, é algo diferente da literatura. As histórias de Chalámov deixam de ser *gulag*, Sibéria, totalitarismo, automutilação, morte. Tornam-se, como só na literatura podem se tornar, espaços e ações que põem o ser humano à prova e revelam a sua essência.

É uma leitura que exige a força de continuar, página após página, uma escalada rumo à espoliação da alma. Uma dimensão universal. Um mergulho ao fundo da dimensão humana. Ao cúmulo do sofrimento, para além do sedimento da corrupção. Chalámov desenha o indivíduo absoluto. O ser desnudo em face da existência. É uma literatura que deixa ver o que é o homem, sua capacidade de resistir. A quarenta graus abaixo de zero, cercado por seres cujo único objetivo é tomar o seu pão e que a cada manhã esperam encontrá-lo morto para pegar suas roupas. Ali, o homem ainda pode tentar ser homem. É sobre isto que Varlam Chalámov se indaga, e é também o que procura em si mesmo.

Não se deixem desencorajar pelos contos que vão ler, não partam prevenidos por saber que sentirão na carne sensações atrozes, não se assustem por saber que conhecerão horríveis torturas e tremendas injustiças. Os escritos de Chalámov são a confirmação do bem. Pode parecer paradoxal, mas é assim. Ele mesmo o dizia. "Os meus escritos são a confirmação do bem sobre o mal." Todo aquele sofrimento, todo o mal, todas as privações afinal demonstram o quanto a índole humana é capaz de salvar-se. Existe força e beleza no fundo de todo aquele horror.

Em Chalámov há sempre a consciência de jamais haver traído o próximo para melhorar sua própria situação. Era disso que ele mais se orgulhava.

Chalámov consegue demonstrar a bondade do simples gesto no inferno cotidiano do *gulag*. Como a frase de um personagem de Vassili Grossman: "Eu não acredito no bem. Acredito na bondade". O bem é uma consideração metafísica, distante, geral, póstuma. A bondade é um espaço do presente. Do olhar-se nos olhos. De um momento. A bondade é humana, o bem é histórico. E, quando se fala de projeto histórico, de justiça, de felicidade como algo que transcende o humano, Chalámov sente um calafrio de medo. Sabe que se fala de algo que fará o homem sofrer, algo que passará por cima do homem.

Chalámov consegue demonstrar, através da observação da natureza, que resistir é possível. Em cada simples acontecimento há uma gota de possibilidade: a possibilidade da vida. Esse discurso nas páginas de Chalámov não é retórico. Não é nem mesmo religioso. Não é um desejo de crer num contexto em que tudo é desesperador e desumano. Trata-se, para ele, de uma busca. Estando em silêncio, lutando para comer. O orgulho da existência. A capacidade de não se deixar corromper pela necessidade. É possível continuar a ser humano mesmo naquelas condições, isto é possível conseguir. Eis a grandeza de Chalámov.

Na Itália, durante muitos anos, ele não foi publicado. Aparecera pela primeira vez em 1976, em meio às polêmicas típicas e desoladoras daqueles anos. Depois desaparecera. Enquanto os *Contos de Kolimá* saíam na França e nos Estados Unidos, em 1980, entre nós se discutia sobre a oportunidade de dar-lhe voz ou não. Muitos intelectuais e editores ligados ao Partido Comunista o refutaram por considerá-lo reacionário, fantasioso, exagerado. Chalámov sabia da enorme desconfiança acerca de seu trabalho, tinha consciência dela. Frequentemente era acusado de ser anticomunista, derrotista, de estar a serviço das potências capitalistas. Para sua desgraça, era simplesmente um escritor. E isso bastava para ser odiado.

Chalámov narra um inferno que os leitores não conhecem tão bem quanto o de Auschwitz. E do qual nem sequer suspeitam. Em torno das atrocidades do comunismo soviético dos *gulags*, o silêncio calou por muito tempo. Sua existência no imaginário de quase todos é nula. Só o conhecem os especialistas, a parte culta da sociedade. Um silêncio enorme e culpável. "Tinha diante de mim uma descida aos infernos, como Orfeu, e a dúbia esperança de voltar à superfície." Essa descida, Chalámov a realizou duas vezes: ao vivê-la e ao contá-la, depois de sair do inferno. Ainda assim, lendo essas páginas, nunca se tem um sentimento de melancolia, de depressão. De desânimo. Incrivelmente, as páginas de Chalámov transpiram esperança na resistência. Não concedem nada ao desespero. O desespero lhe parece algo que atesta a vitória do poder. Não queria ceder a ele. A morte podia ser um desfecho esperado. Mas deixar-se levar, tornar-se aquilo que queriam, era para ele a pior derrota.

Nunca me aconteceu de fechar um de seus livros sem a sensação de ter compreendido como tentar viver, sem a clara sensação de ter recebido de presente das suas histórias um guia para proceder no cotidiano. Aqui, longe da Sibéria, longe dos *gulags*, anos e quilômetros longe de Stálin. E, no entanto, estas palavras falam daqui, de agora, e nos orientam para um viver mais consciente. Mais verdadeiro. Absoluto. Este livro torna-se também uma espécie de manual de sobrevivência. Não só no universo dos campos de trabalho. É um manual sobre a possibilidade de ser homem, apesar de tudo. "Não temia nada e ninguém. O medo é um sentimento vergonhoso e depravador, que humilha o homem. Não pedia a ninguém que confiasse em mim, nem eu mesmo confiava em ninguém. De resto, contava com a minha intuição e com a minha consciência."

Varlam Chalámov sente, quer sentir, precisa sentir que não está ali sozinho: "estava onde estava em nome daqueles que continuamente terminam no cárcere, na prisão, nos campos... Ser um revolucionário significa antes de tudo ser uma pessoa honesta. Em si mesma, uma coisa simples, e contudo tão difícil".

Revolução como honestidade. A coisa mais complexa que possa existir. Uma honestidade que não deve lealdade a nenhum código penal, mas sim à parte mais profunda de si mesmo.

Um dia Chalámov vem a saber da invenção de dois prisioneiros, Miller e Novikov: um vagão que se descarregava sozinho. Uma simples, pequena revolução que aliviaria em parte o tremendo jugo a que estavam submetidos os prisioneiros dos *gulags*. Chalámov consegue transmitir a notícia à revista especializada *Borbá Za Tékhniku* (Luta pela Técnica). Em 1937, o diretor da revista é fuzilado. Já para o redator-chefe que publicara a notícia, amigo de Chalámov, a coisa saiu um pouco melhor: "destroçaram-lhe a coluna à fúria de golpes, em Lefôrtovo, durante um interrogatório", ele diz. Mas depois acrescenta, com uma estranha força consolatória: "Mas continua vivo e escrevendo...". Esta consolação me parece a verdade derradeira por trás de sua vida. É isto. Continua vivo. Mas esse "vivo" não basta. É preciso acrescentar: "e escrevendo". A esperança, a única esperança, passa exclusivamente pela escrita. E pela resistência. Escrever é resistir. Nada mais serve a Chalámov. Como nada mais serve a muitos outros, para continuar contando a própria vida. Escrever se torna uma espécie de recompensa por suportar tudo, uma necessidade para dar-se força e continuar a viver. Viver para escrever, porque, se ninguém conta, não acontece. E se você não o fizer, ninguém jamais saberá que aconteceu.

A MARGEM ESQUERDA

Contos de Kolimá 2

Traduzido do original russo *Kolímskie rasskázi* em *Sobránie sotchiniéni v tchetiriokh tomakh*, de Varlam Chalámov, vol. 1, Moscou, Khudójestvennaia Literatura/Vagrius, 1998. Foi também utilizado, para consultas e pesquisas, o site http://shalamov.ru, dedicado ao autor.

O presente volume é o segundo da série de seis que constitui o ciclo completo dos *Contos de Kolimá*: *Contos de Kolimá* (vol. 1); *A margem esquerda* (vol. 2); *O artista da pá* (vol. 3); *Ensaios sobre o mundo do crime* (vol. 4); *A ressurreição do lariço* (vol. 5); *A luva, ou KR-2* (vol. 6).

O PROCURADOR DA JUDEIA

Em 5 de dezembro de 1947, o vapor *KIM*[1] entrou na baía de Nagáievo com uma carga humana. Era a última viagem da embarcação, o período de navegação terminara. Magadan recebeu os hóspedes com quarenta graus negativos. Aliás, os que eram trazidos no vapor não eram hóspedes, mas os verdadeiros donos daquela terra — os presos.

Toda a chefia da cidade, tanto militar quanto civil, estava no porto. Todos os caminhões que estavam na cidade foram receber o vapor *KIM* no porto de Nagáievo. Os soldados e o exército cercaram o dique, e a descarga começou.

Todos os veículos livres das minas num raio de quinhentos quilômetros da baía se dirigiram a Magadan descarregados, acatando o chamado do comunicador.

Os mortos eram jogados na margem e levados para o cemitério, onde, em seguida, eram despejados em valas comuns, sem que ninguém amarrasse placas de identificação a eles; deixava-se apenas uma ata sobre a necessidade de exumação no futuro.

Aqueles que estavam em graves condições, mas ainda vivos, eram levados aos hospitais para detentos em Magadan, Ola, Arman, Dutchka.

Os pacientes de gravidade mediana eram levados para o hospital central de presos — na margem esquerda do Ko-

[1] Acrônimo de *Kommunistítcheski Internatsional Molodioji* [Internacional Comunista da Juventude]. (N. da T.)

limá. O hospital acabara de ser transferido do quilômetro 23 para lá. Se o vapor *KIM* tivesse chegado um ano antes, não seria necessário percorrer os quinhentos quilômetros.

Kubántsev, chefe da ala cirúrgica, recém-saído do exército, do *front*, estava transtornado com o espetáculo daquelas pessoas, daquelas terríveis feridas que na vida nunca tinha visto, nem mesmo supunha que existissem. Todos os veículos que vinham de Magadan traziam os cadáveres daqueles que morriam durante o percurso. O cirurgião julgava que era mais fácil tratar dos que apresentavam estado menos grave, que estes eram mais transportáveis; quanto aos de estado mais grave, seriam deixados no local.

O cirurgião repetia palavras do general Ridgway,[2] que ele, em algum lugar, logo depois da guerra, por acaso lera: "A experiência do soldado no *front* não é capaz de prepará-lo para o espetáculo da morte nos campos".

Kubántsev estava perdendo o sangue-frio. Não sabia o que ordenar, nem por onde começar. Kolimá descarregara sobre o cirurgião do *front* uma carga grande demais. Mas era preciso fazer algo. Os auxiliares de enfermagem tiravam os doentes dos carros e levavam em padiolas para a ala cirúrgica. Nela, as macas se aglomeravam por todos os corredores. Guardamos cheiros na memória, como poemas, como o rosto das pessoas. O cheiro desse primeiro pus do campo ficou para sempre na memória olfativa de Kubántsev. Depois, por toda a vida se lembraria daquele cheiro. Pode parecer que o pus tem o mesmo cheiro em qualquer lugar, que a morte é a mesma em qualquer lugar. Mas não. Por toda a vida, Kubántsev parecia sentir o cheiro das feridas daqueles seus primeiros pacientes em Kolimá.

[2] Referência a Matthew Ridgway (1895-1993), general americano que lutou na Segunda Guerra Mundial e na Guerra da Coreia. (N. da T.)

Kubántsev fumava, fumava e sentia que estava perdendo o autocontrole, sem saber o que ordenar aos auxiliares de enfermagem, enfermeiros e médicos.

— Aleksei Aleksêievitch — Kubántsev escutou uma voz próxima. Era Braude, cirurgião originário dos presos, ex-chefe daquela mesma ala, destituído recentemente do posto por uma ordem da alta chefia, apenas porque, além de ser ex-detento, ainda tinha sobrenome alemão. — Permita-me comandar. Eu conheço tudo isso. Estou aqui há dez anos.

Kubántsev, perturbado, cedeu o lugar de comandante, e o trabalho pôs-se em marcha. Três cirurgiões começaram a operar simultaneamente — os enfermeiros lavaram as mãos, como assistentes. Outros enfermeiros aplicavam injeções e administravam remédios para o coração.

— Amputação, só amputação — murmurava Braude. Ele amava a cirurgia; em suas próprias palavras, sofria quando, em sua vida, se passava um dia sem uma só operação, sem uma só incisão. — Agora não tem tédio — se alegrava Braude. — E Kubántsev, esse pode ser um bom rapaz, mas ficou desnorteado. Cirurgião do *front*! Lá é tudo instrução, esquema, ordem, mas isso aqui é a vida real; aqui é Kolimá!

Mas Braude não era má pessoa. Tirado do posto sem nenhum motivo, não nutria ódio por seu sucessor, não fizera nenhuma sujeira com ele. Pelo contrário, Braude vira que Kubántsev estava perdido, percebera sua profunda gratidão. Bem ou mal, o homem tinha família, mulher, filho na escola. Tinha ração polar de oficial, salário alto, um bom dinheiro. E Braude, o que tinha? Uma pena de dez anos nas costas e um futuro bem duvidoso. Viera de Sarátov, tinha sido aluno do famoso Krauze,[3] era muito promissor. Mas o ano de 37 fizera em pedaços todo o destino de Braude. Por acaso ele iria se vingar de Kubántsev por toda a sua infelicidade?

[3] O médico Nikolai Krauze (1887-1942). (N. da T.)

E Braude comandava, cortava, xingava. Braude vivia, esquecendo de si, e mesmo que, nos minutos de reflexão, ele com frequência se repreendesse por esse desprezível esquecimento, era incapaz de mudar.

Hoje decidiu: "Vou sair do hospital. Vou embora para o continente".

... Em cinco de dezembro de 1947, o vapor *KIM* entrou na baía de Nagáievo com uma carga humana — três mil presos. Durante a viagem os presos fizeram um motim, e as autoridades, para enfrentá-los, decidiram inundar de água todos os porões. E tudo a um frio de quarenta graus negativos. O que é uma queimadura de gelo de terceiro, quarto grau, como dizia Braude — ou um congelamento, como Kubántsev preferia dizer —, foi revelado a este em seu primeiro dia de trabalho em Kolimá, trabalho esse que aumentaria seu tempo de permanência no serviço.

Era preciso esquecer tudo isso, e Kubántsev, homem disciplinado e resoluto, assim o fez. Obrigou-se a esquecer.

Dezessete anos depois, Kubántsev se lembrava do nome e do patronímico de cada enfermeiro originário dos presos, de cada enfermeira, lembrava qual preso "morava" com quem, tendo em mente os romances nos campos. Lembrou com detalhes a patente de cada chefe, dentre os mais canalhas. Só de uma coisa Kubántsev não se lembrou — do vapor *KIM* com três mil presos com queimaduras de frio.

Anatole France tem um conto, "O procurador da Judeia". Nele, Pôncio Pilatos não consegue se lembrar de Cristo depois de dezessete anos.

(1965)

OS LEPROSOS

Imediatamente depois da guerra, houve no hospital, bem diante dos meus olhos, mais um drama — ou melhor, o desenlace de um drama.

A guerra puxara do fundo da vida e trouxera à luz certas camadas, certas partes da existência que, em qualquer momento e em qualquer lugar, se esconderiam da clara luz do sol. Não se trata da bandidagem e nem dos círculos clandestinos. É algo completamente diferente.

Durante as ações militares, os leprosários tinham sido destruídos, e os leprosos se misturaram à população. Seria uma guerra oculta ou explícita? Química ou bacteriológica?

Os contaminados pela lepra facilmente se faziam passar por feridos e mutilados de guerra. Os leprosos se misturaram com os que fugiam para o leste e voltaram à vida normal — ainda que terrível —, onde eram tomados por vítimas da guerra, por heróis, talvez.

Os leprosos viviam e trabalhavam. Era preciso que a guerra terminasse para que os médicos se lembrassem deles, e os terríveis arquivos dos leprosários começassem a ser reabastecidos novamente.

Os leprosos viviam em meio às pessoas, compartilhando a retirada e a ofensiva, a alegria e a amargura da vitória. Os leprosos trabalhavam nas fábricas, na terra. Tornavam-se chefes e subordinados. Só não chegavam nunca a soldados — eram impedidos pelos cotos de dedo, parecidos com feridas de guerra, indistinguíveis. Passavam-se por mutilados de guerra, eram só alguns entre milhões.

Serguei Fedorenko era gerente de um armazém. Inválido de guerra, ele se virava habilmente com seus cotos rebeldes e cumpria bem sua função. Uma carreira e uma carteirinha do Partido esperavam por ele, mas, quando pôs a mão em algum dinheiro, Fedorenko deu para beber e farrear, foi preso, julgado e, em uma das viagens dos navios de Kolimá, chegou a Magadan como condenado a dez anos de prisão pelo código de crimes comuns.

Ali, Fedorenko trocou seu diagnóstico. Ainda que ali também não faltassem aleijados: automutilados, por exemplo.[4] Mas era mais vantajoso, estava mais na moda, chamava menos atenção dissolver-se no mar de queimados pelo frio.

Foi assim que o encontrei no hospital — queimaduras de frio, de terceiro e quarto graus, feridas incuráveis, coto de dedo no pé, cotos de dedo em ambas as mãos.

Fedorenko estava sendo tratado. O tratamento não dava resultados. É bem verdade que cada doente resistia ao tratamento como podia e como conseguia. Depois de muitos meses com úlceras tróficas, Fedorenko recebeu alta e, desejando continuar no hospital, tornou-se auxiliar de enfermagem, e depois acabou virando auxiliar-chefe na ala cirúrgica, que tinha uns trezentos lugares. Era o hospital central, com mil leitos apenas para presos. No anexo, em um dos andares, havia uma seção para trabalhadores contratados.

Acontece que ficou doente o doutor que acompanhava a ficha médica de Fedorenko, e, no lugar dele, começou a "registrar" o doutor Krassinski, velho médico militar, amante de Júlio Verne (por quê?), homem de quem a vida em Kolimá não roubara o desejo de tagarelar, conversar, discutir.

Depois de examinar Fedorenko, Krassinski ficou perplexo com algo que não sabia ao certo o que era. Essa inquieta-

[4] Os presos às vezes se mutilavam na esperança de serem internados no hospital e, assim, escapar do campo. (N. da T.)

ção vinha dos anos de estudante. Não, não era uma úlcera trófica, não era um coto causado por uma explosão ou por um machado. Era um tecido que estava se desfazendo lentamente. O coração de Krassinski começou a palpitar. Chamou Fedorenko mais uma vez e o arrastou em direção à janela, à luz, olhando avidamente para seu rosto, ele próprio sem acreditar. Era lepra! A face leonina. O rosto da pessoa fica parecido com o focinho de um leão. Krassinski folheou febrilmente os manuais. Pegou uma agulha grande e alfinetou algumas vezes uma das várias manchinhas brancas que havia na pele de Fedorenko. Nenhuma dor! Banhado em suor, Krassinski escreveu um relatório para a chefia. O paciente Fedorenko foi isolado em uma enfermaria separada, amostras da pele foram mandadas para biópsia no centro, em Magadan, e, de lá, para Moscou. A resposta chegou depois de umas duas semanas. Lepra! Krassinski andava por aí com cara de quem tirou a sorte grande. Houve uma troca de correspondências entre as autoridades acerca do envio de uma patrulha ao leprosário de Kolimá. O leprosário ficava numa ilha, e em ambas as margens havia metralhadoras apontadas para o vau. Uma patrulha, era necessária uma patrulha.

Fedorenko não negava que estivera em um leprosário e que os leprosos, deixados à própria sorte, tinham fugido para a liberdade. Uns, em busca da retirada; outros, ao encontro dos nazistas. Assim como acontece na vida. Fedorenko esperava calmamente seu envio, mas o hospital estava em polvorosa. Todo o hospital. Mesmo os que foram espancados nos interrogatórios, cujas almas foram transformadas em pó por milhares de interrogatórios, cujos corpos foram destroçados, esgotados pelo trabalho extenuante — com penas de 25 e mais 5, durante as quais era impossível viver, sobreviver, permanecer entre os vivos... Todos estremeciam, gritavam, amaldiçoavam Fedorenko, todos temiam a lepra.

É o mesmo fenômeno psíquico que faz com que um fugitivo adie sua fuga bem planejada só porque no campo, naquele dia, estão dando tabaco, ou tem "lojinha". Casos estranhos como esses, sem lógica, são tão numerosos quanto os campos de trabalho.

A vergonha humana, por exemplo. Onde estão seus limites e sua medida? Pessoas cuja vida fora arruinada, o futuro e o passado pisoteados, de repente eram tomadas por um preconceito insignificante, uma tolice qualquer, que as pessoas por algum motivo não conseguiam deixar para trás, por algum motivo não conseguiam repudiar. E essa inesperada manifestação de vergonha desperta os mais delicados sentimentos e é depois lembrada por toda a vida como algo autêntico, como algo infinitamente estimado. No hospital, houve um caso em que um enfermeiro — que ainda não era enfermeiro, estava só ajudando — foi encarregado de raspar a cabeça das mulheres de um comboio feminino. A chefia estava se divertindo mandando mulheres raspar homens, e homens raspar mulheres. Cada um se diverte como pode. Mas o cabelereiro masculino implorava a sua conhecida para que ela própria se encarregasse dessa cerimônia de tratamento sanitário e não queria de forma alguma pensar que sua vida estava mesmo arruinada; que todas essas diversões da direção do campo eram somente uma espuma suja naquele terrível caldeirão onde se cozinhava a vida até o fim.

Esse lado humano, engraçado e terno, revela-se nas pessoas de repente.

O hospital foi tomado por pânico. Pois Fedorenko estava trabalhando lá havia alguns meses. Infelizmente, no caso da lepra, o período de incubação da doença, até o aparecimento dos sintomas externos, dura alguns anos. Os hipocondríacos — livres ou presos — estavam condenados a guardar o medo em suas almas para sempre.

O pânico tomou o hospital. Os médicos procuravam febrilmente nos doentes e na equipe aquelas manchinhas brancas insensíveis. A agulha tornou-se, ao lado do fonendoscópio e do martelo, um artigo inseparável para o exame de triagem do médico.

O paciente Fedorenko foi levado e despido diante de enfermeiros e médicos. Um carcereiro, portando uma pistola, ficou a certa distância do doente. O doutor Krassinski, armado de um enorme bastão, foi discorrendo sobre a lepra, estendendo o bastão ora na direção da face leonina do ex-auxiliar de enfermagem, ora para seus dedos, que se desfaziam, ora para as brilhantes manchas brancas em suas costas.

Todos os habitantes do hospital, livres e presos, foram reexaminados, e de repente uma manchinha branca, uma manchinha branca insensível, apareceu nas costas de Chura Leschínskaia, enfermeira do *front* — àquela altura, plantonista na ala feminina. Leschínskaia estava no hospital havia pouco tempo, alguns meses. Nada de face leonina. Ela não se portava com mais vigor ou indulgência, nem falava mais alto ou era mais atrevida do que qualquer detenta enfermeira no hospital.

Leschínskaia foi trancada em uma das enfermarias da ala feminina, e um pedacinho de pele foi mandado a Magadan e a Moscou para análise. E chegou a resposta: lepra!

A desinfecção da lepra é uma tarefa complicada. Deve-se queimar o aposento no qual viveu o leproso. É o que mandam os manuais. Mas queimar, reduzir a cinzas uma das enfermarias de uma enorme casa de dois andares, uma casa gigantesca?! Ninguém teve coragem. É como quando fazem uma desinfecção de peles caras; as pessoas se arriscam, preferem deixar uma possibilidade de contágio, mas conservar a riqueza das peles — apenas fazem uma aspersão simbólica sobre os objetos valiosos, pois o "forno", a temperatura alta, acaba não só com os micróbios, mas também com a pele em si. A chefia teria se calado até em caso de peste ou cólera.

Alguém assumiu a responsabilidade por não queimar. A enfermaria na qual Fedorenko foi trancado, à espera de ser mandado para o leprosário, também não foi queimada. Apenas mergulharam tudo em fenol, ácido carbólico e borrifaram repetidas vezes.

No entanto, depois surgiu uma nova e importante inquietação. Tanto Fedorenko quanto Leschínskaia estavam ocupando uma grande enfermaria cada um, com vários leitos.

A resposta era a patrulha — e a patrulha para duas pessoas, a escolta para duas pessoas ainda não tinha chegado, não viera, por mais que a chefia os lembrasse nas mensagens telefônicas que enviava a Magadan todo dia, ou, melhor dizendo, toda noite.

Embaixo, no porão, foi separado um ambiente, e construíram duas pequenas celas para os presos leprosos. Para lá foram transferidos Fedorenko e Leschínskaia. Trancados com cadeados pesados, sob a vigília da escolta, os leprosos foram largados ali, à espera da ordem, da patrulha que os levaria para o leprosário, dos guardas que os escoltariam.

Fedorenko e Leschínskaia ficaram apenas um dia em suas celas, e, depois disso, na mudança de turno, os guardas as encontraram vazias.

Houve pânico no hospital. Tudo nas celas estava no lugar, janelas e portas.

Krassinski foi o primeiro a se dar conta. Eles tinham saído pelo chão.

Fedorenko, que era muito forte, tinha desmontado as tábuas, saído para o corredor, assaltado a cortadora de pão e a sala de operação da ala cirúrgica e, depois de tirar de um armariozinho todo o álcool, tudo o que era curtido em álcool e toda a "codeinazinha", levara o botim para uma cova subterrânea.

Os leprosos escolheram um lugar, cercaram um leito, jogaram sobre ele cobertores, colchões, usaram troncos para proteger-se do mundo, da escolta, do hospital, do leprosário, e viveram juntos, como marido e mulher, por alguns dias; três dias, parece.

No terceiro dia, tanto a equipe de busca quanto os cães farejadores da segurança encontraram os leprosos. Eu também fui com este grupo, um pouco encurvado, pelo alto porão do hospital. A fundação ali era muito alta. Desmontaram os troncos. No fundo, sem se levantar, estavam deitados, nus, os dois leprosos. As mãos escuras e deformadas de Fedorenko abraçavam o corpo branco e brilhante de Leschínskaia. Ambos estavam bêbados.

Foram cobertos com mantas e levados para uma das celas; não os separaram mais.

Mas quem foi que os cobriu com a manta, quem tocou aqueles corpos terríveis? Um auxiliar de enfermagem especial, que encontraram no hospital da equipe de serviço; deram-lhe (segundo a explicação da alta chefia) um acerto de sete dias para cada dia de trabalho. Mais, portanto, do que na mina de tungstênio, de estanho, de urânio. Sete dias por um. Nesse caso, o artigo não fazia diferença. Encontraram um soldado julgado por traição da pátria, tinha pego 25 e mais 5, e ele ingenuamente acreditara que seu heroísmo diminuiria a pena, que traria mais perto o dia do retorno à liberdade.

O preso Korolkov — tenente durante a guerra — fazia plantão ao lado da cela, 24 horas por dia. Até dormia junto às portas. Quando a escolta chegou da ilha, levaram o preso Korolkov junto com os leprosos, como funcionário. Nunca mais ouvi falar nem de Korolkov, nem de Fedorenko, nem de Leschínskaia.

(1963)

NA SALA DE TRIAGEM

— Comboio de Zolotísti!

— De que mina?

— A das "cadelas".[5]

— Vá chamar os soldados para a revista. Sozinho você não vai dar conta.

— Os soldados vão deixar escapar. Pessoal de primeira.

— Não vão, não. Eu vou ficar na porta.

— Ah, só se for assim.

O comboio, sujo e empoeirado, estava sendo descarregado. Era um comboio "significativo" — ombros largos demais, curativos demais, a porcentagem de pacientes para operação era demasiado alta para um comboio de mineração.

Entrou a médica plantonista, Klávdia Ivánovna, uma das contratadas livres.

— Vamos começar?

— Vamos esperar os soldados para a revista.

— Nova ordem?

— É. Nova ordem. A senhora já vai ver do que se trata, Klávdia Ivánovna.

[5] Os presos que foram libertados para lutar contra os nazistas na Segunda Guerra e retornaram a Kolimá eram chamados pejorativamente de "cadelas" por aqueles que haviam permanecido. Para estes, os "ladrões na lei", era considerado traição colaborar com o Estado. A rivalidade entre os dois grupos gerou a chamada "guerra das cadelas", e eles foram colocados em campos de trabalho separados. Ver o conto "A guerra das cadelas" no volume 4 dos *Contos de Kolimá*. (N. da T.)

— Venha para o centro: ei, você, de muleta. Documentos!

O supervisor entregou os documentos: um encaminhamento para o hospital. As pastas pessoais ele pegou para si e separou.

— Tire o curativo. Me dê as ataduras, Gricha. As nossas. Klávdia Ivánovna, examine essa fratura, por gentileza.

A cobrinha branca da atadura se esgueirou até o chão. O enfermeiro a empurrou para o lado com o pé. Amarrada à tala de viagem havia não uma faca, mas uma lança, um grande prego — a arma mais portátil da "guerra das cadelas". Ao cair no chão, a lança retiniu, e Klávdia Ivánovna ficou pálida.

Os soldados pegaram a lança.

— Tirem todos os curativos.

— E o gesso?

— Quebrem todo o gesso. Amanhã colocam um novo.

O enfermeiro, sem olhar, acompanhou o som habitual dos pedaços de ferro que iam caindo no chão de pedra. Embaixo de todo o gesso havia uma arma. Escondida e engessada.

— A senhora entende o que isso significa, Klávdia Ivánovna?

— Entendo.

— Eu também. Não vamos escrever um relatório para a chefia, mas vamos contar oralmente para o chefe do setor médico da mina, não é, Klávdia Ivánovna?

— Vinte facas; carcereiro, informe ao médico: em um comboio de quinze pessoas.

— Chama isso de faca? Estão mais para lanças.

— Agora, Klávdia Ivánovna, mandamos todos os saudáveis de volta. E vá terminar de ver o filme. Sabe, Klávdia Ivánovna, nesta mina o analfabeto do médico escreveu uma vez um diagnóstico de trauma de um paciente que tinha caído de um veículo e se quebrado todo: "prolapso do veículo", como se fosse prolapso retal. Mas a engessar armas ele aprendeu.

Um olho desesperançado e raivoso olhava para o enfermeiro.

— Certo, quem estiver doente vai ser internado — disse Klávdia Ivánovna. — Venham, um de cada vez.

Os pacientes de cirurgia, esperando para serem mandados de volta, soltavam palavrões sem a menor vergonha. As esperanças perdidas lhes tinham soltado a língua. Os bandidos xingavam a plantonista, o enfermeiro, a segurança, os auxiliares de enfermagem.

— Ainda vamos cortar seus olhos — disse um paciente com ares de importância.

— O que você pode fazer por mim, seu merda? Só se me esfaquear enquanto eu durmo. Em 37 vocês mataram a pauladas na galeria da mina os do artigo 58.[6] Já esqueceram dos velhos e dos Ivan Ivánovitch?[7]

Mas não era só nos bandidos "cirúrgicos" que precisavam ficar de olho. Bem mais penoso era desmascarar as tentativas de conseguir admissão na ala dos tuberculosos, quando o paciente trazia em um trapo uma "escarrada" contaminada. O paciente com sinais de tuberculose era preparado para o exame médico. O médico dizia: "Escarre no vidrinho" — e uma análise urgente era feita para verificar a presença do bacilo de Koch. Antes do exame médico, o paciente colocava na boca a "escarrada" contaminada pelo bacilo — e contraía tuberculose, claro. Em compensação, ia para o hos-

[6] Artigo do código penal soviético de 1922, relativo a crimes políticos por atividade contrarrevolucionária. (N. da T.)

[7] "Ivan Ivánovitch" é o equivalente russo de "zé-ninguém". (N. da T.)

pital, se salvava do pior de tudo: o trabalho na mina, na galeria de ouro. Pelo menos por uma hora, por um dia, por um mês.

Mais penoso era desmascarar aqueles que levavam sangue em uma garrafinha ou que cortavam o dedo para pingar gotas de sangue na própria urina e dar entrada no hospital com hematúria, para ficar lá pelo menos até o dia seguinte, pelo menos por uma semana. E depois — seja o que Deus quiser.

Esses não eram poucos. Eram os mais escolados. Não levariam uma "escarrada" de tuberculose na boca para serem internados. Essa gente tinha ouvido falar de albumina e do propósito das análises de urina. Dos benefícios que o paciente podia ter com isso. Tinham aprendido muito com os meses passados nos leitos hospitalares. Havia pacientes com contraturas — falsas —, a quem, sob a anestesia Rausch, endireitavam as articulações do joelho e do cotovelo. Umas duas vezes acontecera de a contusão e a junta serem verdadeiras, e o médico, especialmente forte e empenhado em desmascará-la, rasgar os tecidos vivos tentando endireitar o joelho. Um exagero, não tinha calculado a própria força.

A maioria tinha "*mastirkas*" — úlceras tróficas — que, feitas com uma agulha e bastante querosene, provocavam uma inflamação subcutânea. Esses pacientes podiam ser admitidos ou não. A vida não corria risco algum.

Especialmente numerosos eram os casos de "*mastirkas*" entre as mulheres do *sovkhoz*[8] Elguen; depois, quando foi aberta a mina feminina especial de Debná — com carrinho de mão, pá e picareta feitos para mulheres —, a quantidade de feridas de *mastirka* daquela mina aumentou bruscamen-

[8] Unidade agrícola gerida pelo Estado, voltada para a produção de alimentos em larga escala. (N. da T.)

te. Era a mesma mina onde as maqueiras mataram uma médica a machadadas, uma excelente médica de sobrenome Schitzel, mulher grisalha que viera da Crimeia. Antes, Schitzel trabalhara no hospital, mas seu formulário a levara para a mina e para a morte.

Klávdia Ivánovna foi terminar de ver a peça da brigada cultural do campo, e o enfermeiro foi dormir. Mas foi acordado depois de uma hora: "Comboio. Chegou um comboio feminino do Elguen".

Era um comboio em que aconteceriam muitas coisas. Trabalho para os carcereiros. O comboio não era grande, e Klávdia Ivánovna se ofereceu para assumir o trabalho inteiro sozinha. O enfermeiro agradeceu e voltou a dormir, mas logo foi despertado por um empurrão, por lágrimas, lágrimas amargas de Klávdia Ivánovna. O que foi que aconteceu ali?

— Não aguento mais morar aqui. Não aguento mais. Vou largar o plantão.

O enfermeiro jogou um pouco de água fria da torneira no rosto e, enxugando com a manga, entrou na sala de triagem.

Todos estavam gargalhando. Os pacientes, a segurança externa, os carcereiros. Isolada em um canapé, uma moça bonita, muito bonita, se contorcia. Não era sua primeira vez nesse hospital.

— Olá, Vália Grômova.

— Até que enfim encontro um ser humano.

— O que é esse barulho todo?

— Não querem me internar.

— E por que é que não a internam? A tuberculose está acabando com ela.

— Essa aí é sapatão — interveio grosseiramente o supervisor. — Tenho uma ordem expressa para ela. Proibido internar. Pode dormir sem mim. Ou sem um macho.

— É tudo mentira — gritou Vália Grômova sem vergonha alguma. — Olhem só como estão meus dedos. Os cinco...

O enfermeiro cuspiu no chão e saiu para outro cômodo. Klávdia Ivánovna estava tendo uma crise histérica.

(1965)

OS GEÓLOGOS

À noite acordaram Krist,[9] e o carcereiro de plantão o conduziu por infinitos corredores escuros até o gabinete do chefe do hospital. O tenente-coronel do serviço médico ainda não estava dormindo. Lvov, delegado do MVD,[10] estava sentado à mesa do chefe e desenhava em uma folhinha de papel uns passarinhos indiferentes.

— Enfermeiro da sala de triagem Krist às ordens, cidadão chefe.

O tenente-coronel fez um gesto com a mão e o carcereiro que viera com Krist desapareceu.

— Escute, Krist — disse o chefe —, vão trazer uns hóspedes para você.

— Está chegando um comboio — disse o delegado.

Krist esperava calado.

— Você vai lavá-los. Desinfecção e todo o resto.

— Sim, senhor.

— Ninguém deve ficar sabendo dessas pessoas. Nenhum contato.

[9] Segundo Irina Sirotínskaia, estudiosa da obra de Chalámov, Krist é uma das *personas* do autor, assim como Gólubev e Andrêiev. Ver o prefácio ao volume 1 dos *Contos de Kolimá* (São Paulo, Editora 34, 2015). (N. da T.)

[10] Sigla de *Ministiérstvo Vnútrennikh Diel* [Ministério do Interior]. (N. da T.)

— Confiamos em você — esclareceu o delegado e pigarreou.

— Não dou conta da câmara de desinfecção sozinho, cidadão chefe — disse Krist. — O controle da câmara fica longe do misturador de água quente e fria. O vapor e a água ficam separados.

— Isso quer dizer que...

— Preciso de mais um auxiliar de enfermagem, cidadão chefe.

Os chefes se entreolharam.

— Então vá chamar um auxiliar de enfermagem — disse o delegado.

— Mas você entendeu? Nenhuma palavra a ninguém.

— Entendi, cidadão chefe.

Krist e o delegado saíram. O diretor se levantou, apagou a luz de cima e começou a vestir o capote.

— De onde vem esse comboio? — perguntou Krist em voz baixa para o delegado ao atravessar a profunda antessala do gabinete; era uma moda de Moscou, que fora copiada em todos os lugares onde havia um gabinete de chefe, não importava se civil ou militar.

— De onde?

O delegado caiu na gargalhada.

— Ah, Krist, Krist, nunca imaginei que você pudesse me fazer uma pergunta dessas... — E enunciou friamente: — Vem de Moscou, de avião.

— Quer dizer que não conhecem o campo. Prisão, investigação e todo o resto. A primeira frestinha de ar livre, é o que acha todo mundo que não conhece o campo. Vem de Moscou, de avião...

Na madrugada seguinte aquele vestíbulo grande, espaçoso e retumbante se encheu de gente de fora — oficiais, oficiais e mais oficiais. Majores, tenentes-coronéis, coronéis.

Havia até um general — baixinho, jovem, de olhos negros. Não havia um soldado sequer na escolta.

O diretor do hospital, um velho magrelo e alto, se curvava com dificuldade, dando um informe ao pequeno general:

— Está tudo pronto para a recepção.

— Ótimo, ótimo.

— Banhos!

O chefe acenou para Krist, e as portas da sala de triagem se abriram.

A multidão de capotes de oficiais deu passagem. A luz dourada das estrelas e dragonas se ofuscou; toda a atenção dos que vieram para a triagem se voltou para um pequeno grupo de pessoas sujas vestindo uns trapos surrados — mas não, não eram os uniformes da prisão —, ainda eram as suas próprias roupas civis, da época da investigação, gastas graças às esteiras colocadas no chão das celas.

Doze homens e uma mulher.

— Anna Petrovna, por favor — disse um preso, deixando a mulher passar à frente.

— De jeito nenhum, podem ir se lavar. Enquanto isso vou me sentar um pouco, descansar.

A porta da sala de triagem se fechou.

Todos estavam postados ao meu redor e me olhavam nos olhos com avidez, tentando adivinhar algo antes de perguntar.

— O senhor está há muito tempo em Kolimá? — perguntou o mais valente, adivinhando em mim um Ivan Ivánovitch qualquer.

— Desde 37.

— Em 37 todos nós ainda éramos...

— Fique quieto — intrometeu-se outro, mais velho.

Entrou nosso carcereiro, secretário da organização do Partido no hospital, Khabibúlin, braço direito do chefe. Khabibúlin observava tanto os recém-chegados quanto a mim.

— E o cabelo?

— O barbeiro foi chamado — disse Khabibúlin. — É um persa dos *blatares*,[11] Iurka.

Um persa dos *blatares*. Iurka logo apareceu com seu instrumento. Ele tinha recebido a instrução no posto de vigia e apenas soltava uns mugidos.

A atenção dos recém-chegados se voltou para Krist novamente.

— E não vamos criar complicação para o senhor?

— Como é que vocês poderiam complicar minha situação, senhores engenheiros: é isso o que devem ser, não?

— Geólogos.

— Senhores geólogos.

— Mas onde estamos?

— Em Kolimá. A 500 quilômetros de Magadan.

— Então, adeus. É bom esse negócio de banhos.

Os geólogos vinham — todos! — de um trabalho de fora do país, no exterior. Tinham recebido sentenças de 15 a 25. E o seu destino fora decidido por uma comissão especial, na qual havia soldados de menos e oficiais e generais demais.

A "gestão" desses generais não estava subordinada a Kolimá e ao Dalstroi.[12] Kolimá dava só o ar da montanha pelas janelas com grades, bastante ração, banho três vezes por mês, cama, lençóis sem piolhos e um teto. Dos passeios e do cinema ainda nem tinham falado. Moscou escolhera para os geólogos sua *datcha* polar.

[11] De *blatar*: bandido ou criminoso profissional que segue o "código de conduta" da bandidagem. (N. da T.)

[12] Acrônimo de *Glávnoie Upravliénie Stroítelstva Dálnego Siévera* [Administração Central de Obras do Extremo Norte], empresa estatal submetida ao NKVD e responsável pela construção de estradas e pela exploração mineral na região de Kolimá. (N. da T.)

Esses geólogos propuseram à chefia fazer algum tipo de grande trabalho especializado — uma variante da caldeira equicorrente de Ramzin.

É possível extrair uma centelha do fogo criador usando uma madeira comum — sabia-se muito bem disso depois das "reeducações" e dos inúmeros Belomorkanais.[13] Uma escala variável de incentivos e punições alimentares, a conta dos dias de trabalho e a esperança — era assim que o trabalho escravo se transformava em trabalho abençoado.

Depois de um mês veio o pequeno general. Os geólogos desejaram ir ao cinema, o cinema era para presos e livres. O pequeno general combinou a questão com Moscou e autorizou os geólogos a irem ao cinema. A sacada era o camarote, onde antes se sentava a chefia, separada por tabiques e reforçada por grades de prisão. Na sessão de cinema colocaram os geólogos ao lado da chefia.

Não davam livros da biblioteca do campo para os geólogos. Apenas literatura técnica.

O secretário de organização do Partido, Khabibúlin, velho doente e integrante do Dalstroi, pela primeira vez em sua vida de carcereiro levou com as próprias mãos as trouxas de lençóis dos geólogos para a lavanderia. Isso deprimiu o carcereiro mais do que qualquer coisa no mundo.

Mais um mês se passou, o pequeno general veio, e os geólogos pediram cortinas na janela.

— Cortinas — dizia Khabibúlin, com tristeza —, eles precisam de cortinas.

[13] *Belomorkanal*: abreviação de *Belomórsko-Baltíiski Kanal* [Canal Mar Branco-Báltico]. Sua construção, iniciada em 1931-32, foi a primeira grande obra feita inteiramente a partir do trabalho forçado de prisioneiros e motivou a criação do *gulag*. O termo "reforja" era usado para se referir ao suposto processo de reabilitação dos presos a partir do trabalho. (N. da T.)

O pequeno general estava satisfeito. O trabalho dos geólogos estava avançando. Uma vez a cada dez dias, de noite, abriam a sala de triagem e os geólogos se lavavam nos banhos.

Krist conversava pouco com eles. E o que geólogos incriminados podiam lhe contar que ele, depois de toda uma vida passada no campo, não soubesse?

A atenção dos geólogos se voltou então para o barbeiro persa.

— Não fale muito com eles, Iurka — Krist disse certa vez.

— Só faltava um *fráier*[14] qualquer querer me ensinar — o persa praguejou uma torrente de palavrões.

Veio outro dia de banho; o persa apareceu claramente passado de bebida, e, talvez, "passado de *tchifir*"[15] ou "exalando codeínico". Só se via que estava muito desembaraçado; ele começou a se apressar para voltar para casa, saiu aos trancos do posto de guarda para a rua sem esperar o guia designado para levá-lo ao campo, e, da janela aberta, Krist ouviu o estampido seco de um tiro de revólver. O persa foi morto pelo carcereiro, o mesmo que acabara de barbear. O corpo arqueado jazia no terraço de entrada. O médico de plantão sentiu o pulso e escreveu a ata. Veio outro barbeiro, Achot — um terrorista armênio, do mesmo grupo guerrilheiro de socialistas-revolucionários que, em 1926, matara três ministros turcos de Talaat Paxá,[16] responsável pelo massacre

[14] Termo do jargão criminal. Indica o criminoso ocasional, que não faz parte da bandidagem; sinônimo de ingênuo, vítima dos bandidos mais experientes. (N. da T.)

[15] Bebida feita a partir do cozimento de uma infusão de chá, com potenciais efeitos alucinógenos. (N. da T.)

[16] Na verdade, os assassinatos dos ministros turcos ocorreram em 1921 (Said Paxá) e 1922 (Djemal Paxá e Enver Paxá). (N. da T.)

de 1915, no qual exterminaram um milhão de armênios... A seção de investigação conferiu o arquivo pessoal de Achot, e ele não pôde mais barbear os geólogos. Acharam alguém dos *blatares*, e o próprio método foi alterado: cada vez eles eram barbeados por um barbeiro diferente. Era o que consideravam mais seguro, assim não criavam vínculos. Era assim que rendiam as sentinelas na cadeia Butírskaia:[17] com um sistema móvel de postos.

Os geólogos não souberam de nada, nem a respeito do persa, nem de Achot. Seu trabalho ia de vento em popa, e o pequeno general, que viera de novo, permitiu que os geólogos fizessem um passeio de meia hora. Isso também foi uma verdadeira humilhação para o velho carcereiro Khabibúlin. Carcereiro em um campo de pessoas submissas, covardes, sem direitos — ele era o grande chefe. Mas aqui, o serviço de carceragem em sua forma pura não agradava a Khabibúlin.

Seus olhos foram ficando cada vez mais tristes, o nariz cada vez mais vermelho — Khabibúlin desandou de vez a beber. E um dia caiu da ponte de cabeça no Kolimá, mas foi salvo e não interrompeu seu importante serviço de carceragem. Arrastava docilmente trouxas de roupa de cama para a lavanderia, varria obedientemente o quarto deles, trocando as cortinas na janela.

— E então, como vai a vida? — perguntou Krist a Khabibúlin; afinal de contas, estavam trabalhando ali juntos havia mais de um ano.

— Vai mal — suspirou Khabibúlin.

Veio o pequeno general. O trabalho dos geólogos estava ótimo. Alegre e sorrindo, o general percorreu a prisão dos geólogos. Receberia uma recompensa pelo trabalho deles.

[17] Butírskaia (também referida pelo diminutivo Butirka) era a maior e uma das mais antigas cadeias de Moscou. Chalámov esteve preso nela em 1929 e 1937. (N. da T.)

Em posição de sentido na soleira, Khabibúlin acompanhava o general.

— Muito bem, muito bem. Estou vendo que não me passaram a perna — dizia o pequeno general alegremente. — E quanto a vocês — o general voltou os olhos para os carcereiros postados na soleira —, sejam mais gentis com eles. Senão eu acabo com vocês, seus cães!

E o general partiu.

Khabibúlin, cambaleando, foi até a sala de triagem, pediu a Krist uma dose dupla de valeriana, bebeu e escreveu um requerimento pedindo transferência imediata para qualquer outro trabalho. Mostrou o requerimento para Krist, em busca de compaixão. Krist tentou explicar ao carcereiro que, para o general, esses geólogos eram mais importantes do que uma centena de Khabibúlins, mas o carcereiro-chefe, ferido em seus sentimentos, não quis entender essa simples verdade.

Os geólogos desapareceram uma noite qualquer.

(1965)

OS URSOS

O gatinho desceu do catre e mal teve tempo de pular para trás — o geólogo Filátov jogou uma bota nele.

— Que raiva é essa? — falei, pondo de lado um volume ensebado de *O conde de Monte Cristo*.

— Não gosto nada de gatos. Isso aqui já é outra história. — Filátov puxou para si um cachorro e afagou-lhe o pescoço. — Pastor puro. Morda, Kazbek, morda — o geólogo lançou o cachorro contra o gatinho. Mas no nariz do cachorro havia dois arranhões recentes de garras felinas, e Kazbek soltou apenas um rosnado surdo, mas não se mexeu.

Não era vida para um gatinho estar entre nós. Cinco homens descontavam nele o tédio da inatividade — a cheia do rio estava atrasando nossa partida. Os carpinteiros Iujikov e Kotchubei há duas semanas jogavam 66 com o futuro salário. A sorte alternava. O cozinheiro abriu a porta e gritou:

— Ursos! — todos, a toda pressa, correram para a porta. Pois bem, éramos cinco, mas espingarda só tínhamos uma — a do geólogo. Não havia machados suficientes para todos, e o cozinheiro pegou uma faca de cozinha, afiada como uma navalha.

Os ursos iam andando pela montanha do outro lado do riacho — eram um macho e uma fêmea. Eles sacudiam, quebravam e arrancavam jovens lariços, com a raiz inteira, e os arremessavam no riacho. Estavam sós no mundo, naquele maio em meio à taiga, e as pessoas, a sotavento, podiam chegar muito perto deles — a uns duzentos passos. O urso era pardo com reflexos arruivados, duas vezes maior do que a ursa, velho — as grandes presas amarelas eram bem visíveis.

Filátov, que era o melhor atirador, sentou-se e colocou a espingarda no tronco de um lariço caído para, com o apoio, dar um tiro certeiro. Ele conduziu o cano, procurando uma passagem para a bala entre as folhas dos arbustos que começavam a amarelar.

— Atire — rosnou o cozinheiro com o rosto pálido de excitação —, atire!

Os ursos escutaram o sussurro. A reação foi instantânea, como a de um jogador de futebol durante a partida. A ursa correu a toda velocidade para cima, pela encosta da montanha — atrás da passagem. O velho urso não correu. Voltando o focinho para o lado do perigo e arreganhando as presas, ele andou lentamente pela montanha — para um matagal de arbustos rasteiros. Ele claramente assumia para si o perigo; ele, macho, arriscava a vida para salvar sua companheira, desviava a morte para longe dela, protegia sua fuga.

Filátov atirou. Como eu já disse, era um bom atirador: o urso caiu e rolou pela encosta no desfiladeiro — até chegar ao lariço que ele tinha quebrado, brincando, meia hora antes, sem conter o corpo pesado. A ursa há muito desaparecera.

Tudo era enorme — o céu, as rochas —, tão enorme que o urso parecia de brinquedo. Estava morto de vez. Amarramos suas patas, enfiamos uma vara e, cambaleando sob o peso do enorme corpanzil, descemos para o fundo do desfiladeiro, onde havia um gelo escorregadio, de dois metros de espessura, que ainda não tivera tempo de derreter. Arrastamos o urso para a porta da nossa pequena isbá.

O cachorrinho de dois meses, que em sua curta vida nunca tinha visto um urso, se escondeu debaixo de um catre, enlouquecido de medo. O gatinho se comportou de outra maneira. Jogou-se com fúria sobre o corpanzil do urso, do qual tirávamos a pele em cinco. O gatinho arrancava pedaços de carne morna, agarrava pedacinhos de sangue coagulado, dançava nos nodosos músculos vermelhos do animal...

Saiu uma pele de quatro metros quadrados.

— Deve dar uns 12 *pudes*[18] de carne — repetia o cozinheiro para cada um.

A caça era um tesouro, mas, como não dava para transportar e vender, foi dividida igualmente ali mesmo. As panelinhas e frigideiras do geólogo Filátov ferviam dia e noite, até ele ficar com dor de estômago. Iujikov e Kotchubei, depois de se convencerem de que, para as contas do jogo de cartas, a carne de urso não servia, salgaram cada um sua parte em buracos revestidos de pedra, e todo dia iam testar o estado de conservação. O cozinheiro escondeu a carne sabe-se lá onde — ele conhecia alguma forma secreta de salgar a carne, mas não revelou a ninguém. E eu alimentei o gatinho e o cachorro, e nós três demos cabo da carne do urso da melhor maneira de todas. As lembranças da caçada bem-sucedida foram suficientes para dois dias. Só começamos a brigar no terceiro dia, perto da noite.

(1956)

[18] Antiga medida russa equivalente a 16,38 kg. (N. da T.)

O COLAR DA PRINCESA GAGÁRINA

O tempo na casa de detenção provisória desliza pela memória sem deixar traços visíveis ou nítidos. Para todo investigado, a prisão, com seus encontros e sua gente — nada disso é o essencial. O essencial, aquilo em que se gastam todas as forças espirituais, morais e nervosas, é a luta com o agente de polícia. Lembramos melhor do que acontece nos gabinetes da seção de interrogatório do que da vida na prisão. Nenhum livro lido ali fica na memória — só as prisões "temporárias" foram universidades, da qual saíram astrólogos, romancistas e memorialistas. Dos livros lidos na casa de detenção, não conseguimos lembrar de nada. Para Krist, não foi o duelo com o agente de polícia que exerceu o papel principal. Ele entendia que já estava perdido e que a prisão era uma condenação, uma imolação. E estava tranquilo. Manteve a capacidade de observar, manteve a capacidade de agir, apesar do ritmo soporífero do regime da prisão. Mais de uma vez Krist se deparou com um nefasto hábito humano: o de contar o mais importante sobre si, de revelar-se por inteiro a um vizinho — fosse ele vizinho de cela, de leito no hospital, de cabine no vagão de trem. Esses segredos, guardados no fundo da alma humana, eram certas vezes estupendos, inacreditáveis.

O vizinho à direita de Krist, mecânico de uma fábrica de Volokolamsk, quando lhe perguntaram qual fora o acontecimento mais notável de sua vida, o que de melhor lhe acontecera, declarou, todo radiante pela memória revivida, que, em 1933, em vez de batatas, recebera vinte latas de verdura em conserva e que, quando as abriu em casa, todas as latas eram, na verdade, de carne em conserva. Depois de se trancar à chave para evitar os vizinhos,[19] o mecânico cortou cada lata ao meio com um machado e viu que todas elas tinham carne, nenhuma era de verdura. Na prisão não se ri desse tipo de lembrança. O vizinho à esquerda de Krist, Aleksei Gueórguievitch Andrêiev, secretário-geral da associação de presos políticos,[20] juntou suas sobrancelhas prateadas. Seus olhos negros começaram a brilhar.

— Sim, tive um dia assim na minha vida: 12 de março de 1917. O tsar me condenou à prisão perpétua, com trabalhos forçados. Quis o destino que eu passasse o aniversário de vinte anos desse acontecimento aqui na prisão, com vocês.

Do catre em frente desceu um homem rechonchudo e bem-apanhado.

— Permitam-me participar do jogo de vocês. Sou o doutor Miroliúbov, Valiéri Andrêievitch. — O doutor esboçou um sorriso fraco e tristonho.

— Sente-se — disse Krist, liberando um lugar. Era uma tarefa muito simples: bastava encolher um pouco as pernas. Era o único jeito de liberar algum espaço. Miroliúbov imediatamente subiu no catre. O médico calçava pantufas. Krist ergueu as sobrancelhas, admirado.

— Não, não vim de casa; mas em Taganka, onde fiquei por dois meses, as regras eram mais simples.

— Mas Taganka é uma prisão de crimes comuns?

— Sim, de crimes comuns, claro — confirmou distraidamente o doutor Miroliúbov. — Com a sua chegada a esta ce-

[19] Os apartamentos eram comunitários. (N. da T.)

[20] Associação que reuniu entre 1921 e 1935 ex-prisioneiros e exilados do regime tsarista e publicou a revista *Kátorga i Silka* [Prisão e Exílio]. (N. da T.)

la — disse ele, levantando os olhos para Krist —, nossa vida mudou. Os jogos ficaram mais sensatos. Não são como aquele terrível "besourinho" que todo mundo adorava.[21] Inclusive, esperavam a hora de ir ao banheiro para jogar "besourinho" à vontade por lá. Talvez você tenha experiência...

— Tenho — disse Krist, de forma triste e firme.

Miroliúbov encarou Krist com seus olhos salientes, bondosos e míopes.

— Os bandidos pegaram meus óculos. Em Taganka.

Voavam pela cabeça de Krist as habituais perguntas, conjecturas, suposições... Ele estava procurando um conselho. Não sabia por que fora preso. Aliás...

— E por que o senhor foi transferido de Taganka para cá?

— Não sei. Não tive nenhum interrogatório durante dois meses. E em Taganka... Tinham me convocado, mas como testemunha de um caso de roubo em um apartamento. Roubaram um sobretudo de um vizinho nosso. Então me interrogaram e apresentaram uma ordem de prisão... Um disparate. Nenhuma palavra — e já estou no terceiro mês. E transferiram-me para cá, para a cadeia de Butirka.

— Que remédio? — disse Krist. — Junte toda a paciência que tiver. Prepare-se para surpresas. Não é disparate nenhum. É uma confusão organizada, como dizia o crítico Iuda Grossman-Róschin! Lembra desse? Companheiro de armas de Makhnó?[22]

— Não, não lembro — disse o médico. A esperança na

[21] Jogo em que uma pessoa, de costas, tem que descobrir quem lhe deu um tapa. (N. da T.)

[22] Iuda Grossman-Róschin (1883-1934), ex-anarquista e intelectual bolchevista ligado à RAPP [Associação Russa dos Escritores Proletários]. Nestor Makhnó (1888-1934), líder revolucionário ucraniano que combateu o Exército Branco na Guerra Civil, mas depois recusou se submeter aos bolcheviques, sendo perseguido e exilado. (N. da T.)

onisciência de Krist se esvaneceu, e o brilho dos olhos de Miroliúbov desapareceu.

O pano de fundo de um inquérito tinha ilustrações muito, muito variadas. Disso, Krist sabia. Atraí-lo com um caso de roubo de apartamento — mesmo que na condição de testemunha — trazia à mente as famosas "amálgamas".[23] Em todo caso, as aventuras do doutor Miroliúbov em Taganka foram uma camuflagem do inquérito, que os poetas do NKVD,[24] sabe Deus por quê, acharam necessária.

— Vamos conversar sobre outra coisa, Valiéri Andrêievitch. Sobre o melhor dia de sua vida. Sobre o acontecimento mais brilhante de todos.

— Sim, eu ouvi a conversa de vocês, ouvi. Tive um acontecimento desses, que virou minha vida de cabeça para baixo. Só que tudo isso que aconteceu comigo não se parece nem com a história de Aleksandr Gueórguievitch — Miroliúbov se inclinou para a esquerda, na direção do secretário-geral da associação de presos políticos —, nem com a história desse camarada — Miroliúbov se inclinou para a direita, na direção do mecânico de Volokolamsk... — Em 1901 eu era aluno do primeiro ano de medicina na Universidade de Moscou. Era jovem. Tinha ideias elevadas. Um tolo. Pouco esperto.

— Um "otário", como dizem os da bandidagem — sugeriu Krist.

— Não, um "otário" não. Depois de Taganka eu entendo um pouco as gírias dos bandidos. E o senhor, de onde sabe?

— Sou autodidata — disse Krist.

[23] "Amálgama" era o nome dado à acusação simultânea por crimes comuns e crimes políticos. (N. da T.)

[24] Sigla do *Naródni Komissariat Vnútrennikh Diel* [Comissariado do Povo para Assuntos Internos], órgão associado ao serviço secreto e grande responsável pela repressão política. (N. da T.)

— Não, não um "otário", mas era um tipo de... "gaudeamus".[25] Deu para entender? Algo assim.

— Vá ao que interessa, ande logo, ao que interessa, Valiéri Andrêievitch — disse o mecânico de Volokolamsk.

— Já estou chegando. Aqui temos tão pouco tempo livre... Estava lendo os jornais. Um anúncio enorme. A princesa Gagárina perdera seu colar de brilhantes. Joia de família. Cinco mil rublos a quem encontrasse. Terminei às pressas de ler o jornal e joguei na lata de lixo. Fui caminhando e pensando: quem me dera encontrar esse colar. Metade eu mandaria para minha mãe. Com a outra metade, viajaria para o exterior. Compraria um bom sobretudo. Uma assinatura do Teatro Máli. Naquela época ainda não tinha o Teatro de Arte. Fui andando pelo bulevar Nikítski. Mas não pelo próprio bulevar, fui pelas tábuas da calçada de madeira — lá tinha um prego que sempre prendia quando a gente pisava. Estava desviando pela terra para contornar esse prego, e vi que na vala... Em suma, encontrei o colar. Me sentei um pouco no bulevar, sonhando. Pensei na minha alegria futura. Não fui para a universidade, mas voltei até a lata de lixo, peguei meu jornal, abri e li o endereço.

Toquei a campainha... Toquei. Veio o criado. "É a respeito do colar." Veio o príncipe em pessoa. A esposa veio correndo. Eu tinha vinte anos naquela época. Vinte anos. Era um grande teste. Uma prova de tudo aquilo com que tinha crescido, daquilo que tinha aprendido. Era preciso decidir imediatamente: eu era ou não um ser humano. "Já trago o dinheiro", disse o príncipe, "ou posso lhe dar um cheque? Sente-se." A princesa estava bem ali, a dois passos de mim. Eu não me sentei. Disse: "Sou estudante. Não trouxe o colar para receber uma recompensa". "Ah, veja só", disse o prín-

[25] Referência ao hino "Gaudeamus Igitur", que celebra a alegria da vida universitária. (N. da T.)

cipe. "Perdoe-nos. Sente-se à mesa, por favor, tome café da manhã conosco." E sua mulher, Irina Serguêievna, deu-me um beijo.

— Cinco mil — articulou o mecânico de Volokolamsk, maravilhado.

— Uma grande prova — disse o secretário-geral da associação de presos políticos. — Como quando joguei minha primeira bomba na Crimeia.

— Depois, comecei a frequentar a casa do príncipe praticamente todo dia. Apaixonei-me por sua mulher. Por três anos seguidos fui para o exterior com eles, já como médico. Tanto que nem me casei. Levei uma vida de solteiro por culpa daquele colar. Depois veio a revolução. A guerra civil. Na guerra civil conheci bem Putna, Vítovt Putna.[26] Fui seu médico particular. Era um bom sujeito, claro, mas não era o príncipe Gagárin. Nele faltava... alguma coisa. E também não tinha uma mulher como aquela.

— Só que você está simplesmente vinte anos mais velho, e ela era, já então, vinte anos mais velha que o jovem "gaudeamus".

— Pode ser...

— E onde está Putna agora?

— É adido militar na Inglaterra.

Aleksandr Gueórguievitch, o vizinho à esquerda, sorriu.

— Acho que você pode procurar o motivo de suas desgraças, como gostava de dizer Musset, justamente em Putna, em tudo isso. Hein?

— Mas como?

— Os agentes de polícia já sabem. Prepare-se para lutar por Putna, ouça o conselho desse velho aqui.

— Mas o senhor é mais jovem do que eu.

[26] Vítovt Putna (1893-1937), general russo, uma das primeiras vítimas dos expurgos de 1937 entre os militares. (N. da T.)

— Mais jovem ou não, tive menos "gaudeamus" e mais bombas — sorriu Andrêiev. — Não vamos brigar por isso.

— E qual é a sua opinião?

— Concordo com Aleksandr Gueórguievitch — disse Krist.

Miroliúbov corou, mas se conteve. Uma briga na prisão pega fogo de repente, como um incêndio em uma floresta seca. Tanto Krist quanto Andrêiev sabiam bem. Miroliúbov ainda descobriria.

Chegou o tal dia, o tal interrogatório, depois do qual Miroliúbov passou dois dias deitado com o rosto para baixo e não saiu para o passeio.

No terceiro dia, Valiéri Andrêievitch se levantou e se aproximou de Krist, esfregando com os dedos as pálpebras avermelhadas de seus insones olhos azuis. Aproximou-se e disse:

— O senhor tinha razão.

Quem tinha razão era Andrêiev, e não Krist, mas havia aí uma delicadeza no reconhecimento de seus erros, delicadeza que tanto Krist quanto Andrêiev sentiram bem.

— Putna?

— Putna. É tudo terrível demais, demais — e Valiéri Andrêievitch começou a chorar. Fora forte por dois dias, mas mesmo assim não aguentou. Nem Andrêiev nem Krist gostavam de homens chorões.

— Fique calmo.

À noite, Krist acordou com o sussurro ardente de Miroliúbov.

— Vou contar tudo para você. Vou morrer, com absoluta certeza. Não sei o que fazer. Sou o médico particular de Putna. E agora não estão me interrogando a respeito do roubo no apartamento, e sim (dá medo só de pensar) sobre a preparação de um atentado ao governo.

— Valiéri Andrêievitch — disse Krist, expulsando o sono e bocejando. — Não foi só você que foi acusado disso nesta cela. Lá fora está deitado Lionka, um analfabeto do distrito de Tumski, na região de Moscou. Lionka desparafusou porcas dos trilhos do trem para fazer de cambulho, como o vilão de Tchekhov.[27] Vocês é que são bons de literatura, com esse negócio de "gaudeamus". Lionka foi acusado de sabotagem e terrorismo. E sem nenhuma crise histérica. Ao lado de Lionka está deitado um barrigudo, Voronkov, cozinheiro-chefe do café Moscou, antigo café Púchkin, na Strastnaia; já foi? Era todo pintado em tons castanhos. Cooptaram Voronkov para o café Praga, na praça Arbat: Filíppov era o diretor por lá. E então, na ficha de Voronkov está escrito com a letra do agente de polícia — e todas as folhas assinadas por Voronkov! — que Filíppov tinha oferecido um apartamento de três quartos, viagens para qualificação no exterior. A profissão de cozinheiro está sumindo... "Filíppov, diretor do restaurante Praga, me ofereceu tudo isso caso eu concordasse com a transferência, e, quando eu recusei, propôs envenenar o governo. E eu concordei." Valiéri Andrêievitch, seu caso também saiu do departamento da "técnica no limite do fantástico".

— Por que está me tranquilizando? O que o senhor sabe? Estou com Putna praticamente desde a revolução. Desde a guerra civil. Eu era da casa. Estive junto com ele, tanto em Primórie quanto no sul. Só na Inglaterra não me deixaram entrar. Não me deram o visto.

— E Putna está na Inglaterra?

— Já falei: estava na Inglaterra. Estava na Inglaterra. Mas agora ele não está na Inglaterra, e sim aqui, conosco.

— Pois então.

[27] Referência ao conto "Zloumíchlennik", de 1885, termo jurídico russo que equivale a "crime doloso" (usado ironicamente por Tchekhov, já que a personagem da história é inocente). (N. da T.)

— Antes de ontem — sussurrou Miroliúbov —, aconteceram dois interrogatórios. No primeiro me propuseram escrever tudo o que sei sobre as atividades terroristas de Putna, e suas opiniões a respeito do assunto. Quem frequentava sua casa. Como eram as conversas. Eu escrevi tudo. Detalhadamente. Não escutei nenhuma conversa de terrorista, nenhum dos convidados... Depois teve um intervalo. Almoço. Deram-me almoço também. Dois pratos. Ervilha no segundo. Na Butirka só nos davam lentilha em vagem, mas ali era ervilha. E depois do almoço, quando me deixaram fumar (eu não fumo, mas na prisão criei o hábito), me sentei novamente para anotar. O agente de polícia disse: "Então o senhor, doutor Miroliúbov, protege e defende com toda essa devoção Putna, seu patrão e amigo de muitos anos. Isso faz do senhor uma pessoa honrada, doutor Miroliúbov. Putna não teve o mesmo comportamento que o senhor teve com ele...". "O que isso quer dizer?" "Quer dizer o seguinte: veja o que o próprio Putna escreveu. Leia." O agente de polícia me deu uma declaração de muitas páginas, escrita à mão pelo próprio Putna.

— Pois então...

— Sim. Senti meus cabelos ficando brancos. Naquela declaração, Putna tinha escrito: "Sim, no meu apartamento estava sendo preparado um atentado terrorista, se armava uma conspiração contra membros do governo, Stálin e Molotov. Em todas essas conversas, quem participava da forma mais próxima, mais ativa, era Kliment Iefrêmovitch Vorochílov". E a última frase, que ficou gravada na minha mente: "Tudo isso pode ser confirmado pelo meu médico particular, doutor Miroliúbov".

Krist deu um assobio. A morte passara perto demais de Miroliúbov.

— O que fazer? O que fazer? O que falar? A letra de Putna não tinha sido falsificada. Conheço aquela caligrafia bem demais. E as mãos nem tinham tremido, como as do príncipe Aleksei depois do cnute: o senhor lembra desses casos detetivescos da história, do protocolo de interrogação dos tempos de Pedro, o Grande.

— Invejo o senhor sinceramente — disse Krist —, o seu amor pela literatura supera tudo. Aliás, o amor pela história. Mas, se ainda chega a ter forças espirituais suficientes para a analogia e a comparação, tem também para explicar racionalmente seu caso. Uma coisa é clara: Putna foi preso.

— Sim, ele está aqui.

— Ou na Lubianka. Ou em Lefôrtovo. Mas não na Inglaterra. Mas, Valiéri Andrêievitch, diga com toda sinceridade: aconteceu algo, nem que fossem opiniões negativas — Krist torceu seus bigodes imaginários —, mesmo que de uma forma muito geral?

— Nunca.

— Ou: "nunca na minha presença". Você precisa aprender essas sutilezas do inquérito.

— Não, nunca. Putna é um camarada absolutamente ortodoxo. Um militar. Meio grosseiro.

— Agora mais uma pergunta. Psicologicamente, a mais importante. Apenas responda com sinceridade.

— Respondo do mesmo jeito em qualquer lugar.

— Certo, não fique bravo, Marquês de Poza.[28]

— Acho que o senhor está zombando de mim...

— Não, não estou zombando. Diga francamente, o que Putna achava de Vorochílov?

— Putna o odiava — suspirou ardentemente Miroliúbov.

— Pois bem, encontramos a explicação, Valiéri Andrêievitch. Aqui não é hipnose, não é obra do senhor Or-

[28] Personagem da tragédia *Don Carlos*, de Schiller, que morre vítima do despotismo. (N. da T.)

naldo,[29] não é injeção, não é medicamento. Não é nem ameaça, nem uma resistência na "cadeia de produção". É o cálculo frio de um condenado. A última batalha de Putna. O senhor é um peão nesse jogo, Valiéri Andrêievitch. Lembra de *Poltava*...[30] "Perder a vida — e com ela a honra. Leve os inimigos consigo ao cadafalso."

— "Leve os amigos consigo ao cadafalso" — corrigiu Miroliúbov.

— Não. "Amigos" é o que leem o senhor e pessoas como o senhor, Valiéri Andrêievitch, meu querido "gaudeamus". Aqui a conta é maior de inimigos do que de amigos. Carregar o maior número de inimigos. Os amigos, esses já vão levar de qualquer jeito.

— Mas o que é que eu, eu, posso fazer?

— Quer um bom conselho, Valiéri Andrêievitch?

— Bom ou mau, tanto faz. Não quero morrer.

— Não, só um bom conselho. Mostre apenas a verdade em seu depoimento. Se Putna quis mentir diante da morte, é problema dele. Sua salvação é essa: apenas a verdade, somente a verdade e nada mais do que a verdade.

— Sempre falei apenas a verdade.

— Mas mostrou a verdade? Aqui há muitas nuances. Uma mentira para se salvar, por exemplo. Ou: pelos interesses da sociedade e do Estado. Interesses de classe de um indivíduo e moral individual. Lógica formal e lógica informal.

— Apenas a verdade!

— Assim é melhor. Significa que tem experiência em mostrar a verdade. Atenha-se a isso.

— O senhor não me aconselhou muito — disse Miroliúbov decepcionado.

[29] Ornaldo era o nome artístico do mágico Nikolai Smirnov (1883-1958), conhecido por suas sessões de hipnose em massa. (N. da T.)

[30] Poema de Púchkin. (N. da T.)

— O caso não é simples — disse Krist. — Vamos ter fé de que "lá" saberão muito bem o que pede a situação. Se a sua morte for necessária, o senhor vai morrer. Se não for, o senhor se salvará.

— Conselhos tristes.

— Não tenho outros.

Krist encontrou Miroliúbov no vapor *Kulu*, na quinta viagem do período de navegação de 1937. Trajeto Vladivostok-Magadan.

O médico particular do príncipe Gagárin e de Vítovt Putna cumprimentou Krist com frieza, pois Krist fora testemunha da fraqueza espiritual em uma hora perigosa de sua vida e — era o que sentia Miroliúbov — não ajudara Valiéri Andrêievitch em nada naquele momento difícil, mortal.

Krist e Miroliúbov apertaram as mãos.

— Que bom vê-lo vivo — disse Krist. — Quanto?

— Cinco anos. O senhor continua me escarnecendo. Pois eu não sou culpado de nada. E me deram cinco anos no campo de trabalhos. Kolimá.

— Sua situação era muito perigosa. Mortalmente perigosa. A sorte não o traiu — disse Krist.

— Vá para o inferno com essa sorte.

E Krist pensou: Miroliúbov tem razão. É uma sorte russa demais: alegrar-se porque deram cinco anos a um inocente. Ora, podiam ter dado dez, até a pena capital.

Krist e Miroliúbov não se encontraram em Kolimá. Kolimá é enorme. Mas, pelas histórias e pelas perguntas, Krist ficou sabendo que a sorte do doutor Miroliúbov foi suficiente para todos os cinco anos de sua pena nos campos. Miroliúbov foi libertado na guerra, trabalhou como médico em uma lavra, envelheceu e morreu em 1965.

(1965)

IVAN FIÓDOROVITCH

Ivan Fiódorovitch se encontrou com Wallace[31] em roupas civis. As torres de guarda no campo mais próximo tinham sido retiradas, e os prisioneiros tinham recebido um abençoado dia de folga. Nas prateleiras da loja do povoado foram colocadas todas as "reservas", e o comércio acontecia como se não houvesse guerra.

Wallace participou do mutirão de domingo na colheita da batata. Na horta, deram-lhe uma pá curvada americana, há pouco recebida pelo *lend-lease*,[32] e isso o agradou. O próprio Ivan Fiódorovitch foi munido de uma pá igual, só que com o cabo russo, mais longo. Wallace perguntou algo, mostrando a pá, um homem de roupas civis postado ao lado de Ivan Fiódorovitch disse algo, depois Ivan Fiódorovitch disse algo, e o tradutor amavelmente traduziu suas palavras para Wallace. Que na América — país tecnicamente avançado — haviam pensado até na forma da pá —, e tocou de leve a pá que Wallace tinha em mãos. A pá era boa em tudo, só o cabo não servia para os russos — era curto demais, meio mal-ajambrado. O tradutor teve dificuldade em traduzir a pala-

[31] Henry A. Wallace (1888-1965), vice-presidente norte-americano que visitou a região de Kolimá em maio de 1944. (N. da T.)

[32] Programa dos Estados Unidos de ajuda aos países aliados na Segunda Guerra Mundial, com o fornecimento de máquinas, equipamentos, roupas e alimentos. (N. da T.)

vra "mal-ajambrado". Mas, para os russos, que tinham colocado uma ferradura numa pulga[33] (até Wallace tinha lido algo sobre isso ao se preparar para a viagem à Rússia), fizeram uma melhoria no instrumento americano: transplantaram a pá para um outro cabo, mais longo. O comprimento mais confortável do cabo com a pá ia da terra até a altura dos olhos de quem trabalhava. O homem à paisana que estava ao lado de Ivan Fiódorovitch mostrou como se fazia. Estava na hora de dar início ao *udárnik*[34] — à colheita da batata, que até crescia bem no Extremo Norte.

Wallace se interessava por tudo. Como o repolho e a batata crescem aqui? Como a plantam? Brotando? Como o repolho? Que coisa surpreendente. Qual é a colheita por hectare?

Wallace às vezes olhava para seus vizinhos. Em volta dos chefes, cavavam alguns jovens — corados, satisfeitos. Cavavam com alegria e vivacidade. Wallace, arranjando um minuto, prestou atenção nas mãos, brancas, com dedos que não conheciam pás, e sorriu ao entender que era a guarda, disfarçada. Wallace viu tudo, as torres retiradas, as torres não retiradas, as pencas de barracões rodeados de arame. Daquele país, ele sabia tanto quanto Ivan Fiódorovitch.

Cavavam com alegria. Ivan Fiódorovitch logo cansou — era um homem balofo, pesadão, mas não queria ficar para trás em relação ao vice-presidente dos Estados Unidos. Wallace era leve como um menino, ágil, embora fosse mais velho que Ivan Fiódorovitch.

— Estou acostumado com esse tipo de trabalho na minha fazenda — dizia Wallace com alegria.

[33] Anedota registrada no conto "O canhoto vesgo de Tula e a pulga de aço" (1881), de Nikolai Leskov. (N. da T.)

[34] Na URSS, operário exemplar, que alcançava os melhores resultados no trabalho. (N. da T.)

Ivan Fiódorovitch sorria, e parava para descansar cada vez mais.

"Assim que eu voltar para o campo", pensou Ivan Fiódorovitch, "vou sem falta tomar uma injeção de glicose." Ivan Fiódorovitch adorava glicose. A glicose sustentava o coração muito bem. Ia ter que se arriscar — Ivan Fiódorovitch não trouxera seu médico particular nessa viagem.

O *udárnik* terminou, e Ivan Fiódorovitch mandou chamar o chefe do setor médico. Ele apareceu pálido, esperando pelo pior. Seriam denúncias daquela maldita pescaria, em que os pacientes pescavam para o chefe do setor médico? Mas isso era uma tradição consagrada pelos tempos.

Ivan Fiódorovitch, vendo o médico, tentou sorrir da forma mais benevolente possível.

— Preciso de uma injeção de glicose. Tenho ampolas. Minhas.

— O senhor? Glicose?

— E por que isso o surpreende tanto? — disse Nikichov, olhando para o chefe do setor médico, que se alegrara. — Aqui, me dê uma injeção!

— Eu? No senhor?

— Você. Em mim.

— De glicose?

— De glicose.

— Vou mandar Piotr Petróvitch, nosso cirurgião. Ele faz isso melhor do que eu.

— Como assim? Você por acaso não consegue? — perguntou Ivan Fiódorovitch.

— Consigo, camarada chefe. Mas Piotr Petróvitch consegue ainda melhor. Vou dar a minha seringa pessoal.

— Tenho minha própria seringa.

Mandaram chamar o cirurgião.

— Sim, senhor, camarada chefe. Cirurgião do hospital Krasnitski.

— Você é cirurgião?

— Sim, camarada chefe.

— Ex-*zek*?[35]

— Sim, camarada chefe.

— Pode me dar uma injeção?

— Não, camarada chefe. Não sei.

— Não sabe dar uma injeção?

— Cidadão chefe — intrometeu-se o chefe do setor médico —, vamos chamar o enfermeiro para o senhor agora mesmo. É um *zek*. Com ele você nem sente. Dê aqui sua seringa. Vou fervê-la na sua presença. Eu e Piotr Petróvitch cuidaremos para que não aconteça nenhuma sabotagem dessas, terrorismo. Vamos segurar o torniquete. Vamos arregaçar a sua manga.

Chegou o enfermeiro *zek*, lavou as mãos, esfregou com álcool, aplicou a injeção.

— Posso ir, cidadão chefe?

— Vá — disse Ivan Fiódorovitch. — Dê a ele o maço de cigarros que está na pasta.

— Não é o caso, cidadão chefe.

Foi assim que a glicose terminou sendo uma complicação na viagem. Ivan Fiódorovitch por muito tempo achou que estava com febre, a cabeça girando, que tinha sido envenenado por aquele enfermeiro *zek*, mas no fim das contas ele se acalmou.

No dia seguinte, mandou Wallace a Irkutsk, fez o sinal da cruz de pura felicidade e mandou colocar de volta a torre de guarda, e tirar as mercadorias da loja.

Há pouco tempo, Ivan Fiódorovitch se sentia um amigo especial da América — claro que dentro das fronteiras diplo-

[35] Sigla para *zakliutchónni*, "preso" em russo. Foi usada nos documentos oficiais dos anos 1920 aos 1950. (N. da T.)

máticas da amizade. Apenas alguns meses antes, na fábrica experimental a 47 quilômetros de Magadan, tinha sido organizada a produção de lâmpadas elétricas. Somente um habitante de Kolimá era capaz de avaliar a importância que isso tinha. Antes disso, o sumiço de lâmpadas levava à condenação; nas minas, a perda de uma delas implicava em mil horas de trabalho perdidas. Não havia como juntar lâmpadas importadas o suficiente. E aí, de repente, uma alegria dessas. Faríamos nossas próprias lâmpadas! Nos libertamos da "dependência estrangeira"!

Moscou reconheceu o feito de Ivan Fiódorovitch — ele foi recompensado com uma condecoração. Condecorações um pouco menores foram a recompensa do diretor da fábrica, do chefe da oficina onde se produziam essas lâmpadas, dos trabalhadores dos laboratórios. De todos, menos da pessoa que inventou o produto. Era um físico nuclear de Khárkov, o engenheiro Gueorgui Gueórguievitch Demídov — *líternik*[36] com pena de cinco anos — talvez fosse um AAS,[37] ou algo do gênero. Demídov achava que ao menos o libertariam antes do prazo, e até o diretor da fábrica insinuava isso, mas Ivan Fiódorovitch considerou que uma solicitação dessas seria um erro político. Um fascista, e de repente libertado antes do prazo?! O que Moscou iria dizer? Não, que já fique feliz de não trabalhar no "geral", de estar no calor — isso é melhor que qualquer libertação antes da hora. E claro que uma condecoração, ele, Demídov, não podia receber. Condecorações eram concedidas aos leais servidores do governo, não a fascistas.

[36] *Líternik* (ou *litiorka*): preso cuja condenação era baseada numa letra ou sigla dentro de um artigo do código penal soviético; geralmente relacionava-se com "atividades contrarrevolucionárias". (N. da T.)

[37] Acrônimo de *Antissoviétskaia Aguitátsia* [Agitação Antissoviética]. (N. da T.)

— Conseguir um prêmio de uns 25 rublos, isso é possível. Um pouquinho de *makhorka*[38] aí, açúcar.

— Demídov não fuma — disse o diretor da fábrica, respeitosamente.

— Não fuma, não fuma... Ele troca por pão ou por alguma outra coisa... se não precisar de *makhorka*, precisa de uma roupa nova — não a roupa do campo de trabalho, mas sabe o quê? Os conjuntos americanos em caixas que nós começamos a dar como prêmio. Eu até esqueci. Um terno, camisa, gravata. Aquela caixa branca. Pois é, deem isso de prêmio.

Na reunião solene, em presença do próprio Ivan Fiódorovitch, cada herói recebeu uma caixa com um presente americano. Todos se curvaram e agradeceram. Mas, quando chegou a vez de Demídov, ele foi até mesa da presidência, colocou a caixa sobre a mesa e disse:

— Não vou vestir trapos velhos de americanos — deu a volta e saiu.

Ivan Fiódorovitch avaliou isso do ponto de vista político, antes de tudo, como o ataque de um fascista contra o bloco soviético-americano de países amantes da liberdade, e ligou naquela mesma noite para a seção regional. Julgaram Demídov, deram um "peso extra" de oito anos, tiraram do trabalho, mandaram para as minas punitivas, para o trabalho "geral".

Agora, depois da visita de Wallace, Ivan Fiódorovitch ficou visivelmente satisfeito ao lembrar do caso de Demídov. A perspicácia política sempre fora uma qualidade de Ivan Fiódorovitch.

Ivan Fiódorovitch demonstrava um cuidado especial por seu coração depois do recente casamento com uma *komso-*

[38] Tabaco muito forte e de baixa qualidade. (N. da T.)

molka[39] de 20 anos, Ridássova. Ivan Fiódorovitch fizera dela sua esposa e chefe de uma grande seção do campo de prisioneiros — senhora da vida e da morte de muitos milhares de pessoas. A romântica *komsomolka* rapidamente se transformou em uma fera. Ela mandava para o exílio, distribuía acusações, condenações, "acréscimos da pena" e se colocava no centro de todo tipo de intriga infame, como são sempre as do campo.

O teatro causava muita preocupação a madame Ridássova.

— Veio uma denúncia de Kózin, de que o diretor Varpakhóvski estava elaborando o planejamento da parada de primeiro de maio em Magadan: queria dar às colunas festivas a forma de uma procissão, com estandartes e ícones. O que, claro, é um trabalho contrarrevolucionário encoberto.

Na reunião, madame Ridássova não tinha achado que esses planos fossem algo criminoso. Uma parada e só uma parada. Nada especial. E, de repente, estandartes! Era preciso fazer algo; ela se aconselhou com o marido. O marido, Ivan Fiódorovitch — homem experiente —, imediatamente tratou a comunicação de Kózin com o mais alto grau de seriedade.

— Ele deve estar certo — disse Ivan Fiódorovitch. — Ele está escrevendo não só a respeito dos estandartes. Descobriram que Varpakhóvski se juntou a uma judia, uma das atrizes, e dá a ela os papéis principais: ela é cantora. Quem é mesmo esse Varpakhóvski?

— É um fascista, foi trazido da zona especial. É diretor, encenava com Meyerhold,[40] agora me lembrei, veja o que te-

[39] Integrante feminina do Komsomol, a Juventude Comunista da URSS. (N. da T.)

[40] Vsiévolod Meyerhold (1874-1940), famoso diretor teatral russo. (N. da T.)

nho anotado. — Ridássova remexeu em seu fichário. Foi Ivan Fiódorovitch que a ensinara a fazer esse "fichário". — Uma tal de *Dama das camélias*. E no teatro de sátira, *História da cidade de Glupov*. Está desde 1937 em Kolimá. Está vendo só? E Kózin é uma pessoa confiável. É pederasta, mas não fascista.

— E o que Varpakhóvski encenou no teatro?

— *O rapto de Elena*. Nós assistimos. Lembra? Você até riu. Ainda assinaram a favor da libertação antecipada do artista.

— Sim, sim, estou tentando lembrar. Esse *O rapto de Elena* não era de um autor nosso.

— De algum autor francês. Eu tenho anotado por aqui.

— Não precisa, não precisa, está claro. Mande Varpakhóvski com a brigada de viagem, e a mulher — qual era o sobrenome dela?

— Získind.

— A judia deixe em casa. O amor deles é curto, não é como o nosso — brincou Ivan Fiódorovitch com benevolência.

Ivan Fiódorovitch estava preparando uma grande surpresa para sua jovem esposa. Ridássova era apaixonada por bugigangas, por tudo o que era lembrancinha rara. Já fazia dois anos que perto de Magadan trabalhava um preso — um famoso escultor em osso — que estava entalhando, a partir de uma presa de mamute, um intrincado porta-joias para a jovem esposa de Ivan Fiódorovitch. No começo contavam esse escultor como um dos pacientes, mas depois o colocaram como funcionário de alguma oficina, para que pudesse receber pagamento. E ele recebia os pagamentos — cada dia contava como três — como alguém que ultrapassa o plano de trabalho das minas de urânio de Kolimá, onde, pela insalubridade, o pagamento era maior do que os do "ouro", mais alto do que os do "primeiro metal".

A construção do porta-joias estava chegando ao fim. No dia seguinte terminaria aquela dor de cabeça com Wallace, e seria possível voltar a Magadan.

Ridássova deu uma ordem acerca da nomeação de Varpakhóvski para a brigada de viagem, transmitiu a denúncia do cantor para a seção regional do MVD e pôs-se a pensar. Assunto não faltava — Ivan Fiódorovitch envelhecera, começara a beber. Tinham vindo vários chefes novos, jovens. Ivan Fiódorovitch os odiava e temia. Como substituto viera Lutsenko, que, ao percorrer Kolimá, em todos os hospitais tomou nota de quem fora internado por trauma em decorrência de espancamento. Descobriram que não eram poucos. É claro que os informantes de Ivan Fiódorovitch lhe tinham comunicado das notas de Lutsenko.

Lutsenko escreveu um relatório para a direção.

— Se o chefe de um departamento xinga, fala palavrão, o que deve fazer o chefe da lavra? O mestre de obras? O capataz? O que será que acontece nas galerias de mina? Vou ler para os senhores os números de fraturas e de espancamentos, números claramentes subestimados, que recebemos dos hospitais durante as investigações.

Diante do relatório de Lutsenko, Ivan Fiódorovitch apresentou um longo discurso.

— Chegaram muitos novatos — falou Ivan Fiódorovitch —, mas todos foram gradualmente se convencendo de que as condições aqui são especiais; aqui é Kolimá, e é preciso saber isso — Ivan Fiódorovitch esperava que os camaradas jovens entendessem isso e que trabalhassem em conjunto conosco.

A última frase do discurso de encerramento de Lutsenko foi:

— Viemos aqui para trabalhar, e vamos trabalhar; mas não vamos trabalhar como diz Ivan Fiódorovitch, e sim como diz o Partido.

Todos, toda a direção, toda Kolimá entendeu que os dias de Ivan Fiódorovitch estavam contados. Ridássova também achava isso. Mas o velho conhecia a vida melhor que um Lutsenko qualquer, e de comissário, ele, Ivan Fiódorovitch, não precisava. Ivan Fiódorovitch escreveu uma carta. E Lutsenko, seu vice, chefe da seção política do Dalstroi, herói da Segunda Guerra Mundial, desapareceu, "tomou chá de sumiço". Foi transferido com urgência para algum outro lugar. Ivan Fiódorovitch embebedou-se em homenagem à vitória e, bêbado, criou confusão no teatro de Magadan.

— Mandem embora esse cantor, não quero escutar esse desgraçado — esbravejava Ivan Fiódorovitch no camarote particular.

O cantor também desapareceu de Magadan para sempre.

Mas essa foi a última vitória. Lutsenko estava escrevendo algo para alguém — disso Ivan Fiódorovitch sabia, mas não teve forças para antever o golpe.

"Está na hora de me aposentar", pensava Ivan Fiódorovitch, "se eu já tivesse o porta-joias..."

— Vão te dar uma boa aposentadoria — a mulher tranquilizava-o. — E aí nós vamos embora. Vamos esquecer de tudo. Todos os Lutsenkos, todos os Varpakhóvskis. Vamos comprar uma casinha com jardim nos arredores de Moscou. Você vai ser presidente do Ossoaviakhim,[41] ativista do soviete local, que tal? Está na hora, está na hora.

— Mas que coisa nojenta — disse Ivan Fiódorovitch —, presidente do Ossoaviakhim? Argh. E você? — perguntou subitamente.

[41] Acrônimo de *Obschestvo Sodeistvia Oborone i Aviatsionno-Khimitcheskomu Stroiteltsvu SSSR* [Sociedade de Assistência à Defesa, Aviação e Construção Química], organização que existiu entre 1927 e 1948. (N. da T.)

— Eu fico com você.

Ivan Fiódorovitch sabia que a mulher esperaria uns dois ou três anos até ele morrer.

"Lutsenko! Será que ele quer pegar meu lugar?", pensava Ivan Fiódorovitch. "Veja só! E dizem que trabalhamos errado: extração 'predatória', é o que dizem, garimpagem. Garimpagem, meu bom camarada Lutsenko, desde a guerra, por ordem do governo, para aumentar o ourinho, e as fraturas, as surras, as mortes sempre existiram e sempre vão existir. Isso aqui é o Extremo Norte, não é Moscou. É a lei da taiga, como dizem os bandidos. No litoral, os víveres foram levados pelo mar, três mil pessoas morreram. O vice do campo de Vichnevétski foi mandado para julgamento por Nikichov. E recebeu uma pena. Como ia agir se não fosse assim? Será que Lutsenko sabe?"

— Chamem o carro!

O ZIM negro de Ivan Fiódorovitch saiu voando de Magadan, onde estavam tecendo certas intrigas, certas redes — Ivan Fiódorovitch não tinha forças para lutar contra isso.

Ivan Fiódorovitch ficou para pernoitar na casa da direção. A casa era criação sua. Não havia casas da direção em Kolimá nem sob o comando de Bérzin, nem sob o comando de Pávlov.[42] "Mas", raciocinou Ivan Fiódorovitch, "já que eu tenho o direito, mandem fazer" Na estrada principal, a cada quinhentos quilômetros foram erguidas construções com quadros, tapetes, espelhos, bronze, uma maravilhosa co-

[42] Referência a Eduard Petróvitch Bérzin (1894-1938), um dos chefes do campo de Víchera, criador do complexo de administração do *gulag* e primeiro diretor do Dalstroi, e Karl Aleksándrovitch Pávlov (1895-1957), seu sucessor no Dalstroi. Ivan Fiódorovitch Nikichov (1894-1956) sucedeu a Pávlov. A mulher de Nikichov, Ridássova, é referida em outros relatos como Aleksandra Románovna Gridássova. (N. da T.)

zinha, cozinheiro, *zavkhoz*[43] e segurança, onde Ivan Fiódorovitch, diretor do Dalstroi, pudesse pernoitar com dignidade. Só uma vez por ano ele dormia de fato em suas casas.

Agora o ZIM negro levava a todo vapor Ivan Fiódorovitch para Débin, para o hospital central, onde havia a casa da direção mais próxima. Já haviam ligado para lá, acordado o chefe do hospital, levantado todo o hospital "por alerta de guerra". Por toda parte estavam limpando, lavando, esfregando.

De repente Ivan Fiódorovitch ia visitar o hospital central para presos, e se encontrasse sujeira ou pó a coisa ia acabar mal para o diretor. E o diretor culpava enfermeiros e médicos negligentes por sabotagem velada — dizia que eles cuidavam mal da limpeza para que Ivan Fiódorovitch visse e tirasse o diretor do cargo. Essa, dizia ele, fora a ideia oculta de um médico-preso ou de um enfermeiro que não vira o pó em uma escrivaninha.

Tudo no hospital tremia quando o ZIM negro de Ivan Fiódorovitch voava pela estrada de Kolimá.

A casa da direção não tinha nenhuma relação com o hospital, só a localização era próxima, uns 500 metros — mas essa proximidade era suficiente para todo tipo de preocupação.

Depois de anos de vida em Kolimá, Ivan Fiódorovitch não visitara o hospital central para presos uma só vez, um hospital de mil leitos — nem uma só vez. Mas todos ficavam alerta enquanto ele tomava café, almoçava e jantava na casa da direção. Só quando o ZIM negro saía para a estrada davam o "toque de recolher".

Dessa vez o "toque de recolher" não aconteceu na hora. Ele está morando lá! Está bebendo! Veio uma visita — eram essas as informações que vinham da casa da direção.

[43] Administrador encarregado da casa. (N. da T.)

No terceiro dia o ZIM de Ivan Fiódorovitch se aproximou do povoado de livres contratados, onde moravam os médicos, enfermeiros e a equipe de serviço do hospital de contratados.

Tudo parou. E o diretor do hospital, sem ar, atravessou o riacho que separava o povoado do hospital.

Ivan Fiódorovitch saiu do ZIM. Seu rosto estava inchado, abatido. Ele fumava com avidez.

— Ei, não sei o seu nome — Ivan Fiódorovitch apoiou o dedo contra o jaleco do chefe do hospital.

— Sim, senhor, camarada diretor.

— Você tem crianças aqui?

— Meus filhos? Estudam em Moscou, camarada diretor.

— Não, não os seus filhos. Crianças, assim, meninos pequenos. Vocês têm um jardim de infância? Onde fica o jardim de infância? — urrou Ivan Fiódorovitch.

— Naquela casa, camarada diretor. — O ZIM foi atrás de Ivan Fiódorovitch até o jardim de infância. Estavam todos calados.

— Chamem as crianças — ordenou Ivan Fiódorovitch. A babá de plantão interveio...

— Elas estão dormindo...

— Pssst — o diretor do hospital afastou a babá para o lado. — Chame todos, acorde todos. Cuide para que as mãos estejam limpas.

A babá voou para dentro do jardim de infância.

— Quero levar as crianças para passear no ZIM — disse Ivan Fiódorovitch, acendendo um cigarro.

— Ah, passear, camarada diretor. Mas que maravilha! — As crianças já estavam descendo a escada correndo, e rodearam Ivan Fiódorovitch.

— Subam no carro — gritou o diretor do hospital. — Ivan Fiódorovitch vai levar vocês para passear. Em fila.

As crianças entraram no ZIM, Ivan Fiódorovitch se sentou ao lado do chofer. Assim, o ZIM levou toda a criançada para passear em três levas.

— E amanhã, e amanhã? O senhor vem nos buscar?

— Venho, venho — assegurou Ivan Fiódorovitch.

"Isso não é nada mal", pensou ele, deitando-se nos lençóis brancos como a neve da Casa. "Crianças, um tio bonzinho. Como Iossif Vissariónovitch[44] com uma criança no colo."

No dia seguinte ele foi chamado para Magadan. Ivan Fiódorovitch recebeu uma promoção: a Ministro da Indústria de Metais Não-Ferrosos — mas, é claro, havia aí algo mais.

A brigada cultural estava em turnê, viajando pela estrada, pelas minas de Kolimá. Nela estava Leonid Varpakhóvski. Dússia Získind, sua mulher no campo, tinha ficado em Magadan por ordem da chefe Ridássova. Mulher no campo de trabalho. Era um amor verdadeiro, um sentimento de verdade. Ele, ator, mestre profissional dos sentimentos falsos, sabia. O que mais podia fazer, a quem pedir? Varpakhóvski sentia um imenso cansaço.

Em Iágodnoie foi rodeado por médicos locais — livres e presos.

Em Iágodnoie. Dois anos antes, quando passou direto de Iágodnoie para a zona especial, conseguiu "frear" um pouco em Iágodnoie, não ir parar na terrível Djelgala. Que esforço isso lhe custou! Era preciso mostrar um estoque infinito de invenção, habilidade, e o dom de se virar com o pouco que ele tinha em mãos no Norte. E ele se mobilizou — ia encenar um espetáculo musical. Não, não era *Um baile de máscaras* de Verdi, que ele encenaria para o teatro do Krem-

[44] Prenome e patronímico de Stálin. (N. da T.)

lin quinze anos depois, não era *A moral da senhora Dulska*,[45] não era Liérmontov no Teatro Máli, não era a direção geral no Teatro Iermólova. Ele encenaria a opereta *A tulipa negra*![46] Não tinha piano? O acordeonista acompanharia. O próprio Varpakhóvski faria os arranjos da música de ópera para o acordeão, ele próprio tocaria o instrumento. E encenaria. E triunfaria. E escaparia da Djelgala.

Conseguiu obter a transferência para o teatro de Magadan, onde ele iria usar a proteção de Ridássova. Ele está bem avaliado pela chefia. Varpakhóvski prepara concertos de amadores, preparou espetáculo atrás de espetáculo no teatro de Magadan — cada um mais interessante que o outro. E então, aconteceu o encontro com Dússia Získind, com a cantora, o amor, a delação de Kózin, a longa viagem.

Varpakhóvski conhecia muitos dos que agora estavam perto do caminhão no qual viajava a brigada cultural. Ali está Andrêiev, com quem um dia viajara de Neksikan para a zona especial de Kolimá. Eles se encontraram na casa de banhos, na casa de banhos de inverno — escuridão, sujeira, corpos suados e escorregadios, tatuagens, palavrões, tumulto, gritos da escolta, aperto. Uma lamparina na parede, perto da lamparina o cabelereiro no banquinho com a maquininha nas mãos — todos em fila, roupa de baixo molhada, vapor de gelo nos pés, canequinha em todas as lavagens. Pilhas de coisas voam no ar em uma escuridão absoluta: "De quem é? De quem é?".

E então esse ruído por algum motivo se interrompeu. E o vizinho de Andrêiev, que estava na fila para tirar a vasta cabeleira, disse em voz sonora, calma, muito teatral:

[45] Peça da escritora polonesa Gabriela Zapolska (1857-1921), sátira aos costumes burgueses. (N. da T.)

[46] Obra de Tiarko Richepin (1884-1973), baseada no romance de Alexandre Dumas. (N. da T.)

Outra coisa é um cálice de rum
À noite, sono, de manhã um chá
Outra coisa, irmão, é estar em casa.[47]

Eles se conheceram e engataram uma conversa — eram moscovitas. Em Iágodnoie, na Direção do Norte, só Varpakhóvski conseguiu escapar do comboio. Andrêiev não era nem diretor, nem ator. Na Djelgala ele recebeu uma pena, depois passou um longo tempo no hospital, e mesmo agora estava no hospital regional de Biélitchie, a uns seis quilômetros de Iágodnoie — na equipe de serviço. Não foi ao espetáculo da brigada cultural, mas ficou feliz de ver Varpakhóvski.

Varpakhóvski ficou para trás com a brigada — foi mandado para o hospital com urgência —, então a brigada ia para o Elguen, no *sovkhoz* feminino, e até voltar, ele, Varpakhóvski, teria tempo de pensar, refletir.

Andrêiev e Varpakhóvski discutiram longamente e decidiram o seguinte: Varpakhóvski se dirigiria a Ridássova por meio de uma carta, onde explicaria toda a seriedade de seu sentimento, e apelaria para os melhores sentimentos da própria Ridássova. Passaram alguns dias escrevendo a carta, burilando cada frase. O mensageiro dos leais médicos levou a carta para Magadan; restava apenas esperar. A resposta chegou quando Andrêiev e Varpakhóvski já tinham se separado, quando a brigada cultural já havia voltado a Magadan: a ordem era tirar Varpakhóvski do trabalho da brigada cultural e mandar para o trabalho geral na mina punitiva. Já Získind, sua mulher, devia ser mandada para o trabalho geral no Elguen, um campo feminino.

[47] Trecho de "Dorójnie jálobi" [Queixas de estrada] (1830), poema de Púchkin. (N. da T.)

Essa foi a resposta do céu — como se diz em algum poema de Iássenski.[48] Andrêiev e Varpakhóvski se encontraram na rua em Moscou. Varpakhóvski trabalhava como diretor geral do Teatro Iermólova. Andrêiev, em uma das revistas moscovitas.

Ridássova recebeu a carta de Varpakhóvski diretamente na caixa de correio de seu apartamento em Magadan.

Ela não gostou disso, e Ivan Fiódorovitch não gostou nada disso.

— Perderam a última vergonha. Qualquer terrorista...

O zelador do corredor foi imediatamente mandado embora do trabalho e colocado em uma prisão militar. Ivan Fiódorovitch decidiu não transmitir o caso ao investigador — sua autoridade pelo visto tinha enfraquecido, e ele sentia isso.

— Minha autoridade se enfraqueceu — disse Ivan Fiódorovitch à mulher —, é por isso que eles vêm direto para o apartamento.

O destino de Varpakhóvski e Získind fora decidido antes ainda da leitura da carta. Escolheram apenas a punição: Ivan Fiódorovitch escolheu uma mais severa, Ridássova, uma mais branda. Ficaram com a opção de Ridássova.

(1962)

[48] Bruno Iássenski (ou Jasienski) (1901-1938), poeta de origem polonesa morto pelo regime soviético. (N. da T.)

O ACADÊMICO

A conversa com o acadêmico acabou sendo muito difícil de publicar. Não porque ele dissesse bobagens, não. Era um acadêmico de grande reputação, experiente e entendido em todo tipo de entrevista, e estava discorrendo sobre um tema que conhecia bem. O jornalista enviado para a conversa possuía qualificação suficiente. Era um bom jornalista e, vinte anos antes, fora muito bom. A razão da dificuldade estava no ímpeto do progresso científico. Os prazos da revista, as correções, provas tipográficas e diagramação, ficavam irremediavelmente para trás diante do avanço da ciência. No outono de 1957, dia 4 de outubro, foi lançado o Sputnik. O acadêmico sabia uma coisa ou outra sobre os preparativos para seu lançamento, e o jornalista não sabia de nada. Mas tanto para o acadêmico quanto para o jornalista e para o editor da revista ficou claro não só que, depois do lançamento, era preciso ampliar o âmbito da informação, mas também que o próprio tom do artigo devia ser mudado. Em sua primeira versão, a matéria devia transmitir a expectativa de acontecimentos grandes, excepcionais. Agora, esses acontecimentos já tinham acontecido. Por isso, um mês depois da conversa o acadêmico mandou, de um balneário em Ialta, longuíssimos telegramas para a redação, telegramas pagos do próprio bolso, com a resposta paga. Habilmente entreabrindo a cortina dos segredos cibernéticos, o acadêmico fazia o possível para, de todas as formas, estar "à altura", e ao mesmo tempo não falar em excesso. A redação, que também se preocupava com a atualidade e a originalidade, até o último minuto inseria as correções nos artigos do acadêmico.

As provas do artigo foram mandadas para Ialta em um avião de correio especial e, salpicadas de correções do acadêmico, voltaram para a redação.

"Correção estilo Balzac", disse aflito o diretor da redação. Tudo tinha sido solucionado, articulado, conferido. A pesada carroça da tecnologia editorial entrou em seus trilhos. Mas, no momento em que Laika já voara umas verstas rumo ao cosmos,[49] o acadêmico, da Romênia — onde se encontrava em um congresso mundial —, expediu novos telegramas, suplicando, exigindo. A redação encaminhou um pedido de ligação internacional urgente para Bucareste.

Enfim saiu a revista, e a redação imediatamente perdeu o interesse pelo artigo do acadêmico.

Mas tudo isso aconteceu depois; agora, o jornalista Gólubev subia pela estreita escadaria de mármore da imensa casa onde vivia o acadêmico, na rua principal da cidade. A casa tinha a mesma idade do jornalista. Tinha sido construída na época do *boom* da construção civil no começo do século. Apartamentos comerciais: banheira, gás, telefone, água encanada, eletricidade.

Na entrada ficava a mesa do zelador. Uma lâmpada elétrica fora ajustada de forma que a luz recaísse sobre o rosto de quem entrava. Isso de alguma forma lembrava a casa de detenção provisória.

Gólubev proferiu o sobrenome do acadêmico, o zelador chamou pelo telefone, recebeu a resposta, disse "por favor" ao jornalista e escancarou diante de Gólubev as portas do elevador decoradas com bronze fundido.

"Escritório de expedição de autorizações", pensou Gó-

[49] Laika é o nome da cadela lançada ao espaço com o Sputnik II em 1957, o primeiro ser vivo a orbitar a Terra. (N. da T.)

lubev preguiçosamente. Isso ele sabia: em sua vida, tinha passado por muitos escritórios do tipo.

— O acadêmico mora no sexto andar — informou respeitosamente o zelador. Seu rosto não demonstrou espanto quando Gólubev passou pela porta aberta do elevador e pisou na limpa e estreita escadaria de mármore. Gólubev não suportava elevadores depois da doença — nem subida, nem descida, especialmente as descidas com sua traiçoeira imponderabilidade.

Descansando a cada lance, Gólubev alcançou o sexto andar. O barulho nos ouvidos se acalmou um pouco, as batidas do coração ficaram mais regulares, a respiração ficou mais uniforme. Gólubev postou-se na frente da porta do acadêmico, estendeu o braço e com cuidado fez alguns movimentos de ginástica com a cabeça — como tinham recomendado os médicos que trataram o jornalista.

Parou de girar a cabeça, apalpou no bolso o lenço, a caneta-tinteiro, o bloco de notas, e com mão firme tocou a campainha.

O famoso acadêmico abriu a porta pessoalmente. Era jovem, inquieto, com olhos negros ligeiros e parecia bem mais jovem e mais viçoso do que Gólubev. Antes da conversa o jornalista consultara na biblioteca um dicionário enciclopédico, além de algumas biografias do acadêmico — de sua atuação como deputado e cientista — e sabia que ele, Gólubev, e o acadêmico, eram contemporâneos. Folheando artigos para levantar os temas da futura conversa, Gólubev percebeu que, de seu Olimpo científico, o acadêmico soltava raios e trovões contra a cibernética, tachada por ele de "subciência idealista e prejudicial". "Pseudociência beligerante" — assim se expressava o acadêmico duas dezenas de anos antes. A conversa para a qual Gólubev viera ver o acadêmico, devia tratar justamente do significado da cibernética no mundo contemporâneo.

O acadêmico acendeu a luz para que Gólubev pudesse tirar o casaco.

Ambos se refletiram no enorme espelho com moldura de bronze do saguão de entrada — o acadêmico com terno preto e gravata preta, cabelos pretos, olhos pretos, de rosto roliço, sempre em movimento, e a figura empertigada de Gólubev e seu rosto cansado, com uma infinitude de rugas que lembravam profundas cicatrizes. Mas os olhos azuis de Gólubev luziam, talvez, de forma mais jovem do que os vivos olhos do acadêmico.

Gólubev pendurou sobre o cabide seu sobretudo rígido, novinho, de pele artificial e recém-comprado. Ao lado do sobretudo surrado de couro castanho de pele de guaxinim do anfitrião, ele parecia absolutamente decente.

— Entre, por gentileza — disse o acadêmico, abrindo a porta à esquerda. — Perdão, por favor. Eu já volto.

O jornalista olhou em volta. Uma série de salas se estendia para o fundo, em duas direções — em frente e à direita. As portas eram envidraçadas, com o batente feito de madeira vermelha, e em algum lugar das profundezas assomavam sombras de pessoas em completo silêncio. Gólubev nunca tivera a chance de morar em um apartamento em que cômodos estavam dispostos em uma série de salas, mas se lembrava do filme *Maskarad*, do apartamento de Arbenin.[50] O acadêmico apareceu em algum lugar distante, de novo desapareceu, de novo apareceu e de novo desapareceu, como Arbenin no filme.

À direita, no primeiro cômodo grande — em seguida novamente começava a série de quartos —, iluminado, com portas de vidro, janelas com venezianas, havia um enorme piano branco. O piano estava fechado, e sobre a tampa se aglo-

[50] Ievguêni Arbenin é o protagonista da peça *Maskarad* (1835), de Mikhail Liérmontov, adaptada para o cinema em 1941. (N. da T.)

meravam, umas sobre as outras, figurinhas de porcelana. Em magníficos suportes havia vasos, vasinhos, estátuas e estatuetas. Nas paredes pendiam pratinhos e tapetinhos. As duas poltronas espaçosas eram forradas em branco, no tom do piano. Em algum lugar nas profundezas, atrás do vidro, se moviam sombras humanas.

Gólubev entrou no gabinete do acadêmico. O gabinetezinho minúsculo era escuro, estreito e parecia um quarto de despejo. Estantes de livros em todas as quatro paredes estreitavam o cômodo. Pequena como um brinquedinho, a escrivaninha de madeira vermelha lavrada parecia se dobrar sob o peso de um enorme tinteiro de mármore com tampa de bronze dourado. Três paredes de estantes da biblioteca estavam destinadas a livros de referência, e uma, às obras do acadêmico. As biografias e autobiografias, já conhecidas de Gólubev, estavam bem ali. Enfiado naquele mesmo cômodo, sufocava-se um pequeno piano negro. Contra ele fora apertada uma mesa redonda para correspondência, atravancada por revistas técnicas recentes. Gólubev transferiu um monte de revistas para o piano, moveu o banco e pôs a caneta-tinteiro e dois lápis na borda da mesa. Quanto à porta para a antessala, o acadêmico deixou aberta.

"Como 'naqueles' gabinetes", pensou Gólubev preguiçosamente.

Em todo lugar — sobre o piano preto, nas prateleiras de livros — havia jarrinhas, figurinhas de porcelana e de cerâmica. Gólubev pegou um cinzeiro no formato da cabeça de Mefistófeles. Em alguma época distante, ele fora um apreciador de trabalhos em porcelana e vidro, e, no Hermitage, se surpreendia com um milagre criado por mãos humanas: a figurinha em porcelana branca *O sono*, em que o rosto da pessoa adormecida na poltrona está coberto por um lenço finíssimo; parecia até que os funcionários do museu tinham coberto a estátua com um pedacinho de gaze para que a figurinha não empoeirasse — mas não era gaze, era o finíssimo lenço de porcelana. Gólubev também se lembrava de várias outras maravilhas da habilidade humana. Mas a cabeça de Mefistófeles — triste, provinciana — era incompreensível. Nas prateleiras, carneiros de cerâmica tagarelavam, apertando-se contra as lombadas dos livros, como se fossem árvores, e lebres com focinhos leoninos estavam sentadas. Lembrança pessoal?

Duas malas de couro de primeira, cobertas de etiquetas de países estrangeiros, estavam junto à porta. Havia várias etiquetas, e as malas eram novas.

O acadêmico apareceu na soleira, captou o olhar de Gólubev e imediatamente foi explicando tudo:

— Perdão. Amanhã tomo um avião para a Grécia. Por favor.

O acadêmico abriu caminho rumo à escrivaninha e se acomodou numa posição confortável.

— Pensei sobre a proposta da redação — disse ele, olhando para o postigo: o vento levara para o quarto uma folha de bordo amarela de cinco pontas, parecida com uma mão humana decepada. A folha rodopiou no ar e caiu no chão. O acadêmico curvou-se, partiu a folha seca nos dedos e a jogou dentro da cesta trançada que se apertava aos pés da escrivaninha.

— E estou de acordo — prosseguiu o acadêmico. — Apoiei em três pontos principais a minha resposta, a minha exposição, opinião: chame como quiser.

Com agilidade, o acadêmico extraiu de debaixo do enorme tinteiro uma folhinha de papel minúscula, onde estavam rabiscadas algumas palavras.

— Formularei a primeira questão da seguinte maneira...

— Peço ao senhor — disse Gólubev, empalidecendo — que fale um pouco mais alto. O fato é que escuto mal, desculpe.

— Mas imagine, imagine — disse educadamente o acadêmico. — Formularei a primeira questão... Assim está bem?

— Sim, obrigado.

— Então, a primeira questão...

Os olhos negros e fugidios do acadêmico olharam para as mãos de Gólubev. Ele entendeu, ou melhor, não só entendeu, como sentiu com todo o corpo, o que o acadêmico estava pensando. Ele pensava que tinham lhe mandado um jornalista que não dominava a taquigrafia. Isso ofendia o acadêmico ligeiramente. Claro, existem jornalistas que não sabem taquigrafia, especialmente entre os idosos. O acadêmico olhou para o rosto escuro e enrugado do jornalista. Existem, claro. Mas nesses casos a redação mandava uma segunda pessoa — uma estenógrafa. Podia ter mandado uma estenógrafa — sem o jornalista — e teria sido ainda melhor. A *Natureza e Universo*, por exemplo, sempre mandava para ele apenas a estenógrafa. Ou será que a redação não pensava, ao mandar esse jornalista de certa idade, que ele podia fazer perguntas pertinentes a ele, um acadêmico? Nem era essa a questão, fazer perguntas pertinentes. Nunca foi isso. Um jornalista é um mensageiro diplomático, pensava o acadêmico, isso se não for só um mensageiro. Ele, acadêmico, estava perdendo tempo pela falta de uma taquígrafa. Uma taquígrafa era elementar — era, se possível, uma gentileza da redação. A redação tinha sido pouco gentil com ele.

No Ocidente, por exemplo — lá, todo jornalista domina a taquigrafia e sabe escrever à maquina. E agora, era como se estivessem cem anos atrás, em algum lugar no gabinete de Nekrássov. Que revistas existiam há cem anos? Além da *O Contemporâneo* ele não se lembrava de nenhuma, mas certamente existiam.

O acadêmico era uma pessoa cheia de amor-próprio, uma pessoa extremamente suscetível. Aquele comportamento da redação transparecia uma falta de respeito. Além do mais — isso ele sabia por experiência própria —, as anotações ao vivo inevitavelmente truncavam a conversa. E faziam perder muito tempo na correção. E mais ainda: tinha sido reservada uma hora para a conversa — mais de uma hora o acadêmico não podia, não tinha direito: seu tempo era mais precioso do que o do jornalista e o da redação.

Era o que pensava o acadêmico, ditando as frases habituais da entrevista. Aliás, ele não demonstrava estar bravo ou surpreso. "Uma vez servido o vinho, é preciso bebê-lo", pensou, lembrando de um provérbio francês. O acadêmico estava pensando em francês — de todas as línguas que sabia, francês era a que mais amava —, as melhores revistas científicas em sua especialidade, os melhores romances policiais... O acadêmico pronunciou uma frase francesa em voz alta, mas o jornalista, que não dominava a taquigrafia, não reagiu a ela — isso o acadêmico já esperava.

Sim, o vinho fora servido — pensou o acadêmico, ditando —, a decisão tomada, a coisa toda já tinha começado, e não era costume do acadêmico parar no meio do caminho. Ele se acalmou e continuou falando.

No fim das contas, era uma questão técnica original: encaixar em exatamente uma hora, sem ditar rápido, para que o jornalista pudesse anotar, e alto o suficiente — mais baixo do que na cátedra do instituto, e mais baixo do que nos congressos mundiais, mas significativamente mais alto do que em seu gabinete — por exemplo, como nas aulas de laboratório. Ao ver todas essas tarefas serem levadas a cabo com sucesso e aquelas dificuldades inesperadas e enfadonhas serem vencidas, o acadêmico se alegrou.

— Perdão — disse o acadêmico —, o senhor não é aquele Gólubev que publicava muito na época de minha juventude, minha juventude como cientista, no começo dos anos 30? Todos os jovens cientistas seguiam os artigos dele naquela época. Acabei de me lembrar do título de um dos artigos:

"Unidade da ciência e da ficção". Naqueles anos — o acadêmico sorriu, mostrando seus dentes bem tratados —, esses temas estavam na moda. O artigo agora também seria útil para uma conversa sobre físicos e poetas com o ciberneticista Poletáiev.[51] Isso tudo foi há muito tempo — suspirou o acadêmico.

— Não — disse o jornalista. — Não sou esse Gólubev. Sei de quem o senhor está falando. Esse Gólubev morreu em 38.

E o olhar firme de Gólubev se fixou nos olhos negros e rápidos do acadêmico.

O acadêmico emitiu um som vago que podia ser avaliado como compaixão, compreensão, tristeza.

Gólubev escrevia sem parar. Ele não entendeu imediatamente o provérbio francês sobre o vinho. Falava a língua e tinha esquecido, há muito tempo tinha esquecido, e agora palavras desconhecidas se arrastavam por seu cérebro exausto, ressequido. A frase, incompreensível, avançava lentamente pelas vielas escuras do cérebro, como se estivesse de quatro, parava, reunia forças e se arrastava até alcançar um canto iluminado, e Gólubev, com dor e medo, compreendeu afinal seu sentido em russo. A essência não estava no conteúdo dela, mas no fato de tê-la compreendido — ela de alguma forma desvelara, mostrara a ele uma nova região de esquecimento, na qual também era preciso restabelecer, fortalecer e reerguer tudo. Mas já não tinha forças — nem morais, nem físicas, e parecia bem mais fácil não se lembrar de nada novo. Um suor frio apareceu nas costas do jornalista. Queria muito fumar, mas os médicos tinham lhe proibido tabaco — a

[51] Igor A. Poletáeiv (1915-1983), autor de *Signal* (1958), o primeiro livro russo sobre cibernética. Poletáiev afirmou que a poesia deveria ser superada pela ciência na conformação da alma humana. (N. da T.)

ele, que fumava há quarenta anos. Proibiram, e ele parou — acovardou-se, quis viver. Era preciso ter força de vontade, não para parar de fumar, mas para não escutar os conselhos dos médicos.

Uma cabeça de mulher com uma touca de cabelereiro enfiou-se pela porta. "Serviços em domicílio", notou o jornalista.

— Perdão — e o acadêmico esgueirou-se por detrás do piano e escapuliu do quarto, fechando bem a porta.

Gólubev agitou a mão dormente e apontou o lápis.

Escutava-se, vinda da antessala, a voz do acadêmico — enérgica, bastante ríspida, ininterrupta, sem resposta.

— O chofer — esclareceu o acadêmico, voltando para o quarto — não consegue entender de jeito nenhum a que horas deve passar com o carro... Vamos continuar — disse o acadêmico, contornando o piano e debruçando-se sobre ele para que Gólubev escutasse melhor. — O segundo ponto trata dos avanços da teoria da informação, da eletrônica, da lógica matemática: em suma, de tudo o que se costuma chamar de cibernética.

Os olhos negros perscrutadores se encontraram com os olhos de Gólubev, mas o jornalista estava impassível. O acadêmico prosseguiu animadamente.

— Nessa ciência da moda, no começo ficamos um pouco para trás em relação ao Ocidente, mas rapidamente nos corrigimos e agora estamos adiante. É só pensar na abertura da cátedra de lógica matemática e teoria dos jogos.

— Teoria dos jogos?

— Exatamente: também conhecida como teoria Monte-Carlo — arrastou o acadêmico, com um "r" gutural. — Acompanhamos os tempos modernos. A propósito, os senhores...

— Jornalistas nunca foram de acompanhar os tempos modernos — disse Gólubev. — Não são como os cientistas...

Gólubev mudou o cinzeiro com a cabeça de Mefistófeles de lugar.

— Estava admirando o cinzeiro — disse ele.

— Ah, mas imagine só — disse o acadêmico. — Uma compra fortuita. Não sou colecionador, um *amateur*, como dizem os franceses, mas a cerâmica é relaxante para os olhos.

— Claro, claro, é uma atividade maravilhosa — Gólubev quis dizer "paixão", mas teve medo de que, com o som do "x", voasse a prótese dentária, colocada há muito pouco tempo. A prótese não suportava o som do "x". — Bem, muito obrigado — disse Gólubev, levantando e ordenando as folhinhas. — Tudo de bom para o senhor. Mandaremos as provas tipográficas.

— Mas o que for necessário — disse o acadêmico com uma careta — acrescentem vocês mesmos na redação. Sou um homem da ciência, posso não saber.

— Não se preocupe. O senhor verá tudo nas provas.

— Boa sorte.

O acadêmico saiu para acompanhar o jornalista até a sala, acendeu a luz e olhou com compaixão enquanto Gólubev se metia com dificuldade em seu sobretudo demasiado novo, inflexível. O braço esquerdo entrou na manga esquerda a duras penas, e Gólubev corou pelo esforço.

— Guerra? — perguntou o acadêmico com gentil atenção.

— Quase — disse Gólubev. — Quase. — E saiu para a escada de mármore.

As articulações do ombro de Gólubev tinham sido destroçadas durante os interrogatórios de 1938.

(1961)

O MAPA DOS DIAMANTES

Em Víchera, em 31, as tempestades eram frequentes.

Relâmpagos curtos e retos cortavam o céu como espadas. A cota de malha da chuva cintilava e ressoava; as rochas pareciam ruínas de um castelo.

— A Idade Média — disse Vilemson, apeando do cavalo. — Barcos, cavalos, pedras... Vamos descansar no Robin Hood.

Era uma robusta árvore com duas pernas, que ficava na colina. O vento e a velhice tinham arrancado a casca dos troncos de dois álamos grudados um no outro — era um gigante descalço de calças curtas que de fato se parecia com o herói escocês. Robin Hood farfalhava e agitava os braços.[52]

— São exatas dez verstas até a casa — disse Vilemson, amarrando os cavalos à perna direita de Robin Hood. Nos escondemos da chuva na pequena gruta embaixo do tronco e acendemos cigarros.

O chefe do grupo de geólogos, Vilemson, não era geólogo. Era um militar da Marinha, comandante de um submarino. O submarino tinha saído do percurso e fora emergir na costa da Finlândia. A tripulação foi liberada, mas Mannerheim[53] reteve o comandante por seis meses inteiros em uma cela revestida de espelhos. No fim, libertaram Vilemson e ele

[52] Na verdade, Robin Hood era inglês. (N. da T.)

[53] Karl Gustaf Emil Mannerheim (1867-1951), general das tropas finlandesas que lutaram contra o domínio russo em 1918. (N. da T.)

foi para Moscou. Neuropatologistas e psiquiatras insistiram para que Vilemson fosse desmobilizado e trabalhasse em algum lugar ao ar livre, na floresta, nas montanhas. Foi assim que ele se tornou chefe de um grupo de prospecção geológica.

Desde o último cais, passamos dez dias subindo por um rio da montanha — a partir do sexto empurrando a barca com varas ao longo das margens. Por cinco dias fomos a cavalo, porque já não havia mais rio — restara apenas o leito pedregoso. Por mais um dia os cavalos foram andando pela taiga em uma trilha de carga, e o caminho parecia infinito.

Na taiga tudo era inesperado, tudo era uma revelação: a lua, as estrelas, um animal, um pássaro, uma pessoa, um peixe. A floresta rareara de repente, os arbustos se espalharam, a trilha se transformara em estrada, e diante de nós surgiu um enorme edifício de tijolos coberto de musgo e sem janelas. As janelas redondas e vazias pareciam seteiras.

— De onde vieram os tijolos? — perguntei, surpreso pelo extraordinário fato de haver uma construção antiga nos confins da mata cerrada.

— Parabéns — gritou Vilemson, freando o cavalo. — Você viu! Amanhã vai entender tudo!

Mas no dia seguinte continuei sem entender nada. Estávamos de novo a caminho e cavalgávamos por uma estrada estranhamente reta na floresta. Um jovem bosque de bétulas atravessava a estrada aqui e ali, de ambos os lados pinheiros estendiam um ao outro suas velhas patas peludas, arruivadas pela velhice, mas o céu azul-escuro não ficava coberto pelos ramos por um minuto sequer. Uma roda de vagão, avermelhada pela ferrugem, crescia da terra, como uma árvore sem ramos nem folhas. Paramos os cavalos.

— É uma estrada de ferro de bitola estreita — disse Vilemson —, ia da fábrica até o depósito: aquele de tijolos. Escute só. Aqui, um tempo atrás, ainda na época do tsar, tinha uma concessão de exploração de minério de ferro para os belgas. Uma fábrica, dois altos-fornos, uma estradinha de ferro, um povoado, uma escola, cantoras de Viena. A concessão dava um bom lucro. Transportavam o ferro em barcaças nas cheias — na primavera e no outono. O prazo da concessão terminou em 1912. Liderados pelo príncipe Lvov,[54] industriais russos que não conseguiam dormir pensando nos fantásticos lucros dos belgas pediram ao tsar que transferisse o negócio para eles. Eles conseguiram, e a concessão dos belgas não foi renovada. Os belgas se recusaram a receber o pagamento pelas despesas. Foram embora. Mas, quando saíram, explodiram tudo: tanto a fábrica quanto os altos-fornos, não deixaram pedra sobre pedra no povoado. Desmontaram inclusive a estradinha de ferro, até o último encaixe dos trilhos. Seria preciso começar tudo do zero. O príncipe Lvov não estava contando com isso. Mal tiveram tempo de começar novamente, veio a guerra. Depois a revolução, a guerra civil. E agora, em 1930, aqui estamos. Aqui estão os fornos — Vilemson indicou algum lugar à direita, mas não vi nada além de um verde tempestuoso. — E aqui está a fábrica também.

À nossa frente havia um grande desfiladeiro, não muito profundo, uma depressão toda coberta por um jovem bosque. O desfiladeiro tinha uma corcova no centro, e ela lembrava vagamente o esqueleto de um edifício destruído. A taiga recobrira as ruínas da fábrica, e, em uma chaminé partida, como se tivesse pousado sobre o topo de um rochedo, havia um açor pardo.

— Precisa saber para ver que havia uma fábrica aqui — disse Vilemson. — Uma fábrica sem uma pessoa sequer. Ótimo trabalho. Em apenas vinte anos. Vinte gerações de gra-

[54] Gueorgui Lvov (1861-1925), líder político russo. Foi presidente do governo provisório após a Revolução de 1917, sendo deposto pelos bolcheviques em julho. (N. da T.)

ma: alho-poró, espargânio, epilóbio... e a civilização desaparece. O açor está pousado na chaminé.

— Para o ser humano esse caminho é bem mais longo — disse eu.

— Bem mais curto — disse Vilemson. — Precisa de bem menos gerações humanas. — E, sem bater, abriu a porta da isbá mais próxima.

Um enorme velho de cabelos prateados, com uma sobrecasaca negra de pele de castor, de corte antigo, usando óculos dourados, estava sentado diante de uma mesa rústica, entalhada e impecavelmente limpa. Dedos artríticos acinzentados seguravam a capa escura de um livro grosso encadernado em couro com fechos prateados. Os olhos azuis, com veios vermelhos, de velho, olharam para nós calmamente.

— Olá, Ivan Stiepánovitch — disse Vilemson, aproximando-se. — Veja, trouxe um convidado. — Eu fiz uma saudação.

— Ainda cavando? — disse o velho de óculos dourados, numa voz rouca. — Trabalho inútil, inútil. Eu até ofereceria chá para vocês, rapazes, mas estão todos fora. As mulheres saíram com os pequenos para colher frutas, meus filhos estão caçando. Por conseguinte, perdão. Estou num momento especial — e Ivan Stiepánovitch bateu com os dedos no livro grosso. — Porém, vocês não estão atrapalhando.

O fecho estalou e o livrinho se abriu.

— Que livro é esse? — perguntei involuntariamente.

— A Bíblia, meu filho. Faz já vinte anos que não tenho outro livro em casa. Prefiro escutar do que ler: minha vista anda fraca.

Tomei a Bíblia nas minhas mãos. Ivan Stiepánovitch sorriu. O livro estava em francês.

— Não entendo francês.

— Pois veja — disse Ivan Stiepánovitch e começou a farfalhar as páginas. Saímos.

— Quem é esse? — perguntei a Vilemson.

— Um contador que desafiou o mundo. Ivan Stiepánovitch Bugrêiev entrou em conflito com a civilização. Ele é o único que ficou nesse fim de mundo desde 12. Era o contador-chefe dos belgas. O desmantelamento das fábricas o deixou tão aturdido que ele virou um seguidor de Rousseau. Veja só que patriarca. Tem uns setenta anos, acho. Oito filhos. Filhas ele não tem. Uma esposa velha. Netos. Os filhos são alfabetizados. Tiveram tempo de aprender na escola. Mas os netos o velho não deixa que alfabetizem. Pesca, caça, uma espécie de horta, abelhas e a Bíblia francesa recontada pelo velho: esta é a vida deles. A umas quarenta verstas há um povoado, uma escola, uma loja. Eu fico de olho nele — há boatos de que guarda um mapa subterrâneo dessas regiões: algo que sobrou das prospecções dos belgas. É possível que seja mesmo verdade. Essas prospecções aconteceram; eu mesmo encontrei umas escavações antigas na taiga. Mas o velho não dá o mapa. Não quer simplificar nosso trabalho. Vamos ter que nos virar sem o mapa.

Pernoitamos na isbá do filho mais velho de Ivan Stiepánovitch: Andrei. Andrei Bugrêiev tinha uns quarenta anos.

— Por que não foi trabalhar de escavador comigo? — disse Vilemson.

— Meu pai não aprova — disse Andrei Bugrêiev.

— Você ganharia dinheiro!

— Dinheiro por esses lados não faz falta. Porque aqui é rico em animais. Madeira para corte também. Tem muito trabalho para cuidar: o vô faz um plano para cada um. Trienal — sorriu Andrei.

— Pois bem, pegue um jornal.

— Melhor não. O pai vai saber. Também, quase desaprendi a ler.

— E seu filho? Ele já tem mais de catorze anos.

— Vaniuchka não sabe ler nada. Converse com meu pai,

comigo não tem o que falar. — E Andrei Ivánovitch pôs-se a arrancar as botas com raiva. — Mas como é? Verdade que vão construir uma escola aqui?

— É verdade. Vão abrir daqui a um ano. E você não quer trabalhar na prospecção. Qualquer homem a mais é valioso para mim.

— Onde estão todos os seus homens? — perguntou Andrei Ivánovitch, mudando ofendido o tema da conversa.

— Estão na fonte Krásni. Estamos revirando as escavações antigas. E Ivan Stiepánovitch tem mesmo o mapa, hein, Andrei?

— Não tem mapa nenhum. Isso é tudo mentira. Bobagem.

De repente, saltou para a luz o rosto preocupado e exasperado de Mária, a mulher de Andrei:

— Não, ele tem sim! Tem! Tem, sim!

— Mária!

— Tem, sim! Tem, sim! Eu mesma vi, dez anos atrás.

— Mária!

— Para que diabos guardar esse maldito mapa? Por que Vaniuchka não sabe ler? A gente vive feito animal. Daqui a pouco vai se cobrir de mato!

— Não vão, não — disse Vilemson. — Vai ter um povoado aqui. Uma cidade. Uma fábrica. Vai ter vida. E, mesmo que não tenha cantoras de Viena, vai ter escolas, teatros. Seu Vaniuchka ainda vai ser engenheiro.

— Não vai ser, não vai — Mária começou a chorar. — Já está na hora de ele casar. E quem vai casar com ele, com alguém que não lê?

— Que barulho é esse? — Ivan Stiepánovitch estava na soleira. — Mária, vá para seu quarto, está na hora de dormir. Andrei, está cuidando mal da sua mulher. E vocês, bons cidadãos, não tragam briga para dentro da família. Tenho o mapa, mas não vou dar: nada disso é útil para a vida.

— Não precisamos do seu mapa tanto assim — disse Vilemson. — Com um ano de trabalho traçamos o nosso. As riquezas já foram descobertas. Amanhã Vassíltchikov vai trazer os desenhos; vamos derrubar a floresta para construir um povoado.

Ivan Stiepánovitch saiu batendo a porta. Todos começaram a se preparar para dormir.

Fui acordado pela presença de muita gente. O alvorecer entrava no quarto com cuidado. Vilemson estava sentado direto no chão, perto da janela, estendendo os pés sujos e descalços, e em volta dele respirava ruidosamente toda a família dos Bugrêiev, todos os seus oito filhos, oito noras, vinte netos e quinze netas. Aliás, os netinhos e netinhas permaneceram na entrada. O único que não estava ali era o próprio Ivan Stiepánovitch e sua mulher velhinha — Serafima Ivánovna, com seu nariz afilado.

— Então vai ter? — perguntou a voz sufocada de Andrei.

— Vai.

— E ele, como vai ficar? — e todos os Bugrêiev respiraram profundamente e congelaram.

— O que tem ele? — perguntou Vilemson com firmeza.

— O vô vai morrer — proferiu Andrei com pena, e todos os Bugrêiev suspiraram novamente.

— Talvez não morra — disse Vilemson, inseguro.

— A vó também vai morrer — e as noras começaram a chorar.

— A mãe não vai morrer de jeito nenhum — assegurou Vilemson e acrescentou: — Agora, é uma mulher idosa.

De repente, todos começaram a fazer barulho e remexer-se. Os netos mais novos desapareceram nos arbustos, as noras correram para suas isbás. Ivan Stiepánovitch vinha lentamente da isbá do patriarca, segurando em ambas as mãos um maço de papéis enorme, sujo, cheirando a terra.

— Aí está o mapa — Ivan Stiepánovitch segurava folhas de pergaminho amassadas, e seus dedos tremiam. Por trás de suas costas vigorosas via-se Serafima Ivánovna. — Aqui está; vou entregar. Sima, perdão, Andrei, Piotr, Nikolai, todos os parentes, perdão. — Bugrêiev começou a chorar.

— Está bem, chega, chega, Ivan Stiepánovitch — disse Vilemson. — Não se preocupe. Fique feliz e não triste — e mandou que eu ficasse mais perto de Bugrêiev. O velho nem pensava em morrer, de maneira alguma. Ele logo se acalmou, rejuvenesceu e ficou tagarelando de manhã até a noite, agarrando pelos ombros a mim, a Vilemson e Vassíltchikov. Não parava de contar sobre os belgas, como tinha sido, onde ficava cada coisa, quais eram os lucros dos patrões. O velho tinha boa memória.

No maço de pergaminhos cheirando a terra havia um mapa subterrâneo daquela região, feito pelos belgas. Minérios: ouro, ferro... Pedras preciosas: topázio, turquesa, berilo... Semipreciosas: ágata, jaspe, cristal montanhês, malaquita... Só não havia as pedras pelas quais Vilemson fora até ali.

Ivan Stiepánovitch não entregara o mapa dos diamantes. Só foram achar diamantes em Víchera trinta anos depois.

(1959)

NÃO CONVERTIDO

Guardo com cuidado meu velho estetoscópio dobrável. Foi um presente dado por Nina Semiônovna — coordenadora da prática em doenças internas — no dia da conclusão do curso de enfermeiro do campo.

Esse estetoscópio era símbolo e sinal de meu retorno à vida, promessa de autonomia, de liberdade, uma promessa que tinha se cumprido. Aliás, autonomia e liberdade são coisas diferentes. Nunca fui livre, fui apenas autônomo em toda a minha vida adulta. Mas tudo isso foi mais tarde, muito, muito tempo depois daquele dia em que recebi esse presente com uma dor levemente oculta, com uma tristeza ligeiramente oculta, como se alguma outra pessoa, e não eu, devesse ter ganhado aquele estetoscópio — símbolo e sinal de minha principal vitória, de meu principal sucesso no Extremo Norte, na fronteira entre a vida e a morte. Eu sentia perfeitamente tudo isso — não sei se entendia, mas sem dúvida sentia quando colocava o estetoscópio ao meu lado, no cobertor gasto do campo, antes pertencente a um soldado, cobertor que davam pela segunda ou até pela terceira vez aos alunos do campo. Passava os dedos pelo estetoscópio, dedos queimados de frio, e eles não entendiam se aquilo era de madeira ou de ferro. Uma vez tirei do saco, do meu próprio saco, tateando, o estetoscópio em vez da colher. E neste erro havia um sentido profundo.

Os ex-presos para quem os sofrimentos do campo foram mais leves — se é que o campo pode ser leve para alguém

— consideram que os tempos mais difíceis de sua vida são os da falta de direitos depois do campo, a vida errante pós-campo, quando não há maneira de encontrar uma estabilidade cotidiana — aquela mesma estabilidade que os ajudara a sobreviver no campo. Essas pessoas, de alguma maneira, se adaptaram ao campo, e ele se adaptou a elas dando-lhes comida, teto e trabalho. Era necessário mudar os hábitos abruptamente. As pessoas se deparavam com a destruição de suas esperanças, por mais modestas que fossem. O doutor Kalembet, que viveu cinco anos no campo, não deu conta da liberdade pós-campo e, depois de um ano, acabou com a própria vida, deixando um bilhete: "Os idiotas não me deixam viver". Mas a questão não eram os idiotas. Outro médico, o doutor Miller, passou toda a guerra tentando provar, com uma energia extraordinária, que não era alemão, e sim judeu — gritava isso em tudo que é canto, em todo formulário. Ainda havia um terceiro, doutor Braude, recondenado a mais três anos por seu sobrenome. O doutor Miller sabia que o destino não gosta de brincar. Ele conseguiu provar que não era alemão. Doutor Miller foi libertado no prazo. Mas, já depois de um ano de vida livre, foi acusado de cosmopolitismo.[55] Na verdade, ainda não estavam acusando o doutor Miller. Um chefe competente, que lia os jornais e gostava de literatura, convidou o doutor Miller para uma conversa preliminar. Pois ordens são ordens, mas adivinhar a "linha" antes da ordem é o maior prazer de um chefe competente. Aquilo que começava no centro fatalmente chegava, em seu tempo, a Tchukotka, Indiguirka e Iana, a Kolimá.[56] O doutor Miller entendia tudo isso muito bem.

[55] Nos anos finais do stalinismo estava em curso uma crescente onda de antissemitismo e perseguição aos judeus, disfarçada pela acusação de "cosmopolitismo". (N. da T.)

[56] Tchukotka é uma península no extremo noroeste da Rússia. Indi-

No povoado de Arkagala, onde Miller trabalhava como médico, um leitão se atolara na fossa de esgoto. O leitão se asfixiara na merda, mas fora puxado para fora, e assim começou uma contenda das mais pungentes; todas as organizações sociais tomaram parte na resolução da questão. O povoado livre — umas 100 pessoas entre chefes e engenheiros, mais suas famílias — exigia que o leitão fosse entregue ao refeitório livre: isso seria uma raridade — bifes suínos, uma centena de bifes suínos. A saliva da chefia estava escorrendo. Mas Kutcherenko, o chefe do campo, insistia que ele fosse vendido no campo — e todos os campos, todas as zonas passaram alguns dias discutindo o destino do leitão. Todo o resto foi esquecido. No povoado aconteciam reuniões — da organização do Partido, da organização sindical, dos soldados do destacamento de segurança.

O doutor Miller, ex-*zek*, chefe do departamento de saúde do povoado e do campo, devia resolver esta pungente questão. E o doutor Miller decidiu em prol do campo. Foi escrita uma ata na qual se dizia que o leitão se afogara na merda, mas podia ser utilizado no caldeirão do campo. Em Kolimá, não eram poucas as atas desse tipo. Como no caso de um *kompot*[57] que estava fedendo a querosene: "Não serve para venda na loja do povoado dos livres, mas pode ser lavado e vendido para o caldeirão do campo".

E foi justamente essa ata do leitão que Miller assinou um dia antes da conversa sobre cosmopolitismo. É uma simples cronologia, é aquilo que fica na memória como algo de

guirka e Iana são rios da região da Iacútia, situados entre os rios Lena e Kolimá. (N. da T.)

[57] Bebida tradicional russa, não alcoólica, preparada a partir do cozimento de frutas, água e açúcar. (N. da T.)

importância vital. Depois da conversa com o investigador, Miller não foi para casa, e sim para a zona, vestiu o jaleco, abriu seu gabinete, o armário, pegou uma seringa e aplicou em sua própria veia uma solução de morfina.

Para que toda essa história de médicos suicidas, do leitão que se afogou no esgoto, da alegria dos presos, que não tinha limites? Eis aqui o motivo.

Para nós — para mim e para centenas de milhares de outros que não trabalhavam no campo como médicos —, o período pós-campo foi de uma felicidade infinita, todo dia, toda hora. O inferno que deixáramos para trás era terrível demais, e nenhum tormento dos departamentos especiais e das seções de pessoal, nenhuma vida itinerante, nenhuma privação de direitos pelo artigo 39 do sistema de passaportes, nada disso tirava de nós esse sentimento de felicidade, de alegria em comparação àquilo que tínhamos visto ontem e anteontem.

Para um aluno do curso de enfermagem, ir parar na aula prática do terceiro departamento clínico era uma grande honra. Quem chefiava o terceiro departamento era Nina Semiônovna — ex-professora da cátedra de terapia diagnóstica do Instituto de Medicina de Khárkov.

Apenas duas pessoas, dois dos trinta alunos, podiam passar pela prática na terceira ala clínica, que durava um mês.

A prática, a observação viva dos pacientes — ah, como isso estava infinitamente distante dos livros, do "curso". Não é possível tornar-se médico pelos livros — nem enfermeiro, nem médico.

Na terceira seção foram apenas dois homens — eu e Bokis.

— Dois homens? Por quê?

Nina Semiônovna era uma mulher velha e curvada, de olhos verdes, grisalha, enrugada, hostil.

— Dois homens? Por quê?

— Nina Semiônovna odeia mulheres.

— Odeia?

— Bem, não gosta. Em suma, dois homens. Felizardos.

A responsável pelos cursos, Muza Dmítrievna, levou-nos, a Bokis e a mim, diante dos olhos verdes de Nina Semiônovna.

— Faz tempo que estão aqui?

— Desde 37.

— Eu, desde 38. No começo estava no Elguen. Fiz trezentos partos lá, só que antes do Elguen eu não fazia partos. Depois veio a guerra — meu marido morreu em Kíev. Dois filhos também. Meninos. Bomba.

Ao meu redor tinha morrido mais gente do que em qualquer batalha da guerra. Morreram sem qualquer guerra, antes de qualquer guerra. Mas mesmo assim. A dor existe em várias formas, assim como a felicidade.

Nina Semiônovna sentou no leito do paciente e tirou o cobertor.

— Bem, vamos começar. Peguem o estetoscópio, coloquem no peito do paciente e escutem... Os franceses escutam através de uma toalha. Mas o estetoscópio é o mais certeiro, o mais confiável. Não sou partidária dos fonendoscópios, usar fonendoscópio é coisa de médico chique — eles têm preguiça de chegar perto do paciente. Estetoscópio... Isso que vou mostrar vocês não vão encontrar em manual nenhum. Escutem.

O esqueleto coberto de pele cumpriu a ordem de Nina Semiônovna, obediente. Cumpriu minhas ordens também.

— Escutem esse som de caixa, esse tom surdo. Lembrem dele pelo resto da vida, e também desses ossos, dessa pele seca, desse brilho nos olhos. Vão lembrar?

— Vou. Pelo resto da vida.

— Lembram do som que havia ontem? Escutem o paciente de novo. O som mudou. Descrevam tudo isso, anotem no prontuário. Sem medo. Mão firme.

Na enfermaria havia vinte pacientes.

— Agora não temos pacientes interessantes. Isso que vocês viram é fome, fome e fome. Sentem-se à esquerda. Aqui, no meu lugar. Segurem o paciente com a mão esquerda pelo ombro. Mais firme, mais firme. O que estão ouvindo?

Contei.

— Bem, hora de almoçar. Andem, vocês vão ganhar a comida na distribuição.

A inchada Chura, encarregada da distribuição, colocou para nós com mão generosa um almoço "de doutor". Os olhos escuros da enfermeira-chefe sorriam para mim, mas sorriam mais para si mesma, internamente.

— Por que isso, Olga Tômassovna?

— Ah, o senhor notou. Estou sempre pensando em outra coisa. No passado. No que já aconteceu. Tento não ver a vida de hoje.

— A de hoje não é tão má, não é tão terrível.

— Sirvo um pouco mais de sopa?

— Sirva.

Eu não estava com ânimo para olhos negros. A aula de Nina Semiônovna, o domínio da arte curativa — isso era o mais importante no mundo para mim.

Nina Semiônovna vivia na ala, num quarto que em Kolimá se chamava de "cabine". Além dela mesma, ninguém nunca entrava ali. A própria dona arrumava e varria o chão. Se ela lavava o chão, não sei. Pela porta aberta via-se o catre duro e mal coberto, uma mesinha de cabeceira de hospital, um banquinho, paredes branqueadas. Havia ainda um escritório ao lado da cabine, só que a porta se abria para a enfermaria, e não para a entrada. No escritório havia uma espécie de escrivaninha, dois banquinhos, um leito.

Tudo era igual às outras alas, mas tinha algo diferente:

faltava alguma coisa ali, talvez flores — na cabine, no escritório e na enfermaria. Ou talvez a culpa fosse da austeridade de Nina Semiônovna, de sua incapacidade de sorrir. O fogo de seus olhos verde-escuro, cor de esmeralda, se incendiava como que sem motivo, sem propósito. Os olhos se inflamavam sem nenhuma relação com a conversa, com a questão. Mas os olhos não tinham vida própria — eles viviam junto com os sentimentos e pensamentos de Nina Semiônovna.

Na seção não havia amizade, nem mesmo a amizade mais superficial das auxiliares e enfermeiras. Todas vinham ao trabalho, ao serviço, ao plantão, e era evidente que a vida verdadeira das funcionárias da terceira ala clínica se dava no barracão feminino, depois do serviço, depois do trabalho. Normalmente, nos hospitais do campo, a verdadeira vida fica colada, grudada ao lugar de trabalho, ao horário de trabalho, as pessoas vão às suas alas com alegria, para se afastar o quanto antes do maldito barracão.

Na terceira ala clínica não havia amizade. As auxiliares e enfermeiras não gostavam de Nina Semiônovna. Apenas a respeitavam. Temiam. Temiam o terrível Elguen, o *sovkhoz* de Kolimá, onde as presas trabalhavam tanto na terra quanto na floresta.

Todas temiam, menos a distribuidora Chura.

— É difícil trazer homens para cá — dizia Chura, jogando com estrondo as tigelas no armário. — Mas eu, graças a Deus, já estou no quinto mês. Logo me mandam para o Elguen e me soltam! Soltam as mães todo ano: é a nossa única chance.

— As do 58 não soltam.

— Sou do parágrafo 10. Do parágrafo 10 soltam. Não as trotskistas. A Katiucha trabalhava aqui no meu lugar no ano passado. O homem dela, Fiédia, agora mora comigo — soltaram a Katiucha com a criança, ela veio se despedir. Fiédia disse: "Lembre, fui eu que soltei você". Não foi nem pelo fim da pena, nem por anistia, nem pelo procurador verde,[58] e sim por um meio próprio, mais seguro... E soltou mesmo. Parece que vai me soltar também.

Chura mostrou confidencialmente sua barriga.

— Deve ter soltado.

— Aí é que está. Dessa ala maldita eu vou embora.

— Mas que mistério é esse, Chura?

— Você mesmo vai ver. Melhor ainda: amanhã é domingo, vamos fazer a sopa medicinal. Mesmo que Nina Semiônovna não goste muito dessas festas... Ela vai permitir mesmo assim.

Sopa medicinal era uma sopa feita de remédios — todo tipo de raízes, cubinhos de carne dissolvidos no soro fisiológico — nem precisava de sal, como Chura me informou com entusiasmo... *Kissel*[59] de mirtilo e framboesa, chá de rosa-mosqueta, panquecas.

O almoço medicinal foi aprovado por todos. Nina Semiônovna terminou sua porção e se levantou.

— Passe no meu escritório.

Fui.

— Tenho um livrinho para o senhor.

Nina Semiônovna revolveu a gaveta e pegou um livrinho parecido com um livro de orações.

— O Evangelho?

— Não, não é o Evangelho — disse lentamente Nina Semiônovna, e seus olhos verdes brilharam. — Não, não é o Evangelho. É Blok.[60] Tome. — Peguei com reverência e timidez o volumezinho sujo e cinzento da pequena série "Biblio-

[58] "Procurador verde" era a forma jocosa pela qual os prisioneiros se referiam às fugas. Ver o conto "O procurador verde" em *O artista da pá*, volume 3 dos *Contos de Kolimá*. (N. da T.)

[59] Caldo doce de frutas engrossado com farinha. (N. da T.)

[60] O poeta russo Aleksandr Blok (1880-1921). (N. da T.)

teca do Poeta". Com a pele grosseira de meus dedos, queimados pelo frio e ainda marcados pelo trabalho nas minas, tateei a lombada sem sentir nem a forma, nem o tamanho do livro. Havia dois marcadores de papel no volumezinho.

— Leia esses dois poemas em voz alta para mim. Onde estão os marcadores.

— "A moça cantava no coral da igreja". "Num distante quartinho azul". Um dia eu soube esses versos de cor.

— É mesmo? Recite.

Comecei a recitar, mas imediatamente esqueci as linhas. A memória se recusava a "entregar" os versos. Eu chegara ao hospital vindo de um mundo que conseguia passar sem versos. Havia dias em minha vida, e não eram poucos, em que eu não conseguia lembrar e não queria lembrar de nenhum poema. Eu me alegrava com isso, como se tivesse me livrado de um fardo desnecessário — inútil em minha luta nos andares inferiores da vida, nos porões da vida, na fossa da vida. Ali, a poesia só me atrapalhava.

— Leia no livrinho.

Li os dois poemas, e Nina Semiônovna começou a chorar.

— Você entende? O menino morreu, morreu. Vá, leia Blok.

Li e reli Blok com avidez a noite toda, o plantão inteiro. Além de "A moça" e "Quartinho azul", havia lá "Encantamento com fogo e trevas", havia os poemas ardentes dedicados a Vólokhova.[61] Esses poemas despertaram forças totalmente diferentes. Devolvi o livrinho a Nina Semiônovna depois de três dias.

— O senhor pensou que eu estava lhe dando o Evangelho. Também tenho o Evangelho. Aqui está. — Um volume-

[61] Natália Nikoláievna Vólokhova (1878-1966), atriz russa.

zinho parecido com o Blok, mas não azul e sujo, e sim de couro marrom-escuro, foi retirado da gaveta. — Leia o apóstolo Paulo. Carta aos Coríntios. Esse mesmo.

— Não tenho sentimento religioso, Nina Semiônovna. Mas, claro, tenho um enorme respeito por...

— Como? O senhor, que viveu mil vidas? O senhor, que ressuscitou? Não tem sentimento religioso? Por acaso viu pouca tragédia aqui?

O rosto de Nina Semiônovna se enrugou, ficou sombrio, os cabelos grisalhos se soltaram, escaparam da touquinha médica branca.

— O senhor vai ler livros... revistas.

— A revista do patriarcado de Moscou?

— Não, não do patriarcado de Moscou, mas de lá...

Nina Semiônovna agitou a manga branca, parecida com a asa de um anjo, apontando para cima... Para onde? Para fora do arame da zona? Fora do hospital? Fora da cerca da cidadezinha dos livres? Do mar? Das montanhas? Fora do país? Além das fronteiras do céu e da terra?

— Não — falei com voz inaudível, congelado e devastado em meu interior. — Por acaso a única saída para as tragédias humanas é a religiosa? — As frases se reviravam no cérebro, causando dor nos neurônios. Achei que há muito tempo tinha esquecido aquelas palavras. E então as palavras apareceram novamente — e o mais importante, obedeceram à minha vontade pessoal. Era algo parecido com um milagre. Repeti mais uma vez, como se estivesse lendo algo escrito ou impresso no livro: — Por acaso a única saída para as tragédias humanas é a religiosa?

— A única, é a única. Vá.

Depois de colocar o Evangelho no bolso, saí pensando, por algum motivo, não nos Coríntios, nem no apóstolo Paulo, e nem no milagre da memória humana, milagre inexplicável que havia acabado de acontecer, mas em algo completamente diferente. E, depois de imaginar esse "algo diferente", entendi que estava de volta ao mundo do campo, ao habitual mundo do campo, e a possibilidade de uma "saída religiosa" era casual demais, extraterrena demais. Depois de colocar o Evangelho no bolso, eu só pensava uma coisa: se me dariam jantar ou não naquele dia.

Os dedos cálidos de Olga Tômassovna me pegaram pelo cotovelo. Seus olhos escuros estavam sorrindo.

— Vá, vá — disse Olga Tômassovna, levando-me para a porta de saída. — O senhor ainda não foi convertido. Para gente como você não tem jantar por aqui.

No dia seguinte devolvi o Evangelho a Nina Semiônovna, e, com um movimento brusco, ela escondeu o livro na gaveta.

— Sua prática termina amanhã. Dê-me, vou assinar sua carteirinha, sua caderneta de avaliação. E aqui está um presente para o senhor: um estetoscópio.

(1963)

O MELHOR ELOGIO

Era uma vez uma bela mulher. Mária Mikháilovna Dobroliúbova. Blok escreveu sobre ela em seu diário: os cabeças da revolução a obedeciam sem objeções — talvez, se ela fosse diferente e não tivesse morrido, o andamento da revolução russa pudesse ter sido outro. Se ela fosse diferente!

Toda geração russa — aliás, não só russa — traz à vida um igual número de gigantes e nulidades. Gênios, talentos. Cabe ao tempo dar ao herói e ao talento um caminho — ou matar com casualidade, ou sufocar com um elogio ou com a prisão.

Será que Macha Dobroliúbova era menos do que Sófia Perôvskaia?[62] O nome de Sófia Perôvskaia, afinal, está nas plaquinhas de madeira penduradas nos postes de luz das ruas, enquanto Mária Dobroliúbova foi esquecida.

Até seu irmão foi menos esquecido — Aleksandr Dobroliúbov, poeta e fundador de uma seita.[63]

A bela aluna do Instituto Smólni,[64] Macha Dobroliúbo-

[62] Sófia Perôvskaia (1853-1881), revolucionária do grupo *Naródnaia Vólia* (Vontade do Povo). Participou do assassinato do tsar Alexandre II e foi a primeira mulher a ser condenada à morte na Rússia por motivos políticos. (N. da T.)

[63] Referência ao poeta decadentista Aleksandr Dobroliúbov (1876-1945). (N. da T.)

[64] Instituto feminino de educação superior. (N. da T.)

va, entendia muito bem qual era seu lugar na vida. A capacidade de sacrifício, a vontade de viver e morrer eram muito grandes nela.

Ainda menina, trabalhou "com o estômago vazio". Foi enfermeira na guerra russo-japonesa.

Todas essas provas morais e físicas só aumentaram sua exigência consigo mesma. Entre as duas revoluções,[65] Macha Dobroliúbova se aproximou dos SR.[66] Ela não foi "para a propaganda". Assuntos pequenos não eram do feitio da jovem, já experiente nas tempestades da vida.

O terror — o "ato" — era com isso que sonhava, era isso o que pedia Macha. Macha esperava a aprovação dos chefes. "A vida de um terrorista dura seis meses", como dizia Sávinkov. Recebeu um revólver e foi "fazer o ato".

Mas ela não encontrou em si forças para matar. Toda a sua vida passada se insurgia contra essa última decisão.

A luta pela vida dos que morriam de fome, a luta pela vida dos feridos.

Agora, precisava transformar morte em vida.

O trabalho vivo com as pessoas e o passado heroico de Macha tiveram um papel prejudicial na preparação para o atentado.

Era preciso ser teórico demais, dogmático demais para se desviar da vida viva. Macha viu que estava sendo direcionada pela vontade alheia e se surpreendeu com isso, teve vergonha de si mesma.

[65] As revoluções de 1905 e de 1917. (N. da T.)

[66] Membros do Partido Socialista Revolucionário, partido antitsarista criado em 1902, inspirados pelo *Naródnia Vólia*. Os SR tiveram importante participação na Revolução de 1917, mas depois foram perseguidos pelos bolcheviques. Após a Revolução de Outubro, se dividiram em dois grupos: direita (antibolchevique) e esquerda (inicialmente pró-bolchevique). Vários de seus membros defendiam o terrorismo como prática política, entre eles Boris Sávinkov (1879-1925). (N. da T.)

Ela não encontrou em si forças para atirar. Mas seria terrível viver na vergonha, na mais profunda crise espiritual. Macha Dobroliúbova se matou com um tiro na boca.

Tinha 29 anos.

Escutei pela primeira vez este nome russo repleto de luz e paixão na cadeia de Butirka.

Aleksandr Gueórguievitch Andrêiev, secretário-geral da sociedade de presos políticos, me contou a história de Macha.

— Há uma regra no terrorismo. Se o atentado por algum motivo não tem sucesso (o atirador perdeu a ocasião, o disparo falhou ou alguma outra coisa), não dão uma segunda chance ao executor. Se os terroristas são os mesmos da primeira vez malsucedida, é fracasso na certa.

— E Kaliáiev?[67]

— Kaliáiev é uma exceção.

A experiência, a estatística e a experiência da clandestinidade dizem que reunir tamanha força e capacidade de sacrifício só é possível uma vez. O destino de Mária Mikháilovna Dobroliúbova é o exemplo mais conhecido de nossa coletânea oral e clandestina.

— Era gente assim que escolhíamos como militantes — e Andrêiev, de cabelos prateados e pele morena, com um movimento brusco indicou Stepânov, que, sentado no catre, abraçava os joelhos.

Stepânov era um jovem eletricista da rede elétrica da MOGES,[68] calado, apagado, com um ardor inesperado nos olhos azul-escuros. Recebia a tigela calado, comia calado, pe-

[67] Ivan Kaliáiev (1877-1905), SR que realizou dois atentados terroristas: um fracassado contra o ministro do Interior Viacheslav Pleve em 1904, e o bem-sucedido assassinato do grão-duque Serguei, filho do tsar Alexandre II, em 1905. (N. da T.)

[68] Sigla da agência de usinas elétricas de Moscou. (N. da T.)

gava uma nova porção calado, passava horas sentado na borda do catre, abraçando os joelhos, pensando algo consigo mesmo. Ninguém na cela sabia de que Stepânov fora acusado. Nem o comunicativo Aleksandr Filíppovitch Rinditch, um historiador, sabia.

Na cela havia 80 pessoas e 25 lugares. Os catres de ferro, fixados na parede, cobertos com tábuas de madeira, eram pintados com tinta cinza, da cor da parede. Perto da latrina, junto à porta, havia uma montanha de tábuas de reserva, pois à noite a passagem estaria ocupada quase por inteiro; deixavam apenas duas aberturas para mergulhar para baixo, sob as tarimbas — ali também havia tábuas, e sobre elas dormia gente. O espaço entre os catres é chamado de "metrô".

Em frente à porta com um olho mágico e um comedouro, ficava uma imensa janela gradeada com uma "focinheira" de ferro. O comandante de plantão, ao assumir a troca de turno, testava a integridade da grade pelo método acústico — passava uma chave por ela, de cima a baixo, a mesma com a qual se trancava a cela. Esse som particular, e também o estrondo da fechadura da porta, fechada com duas voltas de noite e uma volta de dia, além das batidas da chave na fivela de cobre do cinto — então era para isso que serviam as fivelas: é um sinal de aviso do escolta para seus camaradas dado durante as peregrinações pelos infinitos corredores da Butirka — são estes os três elementos da sinfonia de música "concreta" da prisão, que fica na memória para o resto da vida.

Os habitantes do "metrô" passavam o dia sentados na beira do catre, nos lugares dos outros, esperando por um lugar. De dia ficavam umas cinquenta pessoas nas tábuas. Eram aqueles que tinham ganhado o direito de dormir e viver num lugar de verdade. Quem tinha chegado à cela antes dos outros ocupava o melhor lugar. Eram considerados melhores os lugares perto da janela, mais longe da porta. Às vezes o inquérito ia rápido, e o detento não tinha tempo de chegar à janela para conseguir um pouquinho de ar fresco. No inverno esse fiozinho de ar vivo descia timidamente pelos vidros para algum lugar lá embaixo, e mesmo no verão era visível — no limite com o calor abafado e suarento da cela superlotada. Para chegar até esses ditosos lugares levava-se seis meses: do "metrô" até a latrina fedida. E depois da latrina — "rumo às estrelas"!

Nos invernos frios, os mais antigos se mantinham no meio da cela, preferindo o calor à luz. Todo dia traziam alguém, levavam alguém. A "fila" de lugares não era só uma distração. Não, a justiça era a coisa mais importante do mundo.

O homem da prisão é impressionável. Gasta-se uma colossal energia nervosa em bobagens, numa briga qualquer por lugar — até o ponto da histeria, até alguém sair na mão. E também não são poucas as forças mentais e físicas, a capacidade de inventar, de adivinhar e de arriscar que se gastam em adquirir e conservar um ferro qualquer, um toco de lápis, um grafitinho — coisas que são proibidas pelas regras da prisão e, por isso, mais desejadas ainda. Ali, naquela bobagem, há um teste de caráter.

Aqui ninguém compra lugar, nem contrata ninguém para ficar de plantão na faxina da cela. É rigorosamente proibido. Aqui não há ricos e pobres, não há generais e soldados.

Ninguém pode, por vontade própria, ocupar um lugar que ficou vago. O veterano escolhido administra isso. É direito dele dar o melhor lugar a um novato, se ele for velho.

O veterano fala pessoalmente com cada novato. É muito importante acalmar o novato, levantar-lhe o ânimo. É sempre possível diferenciar aqueles que não estão atravessando a porta de uma cela de prisão pela primeira vez. Esses são mais calmos, têm o olhar mais vivo e firme. Examinam seus novos vizinhos com claro interesse, sabendo que a cela comum não representa nenhuma ameaça em especial. Esses discernem os rostos e as pessoas imediatamente, nas primeiras horas. Já aqueles que vieram pela primeira vez precisam de alguns dias até que a cela da prisão deixe de ser um conjunto de rostos iguais, deixe de ser hostil e incompreensível...

No começo de fevereiro, ou talvez no fim de janeiro de 1937, a porta da cela número 67 se abriu, e na entrada surgiu um homem de cabelos prateados, sobrancelhas negras e olhos escuros, vestindo um sobretudo de inverno desabotoado com uma velha gola de astracã. Em suas mãos havia um pequeno saco de linho, uma "sacolinha", como dizem na Ucrânia. Um velho, de uns sessenta anos. O veterano indicou um lugar ao novato — não no metrô, não na latrina, mas perto de mim, no meio da cela.

O homem de cabelos prateados agradeceu ao veterano, reconhecido. Seus olhos negros brilhavam com jovialidade. O homem examinava os rostos ao redor com avidez, como se tivesse passado muito tempo na solitária e enfim inspirasse bem fundo o ar puro da cela comum da prisão.

Nem medo, nem susto, nem dor espiritual. A gola surrada do sobretudo e o paletozinho amarrotado demonstram que o dono sabe, e já sabia até de antes, o que era a prisão, e que fora preso em casa, claro.

— O senhor foi preso quando?

— Duas horas atrás. Na minha casa.

— É SR?

O homem soltou uma gargalhada. Seus dentes eram brancos, brilhantes, mas será que não eram próteses?

— Todos viraram fisionomistas.

— A boa e velha cadeia!

— Sim, SR, e ainda por cima de direita. É incrível que saiba a diferença. A sua geração nem sempre entende essa questão tão importante.

E acrescentou seriamente, encarando-me diretamente com seus olhos negros, fixos, ardentes.

— De direita, de direita. Autêntico. Não entendo os SR

de esquerda. Tenho respeito por Spiridónova, Prochian,[69] mas todos os seus atos... Meu sobrenome é Andrêiev, Aleksandr Gueórguievitch.

Aleksandr Gueórguievitch examinava os vizinhos, dando avaliações, curtas, ásperas, precisas.

A questão das repressões não passou despercebida a Andrêiev.

Sempre lavávamos as roupas juntos nos banhos, nos célebres banhos da cadeia de Butirka, ladrilhados de azulejos amarelos, nos quais era impossível escrever qualquer coisa ou riscar qualquer coisa. Mas a porta era uma caixa de correio, forrada de ferro por dentro e de madeira por fora. A porta estava riscada com tudo quanto é comunicado. De tempos em tempos essas mensagens eram apagadas, raspadas, assim como se apaga giz em uma lousa de ardósia: pregavam novos tábuas, e a "caixa de correio" funcionava novamente a pleno vapor.

A casa de banhos era uma grande festa. Na cadeia de Butirka todos os investigados lavavam sua própria roupa — é uma antiga tradição. Um "serviço" desse tipo por conta do Estado não existia, e não aceitavam as roupas que vinham de casa. A roupa "despersonalizada" do campo também não existia ali, claro. Secavam a roupa na cela. Davam-nos muito tempo para ensaboar e lavar. Ninguém se apressava.

Observei nos banhos a figura de Andrêiev — flexível, de pele morena, longe de parecer um velho; e Aleksandr Gueórguievitch já tinha mais de sessenta.

Não perdíamos nenhum passeio — dava para ficar na cela, deitado, dizer que estava doente. Mas, pela minha experiência pessoal, e pela de Aleksandr Gueórguievitch também, não dava para perder os passeios.

[69] Maria Spiridónova (1884-1941) e Proch Prochian (1883-1918), membros do Partido Socialista Revolucionário. (N. da T.)

Todo dia, Andrêiev andava para a frente e para trás pela cela antes do almoço — da janela para a porta. Na maioria dos casos antes de almoçar.

— É um velho hábito. Mil passos por dia, essa é minha cota diária. Dose de cadeia. As duas leis da prisão: ficar menos tempo deitado e comer menos. O detento deve ficar meio esfomeado para não sentir nenhum peso no estômago.

— Aleksandr Gueórguievitch, você conhecia Sávinkov?

— Conhecia, sim. Nos encontramos no exterior: no enterro de Guerchuni.[70]

Andrêiev não precisava me explicar quem era Guerchuni — eu conhecia de nome todos os que ele às vezes mencionava, imaginava bem. E ele gostava muito disso. Seus olhos negros brilhavam, ele se avivava.

O Partido Socialista Revolucionário é um partido de destino trágico. As pessoas que morreram por ele — tanto os terroristas quanto os propagandistas — eram as melhores pessoas da Rússia, a flor da *intelligentsia* russa; por suas qualidades morais todas essas pessoas, que se dedicaram inteiramente e que sacrificaram a vida, foram dignas herdeiras do heroico *Naródnaia Vólia*, herdeiras de Jeliábov, Perôvskaia, Mikháilov, Kibáltchitch.

Essas pessoas suportaram o fogo das mais duras repressões — pois a vida de um terrorista dura seis meses, segundo as estatísticas de Sávinkov. Viviam como heróis e morriam como heróis. Guerchuni, Sazónov, Kaliáiev, Spiridônova, Zilberberg, todas essas personalidades não eram menores do que Figner ou Morózov, Jeliábov ou Perôvskaia.

O Partido Socialista Revolucionário também desempenhou um grande papel na derrubada do tsarismo. Mas a his-

[70] Grigóri Guerchuni (1870-1908), revolucionário russo, um dos fundadores do Partido Socialista Revolucionário. (N. da T.)

tória não seguiu seu caminho. Foi justamente essa a mais profunda tragédia do partido, de suas pessoas.

Esses pensamentos costumavam me vir à cabeça.

O encontro com Andrêiev me fortaleceu nesses pensamentos.

— Que dia você considera o mais marcante da sua vida?

— Nem preciso pensar na resposta: está pronta faz tempo. Foi o dia 12 de março de 1917. Antes da guerra fui julgado em Tachkent. Artigo 102. Seis anos de trabalhos forçados. Prisão de trabalho — Pskov, Vladímir. Dia 12 de março de 1917 fui posto em liberdade. Hoje é 12 de março de 1937, e estou na prisão!

Na nossa frente se moviam as pessoas da cadeia de Butirka, próximas e de alguma forma alheias a Andrêiev, pelas quais ele sentia pena, hostilidade, compaixão.

Arkadi Dzidziévski, o célebre Arkacha da guerra civil, terror de tudo quanto era paizinho da Ucrânia.

Esse sobrenome é citado por Vichinski nos interrogatórios do processo de Piatakov.[71] Ou seja, ele morreu mais tarde, foi chamado pelo nome do futuro morto, Arkadi Dzidziévski. Ficou meio louco depois da Lubianka e de Lefôrtovo. Alisava, com as mãos roliças de velho, uns lenços coloridos que ficavam em seus joelhos. Eram três lencinhos: "São minhas filhas: Nina, Lida e Nata".

Ali estava Sviêchnikov, engenheiro do Khimstroi, para quem o investigador dissera: aí está seu lugar, fascista, canalha. O funcionário da companhia ferroviária Gudkov: "Eu tinha uns discos com discursos de Trótski, e minha mulher denunciou...". Vássia Jávoronkov: "O professor de educação política me perguntou: e se não existisse o poder soviético,

[71] Andrei Vichinski (1883-1945), procurador-geral da União Soviética na época do terror stalinista. Gueorgui Piatakov (1890-1937), dirigente comunista executado nos Processos de Moscou. (N. da T.).

onde você trabalharia, Jávoronkov?". "Trabalharia no depósito, mesmo, que nem agora..."

Havia ainda um maquinista — representante do centro moscovita de "anedotistas" (juro por Deus que não estou mentindo!). Amigos que se reuniam aos sábados e contavam piadas uns aos outros. Cinco anos, Kolimá, morte.

Micha Vígon era aluno do Instituto de Telecomunicações: "Escrevi ao camarada Stálin sobre tudo o que vi na prisão". Três anos. Micha Vígon saiu vivo, esquivando-se enlouquecidamente e renegando todos os seus antigos camaradas, sobreviveu a fuzilamentos — e ele próprio tornou-se chefe de turno na mesma lavra Partizan onde morreram todos os seus camaradas, exterminados.

Siniukov era chefe do departamento de pessoal do comitê moscovita do Partido — hoje, escreveu uma declaração: "Acalento esperanças de que no Estado Soviético existam leis". Acalento!

Kóstia e Nika, estudantes moscovitas de 15 anos que ficavam jogando futebol na cela com uma bola feita com trapos, eram os terroristas que haviam matado Khandjian. Muito tempo depois fiquei sabendo que Béria atirara em Khandjian em seu gabinete pessoal.[72] E as crianças que tinham sido acusadas desse assassinato — Kóstia e Nika — morreram em Kolimá em 1938, morreram apesar de não terem sido forçadas a trabalhar: morreram simplesmente de frio.

O capitão Chnaider do Komintern. Orador, advogado, homem alegre, mostrava seus truques nas apresentações da cela.

Liônia, o malfeitor que desatarraxara porcas da rede de ferrovias, habitante da região de Tuma nos arredores do distrito de Moscou.

[72] Agassi Khandjian (1901-1936), líder do Partido Comunista da Armênia. Lavrenti Béria (1899-1953), chefe do NKVD. (N. da T.)

Falkovski, cujo crime foi qualificado como 58.10, agitação política; material: cartas de Falkovski à noiva e cartas dela ao noivo. Uma correspondência pressupõe duas ou mais pessoas. Ou seja, 58.11 — organização — o que agravou muito o caso.

Aleksandr Gueórguievitch falou baixo: "Aqui há apenas mártires. Aqui não há heróis".

— Em um de meus "casos" há um despacho de Nicolau II. O ministro da Defesa relatou ao tsar sobre o roubo do torpedeiro em Sebastópol. Precisávamos de armas, e pegamos de um navio militar. O tsar escreveu na margem do informe: "Mau negócio".

"Comecei como aluno de ginásio, em Odessa. Minha primeira tarefa foi jogar uma bomba em um teatro. Era uma bomba de fedor, inofensiva. Passei na prova, por assim dizer. Depois veio algo sério, maior. Não fui para a propaganda. Todos esses círculos, essas conversas — era muito difícil ver, sentir um resultado final. Fui para o terrorismo. Pelo menos é um, dois, três e pronto!

"Fui secretário-geral da sociedade de presos políticos, até que a dissolveram."

Uma enorme figura negra saltou na direção da janela e, agarrando uma barra da grade, começou a uivar. O epilético Alekseiev, do tamanho de um urso, de olhos azuis, antigo integrante da Tcheká, sacudia a barra e soltava gritos selvagens: "Liberdade! Liberdade!" — depois caiu da grade num ataque epilético. As pessoas se debruçaram sobre o epilético. Uns seguravam os braços, outros a cabeça, e outros as pernas de Alekseiev.

Aleksandr Gueórguievitch também falou, apontando o epiléptico: "O primeiro tchekista".[73]

[73] Ver o conto homônimo em *O artista da pá*. Tcheká era o nome da polícia política soviética entre 1918 e 1922. (N. da T.)

— Meu investigador era um menino, essa foi a falta de sorte. Não sabia nada sobre revolucionários, e os SR para ele eram mastodontes. Só fez gritar: "Confesse! Pense!". Falei para ele: "Você sabe o que são os SR?". "Sei, e daí?" "Se eu estou falando que não fiz, é porque não fiz. E, se eu quiser mentir, nenhuma ameaça vai mudar minha decisão. Devia saber ao menos um pouco de história..."

A conversa foi depois do interrogatório, mas, pela narrativa, não se percebia que Andrêiev estava preocupado.

— Não, ele não grita comigo. Sou velho demais. Ele só diz: "pense". E ficamos sentados. Por horas. Depois eu assino um protocolo e nos separamos até o dia seguinte. Inventei formas de não ficar entendiado na hora dos interrogatórios. Conto os desenhos na parede. Está forrada de papel de parede. Mil quatrocentos e sessenta e dois desenhos iguais. Esse é o resultado da parede de hoje. Desligo a atenção. Repressão já existia e vai continuar existindo. Enquanto existir governo.

A experiência, a experiência heroica de preso político dos tempos do tsar parecia inútil para a nova vida que estava indo por um novo caminho. E de repente ficou claro que o caminho não era novo em absoluto, que tudo era necessário: tanto a recordação de Guerchuni, quanto a conduta nos interrogatórios e a capacidade de contar desenhos do papel de parede. E também a sombra heroica de seus camaradas mortos há tempo nas galés do tsar, na forca.

Andrêiev tinha revivido, tinha se animado, não por aquela excitação de nervos que acontece com quase todos os que vão para a prisão. Os investigados inclusive riem mais do que precisam, por qualquer motivo banal. Esse riso e essa vivacidade são uma reação de defesa do detento, especialmente em público.

A animação de Andrêiev era de outro tipo. Era como se fosse uma satisfação interna por se colocar de novo na mesma posição que tinha ocupado por toda a vida, muito cara a ele e que parecia ter ficado no passado. Estava claro que não, que o tempo ainda precisava dele.

Andrêiev não se importava se as acusações eram verdadeiras ou falsas. Ele sabia o que era repressão em massa, e não se surpreendia com nada.

Na cela vivia Lionka, um jovem de dezessete anos vindo de uma aldeiazinha perdida da região de Tuma na área de Moscou. Analfabeto, ele achava que a cadeia de Butirka era para ele uma enorme felicidade: lhe davam comida "até encher o bucho", e que pessoas boas! Lionka, depois de um semestre sendo investigado, recebera mais informação do que em toda a sua vida anterior. De fato, todo dia eram dadas palestras na cela, e, ainda que na prisão a memória assimile mal o que se escuta e o que se lê, ainda assim ficou gravado no cérebro de Lionka muita coisa nova e importante. Lionka não se preocupava com seu "caso". Fora acusado da mesma coisa que o malfeitor de Tchekhov — em 1937 ele desatarraxara porcas dos trilhos da rede ferroviária para usar de chumbada. Era um caso claro de 58.7 — sabotagem. Mas Lionka também levara o 58.8 — terrorismo!

— Mas o que aconteceu? — perguntaram em uma das conversas com Lionka.

— O juiz saiu me perseguindo com um revólver.

Muitos riram dessa resposta. Mas Andrêiev me disse baixinho, e a sério:

— A política não conhece o conceito de culpa. Claro que Lionka é Lionka, mas Mikhail Gots era paralítico.[74]

Era a abençoada primavera de 1937, quando ainda não batiam em nós durante a investigação, quando "cinco anos" era o carimbo padronizado das condenações dos conselhos

[74] Mikhail Gots (1866-1906), membro do grupo *Naródnaia Vólia* e um dos fundadores do Partido Socialista Revolucionário. (N. da T.)

especiais. "Cinco anos em acampamentos distantes",[75] como diziam os agentes ucranianos do NKVD. Os funcionários dessas instituições não eram mais chamados de tchekistas.

As pessoas se alegravam com um "cinquinho" — pois um russo se alegra por não receber dez, ou vinte e cinco, ou fuzilamento. Essa alegria tinha motivo — tudo ainda estava por vir. Todos sonhavam com a liberdade, com o "ar puro", com o pagamento pelos dias de trabalho.

— E o senhor?

— Quanto a nós, antigos presos políticos, nos mandam para a Dudinka, para o exílio. Para sempre. Já não sou nenhum jovem.

Entretanto, já estavam em curso as "esperas em pé", quando não deixavam a pessoa dormir por alguns dias — e a "linha de produção", quando os agentes de polícia, ao terminar o turno, iam se alternando, e o interrogado ficava na cadeira até perder a consciência.

Mas o "método número 3" ainda estava por vir.

Eu entendia que minha atividade carcerária agradava ao velho preso político. Eu não era novato, sabia como tinha que consolar as pessoas que haviam perdido o ânimo... Eu era o veterano eleito pela cela. Andrêiev viu em mim a si mesmo durante seus anos de juventude. E gostava do meu habitual interesse e do meu respeito por seu passado, minha compreensão de seu destino.

Não se passava o dia na prisão à toa, de modo algum. A auto-organização da cadeia Butírskaia tinha suas leis, e o cumprimento dessas leis educava o caráter, tranquilizava os novatos, trazia benefícios.

Aconteciam palestras diariamente. Cada um que viera parar na prisão podia contar algo interessante sobre seu traba-

[75] Em ucraniano no original. (N. da T.)

lho, sobre sua vida. Me lembro até hoje do vivo relato de um simples serralheiro-montador a respeito da Dneprostroi.[76]

Kogan, docente da academia da Força Aérea, deu algumas palestras: "Como as pessoas mediram a Terra", "O mundo das estrelas".

Jorjik Kospárov — filho da primeira secretária de Stálin, que o "chefe-piloto" mandara para a morte em exílios e campos — contava a história de Napoleão.

Um guia de excursões da Tretiakóvskaia falou da escola de Barbizon na pintura.

O plano de aulas não tinha fim. Ficava guardado na cabeça — do veterano, ou seja, do "organizador cultural" da cela...

Normalmente conseguíamos convencer cada novato que entrava a contar naquela mesma noite as novidades dos jornais, os boatos, as conversas que circulavam por Moscou. Quando o detento se acostumava, ele também encontrava dentro de si forças para dar uma palestra.

Além disso, sempre havia muitos livros na cela — da famosa biblioteca da cadeia de Butirka, que não conhecia as exclusões da censura. Havia ali muitos livros que você não encontraria nas bibliotecas livres. A *História da Internacional* de Iles, *Notas* de Masson, livros de Kropótkin. O acervo era composto por doações dos presos. Era uma tradição de séculos. Já depois de mim, no fim dos anos 30, fizeram uma limpa até nessa biblioteca.

Os investigados estudavam línguas estrangeiras, liam em voz alta — O'Henry, London; os palestrantes apresentavam alguma palavra introdutória sobre a vida e a obra desses escritores.

De tempos em tempos — uma vez por semana —, organizavam-se apresentações, nas quais Chnaider, um capitão de

[76] Hidréletrica construída entre 1927 e 1932. (N. da T.)

navegação de longo curso, exibia truques. E Guerman Khokhlov, crítico literário do *Izviéstia*, recitava versos de Tsvetáieva e Khodassiévitch.[77]

Khokhlov era um emigrante que se formou na universidade russa em Praga e depois pediu para voltar para a pátria. A pátria o recebeu com detenção, investigação e condenação aos campos de trabalho. Nunca mais ouvi falar de Khokhlov. Óculos de chifre, olhos azuis e cabelos louros e sujos...

Além das atividades de formação geral, na cela com frequência aconteciam discussões e debates sobre temas muito sérios.

Lembro de Aron Kogan, jovem e expansivo, que afirmava que a *intelligentsia* oferecia um modelo de conduta revolucionária, um modelo de bravura, que era capaz do mais alto heroísmo — mais alto do que o dos operários e dos capitalistas, embora fosse uma camada oscilante entre as classes.

Eu, com minha então pequena experiência nos campos de trabalho, tinha outra imagem sobre a conduta da *intelligentsia* em tempos difíceis. Religiosos, participantes de seitas: eram esses os que, na minha observação, tinham o fogo da firmeza de alma.

O ano de 38 confirmou em absoluto que eu tinha razão — mas Aron Kogan já não estava mais vivo.

— Prestou falso testemunho! Meu camarada! A que ponto chegamos.

— Ainda não chegamos a nada. Eu asseguro a você, se encontrar o canalha, vai falar com ele como se nada tivesse acontecido.

E foi o que aconteceu. Em um dos "banhos a seco" — assim eram chamadas as buscas na cadeia de Butirka — empurraram para dentro da nossa cela algumas pessoas, e entre

[77] Referência a Marina Tsvetáieva (1892-1941) e Vladislav Khodassiévitch (1886-1939), poetas russos. (N. da T.)

elas estava o conhecido de Kogan, o que prestara falso testemunho. Kogan não o espancou, apenas falou com ele. Depois do "banho a seco", Aron me contou tudo isso.

Aleksandr Gueórguievitch não dava nenhuma palestra e não participava das discussões, mas as escutava com muita atenção.

Uma vez, quando eu, depois de falar o que tinha para dizer, deitei no catre — nossos lugares ficavam colados —, Andrêiev se sentou perto de mim.

— Talvez você tenha razão. Mas deixe-me contar uma velha história.

"Não é a primeira vez que sou preso. Em 1921 me mandaram para Narim por três anos. Vou contar uma boa história sobre o exílio em Narim.

"Todo o exílio era organizado segundo um modelo, segundo as ordens de Moscou. Os exilados não tinham direito a se relacionar com os locais; eram obrigados a cozinhar no próprio suco.

"Isso corrompe os fracos, fortalece o caráter dos fortes, e às vezes a gente se depara com coisas bem particulares.

"Me foi designado um lugar muito distante para morar, mais longe e mais ermo do que o de todo o resto. No longo caminho de trenó, parei para pernoitar numa vilazinha onde os exilados formavam uma colônia: sete pessoas. Dava para viver. Mas eu, uma presa graúda demais, eu não podia — meu vilarejo ficava vinte verstas adiante. O inverno estremeceu, veio a explosão da primavera, uma nevasca úmida, não se via a estrada e, para alegria minha e da minha escolta, fiquei uma semana inteira na colônia. Os exilados eram sete. Dois anarquistas membros do Komsomol, marido e mulher, seguidores de Piotr Kropótkin; dois sionistas, marido e mulher; dois SR de direita, marido e mulher. O sétimo era um teólogo cristão ortodoxo, bispo, professor da Academia Espiritual, que em outros tempos dera aulas em Oxford. Em suma, uma companhia variada. Todos eram brigados uns com os outros. Discussões infinitas, um espírito de grupo da pior espécie. Uma vida terrível. Brigas miúdas iam crescendo até virarem escândalos doentios, má vontade e animosidade mútua, hostilidade. Muito tempo livre.

"E todos, cada um a sua maneira, eram pessoas pensantes, lidas, honestas, boas.

"Durante essa semana, pensei em cada um, tentei entender cada um.

"A nevasca por fim se acalmou. Por dois anos fui mandado para os confins do mundo. Dois anos depois — antes do tempo! — permitiram que eu voltasse para Moscou. Estava voltando por aquela mesma estrada. Por todo aquele longo caminho eu só tinha conhecidos em um lugar: naquela vila onde a nevasca me prendera.

"Pernoitei naquela mesma vila. Todos os exilados estavam ali: todos os sete, não tinham liberado ninguém. Mas lá eu me deparei com algo maior do que a libertação.

"Havia ali três casais: os sionistas, os do Komsomol e os SR. E o professor de teologia. Pois bem: os seis se converteram ao cristianismo ortodoxo. O bispo, esse professor erudito, conseguira fazer campanha com todos. Agora todos rezavam juntos, viviam em uma comuna religiosa."

— Realmente, é uma história estranha.

— Pensei muito nisso. O caso é eloquente. Todas essas pessoas — os SR, os sionistas e os do Komsomol, todos os seis tinham um traço em comum. Todos eles tinham absoluta crença na força do intelecto, na razão, no *logos*.

— Uma pessoa precisa tomar decisões com o sentimento, e não acreditar muito na razão.

— Para decidir não é preciso usar a lógica. A lógica é uma justificativa, uma formalização, uma explicação.

Foi difícil de nos despedirmos. Chamaram Aleksandr Gueórguievitch "com suas coisas" antes de mim. Ficamos um minuto parados na porta aberta da cela, e um raio de sol obrigava os dois a apertar os olhos. O soldado de escolta, batendo baixinho a chave na fivela de cobre do cinto, estava esperando. Nos abraçamos.

— Desejo a você — disse Aleksandr Gueórguievitch com voz surda e alegre —, desejo a você felicidade e sorte. Cuide-se. Bem — Andrêiev sorriu de uma forma especial, bondosa. — Bem — disse ele, me puxando suavemente pela gola da camisa —, você é do tipo que pode ficar na prisão, pode sim. Digo isso de todo coração.

O elogio de Andrêiev foi o melhor, o mais significativo, o mais importante de minha vida. Um elogio profético.

Verbete da revista *Prisão e Exílio*: Andrêiev, Aleksandr Gueórguievitch, nasceu em 1882. Esteve no movimento revolucionário de Odessa desde 1905, na organização estudantil do partido SR e na organização geral: em Minsk, na municipal. Em 1905-6 atuou nos comitês do partido SR em Odessa e Tchernígov; atuou no comitê do partido SR em Sebastópol; em 1907 no comitê regional do sul do partido SR; em 1908, esteve em Tachkent no destacamento de combate junto ao comitê central do partido SR. Foi julgado em Odessa em 1910 por uma corte marcial local, condenado a 1 ano de detenção na fortaleza, e em 1913 na corte marcial local de Tachkent, da região militar do Turquestão, segundo o artigo 102, foi condenado a 6 anos de trabalhos forçados. Cumpriu a pena de trabalhos forçados em Pskov e Vladímir. Ficou 10 anos e 3 meses preso (seção da Crimeia).

Andrêiev teve uma filha: Nina.

(1964)

O DESCENDENTE DO DEZEMBRISTA

Muitos livros foram escritos sobre o primeiro hussardo, célebre dezembrista. Púchkin, no capítulo destruído de *Ievguêni Oniéguin*, escreveu: "Amigo de Marte, Baco e Vênus...".[78]

Era um cavaleiro, um homem inteligente, de vasto conhecimento, cuja palavra não se afastava da ação. E que grandes ações, as dele!

Sobre o segundo hussardo, o descendente, vou contar tudo o que sei.

Em Kadiktchan, onde estávamos — famintos e sem forças —, andávamos fazendo calos de sangue no peito ao girar um sarilho egípcio que puxava para fora da ladeira um vagonete com pedras — estava em curso a "perfuração" de um novo túnel de mina —, essa mesma mina que agora é famosa por toda Kolimá. Esse trabalho egípcio, eu mesmo vi, eu mesmo experimentei.

Estava chegando o inverno de 1940-41, um inverno sem neve, cruel, kolimano. O frio apertava os músculos, pressio-

[78] Os dezembristas foram os integrantes do grupo de orientação monárquico-constitucional ou republicana que se insurgiu contra o tsar Nicolau I em dezembro de 1825. Um de seus apoiadores foi o oficial da cavalaria Mikhail Lúnin (1787-1845), citado por Púchkin em capítulo censurado de seu romance em versos. (N. da T.)

nava dolorosamente as têmporas. Nas tendas esburacadas de lona em que morávamos durante o verão, colocaram aquecedores de ferro. Mas esses aquecedores aqueciam o ar livre.

A engenhosa chefia estava preparando as pessoas para o inverno. Dentro das tendas fora construída uma segunda estrutura, menor, com uma camada de ar de uns dez centímetros. Essa estrutura (sem o teto) fora revestida de papel alcatroado e ruberoide, e acabou sendo uma espécie de tenda dupla, um pouco mais aquecida do que a de lona.

As primeiras noites nessa tenda já mostraram que aquilo seria a morte — e uma morte rápida. Era preciso se mandar dali. Mas como? Quem ajudaria? A onze quilômetros dali havia um grande campo — Arkagala, onde trabalhavam mineiros. Nosso grupo de expedição era parte desse campo. Eu precisava ir para lá, para lá — para Arkagala!

Mas como?

A tradição dos detentos determina que, nesses casos, a primeira coisa a fazer, a mais urgente, é dirigir-se ao médico. Em Kadiktchan havia uma enfermaria, e lá trabalhava, como "avental de campo", um médico que não se formara, ex-aluno do instituto médico de Moscou — era o que diziam na nossa tenda.

Era preciso fazer um grande esforço e ter muita força de vontade para, depois de um dia de trabalho, encontrar forças, levantar-se e ir ao ambulatório, à consulta. Claro, não era preciso vestir-se e calçar-se — a gente estava sempre vestido entre um banho e outro —, mas não havia forças. Dava dó perder o descanso naquela "consulta", que podia terminar em humilhação, talvez em surra (isso também acontecia). Mas o pior de tudo era a falta de esperanças, a dúvida quanto ao êxito. Mas, em busca de uma ocasião não se podia desprezar nem a menor chance — quem me dizia isso era o corpo, os músculos esgotados, e não a experiência ou a razão.

A vontade só obedecia ao instinto — como acontece nos animais.

Atravessando a estrada em frente à tenda havia uma pequena isbá — refúgio das equipes de reconhecimento, grupos de prospecção e das reuniões "secretas", das infinitas patrulhas da taiga.

Os geólogos tinham ido embora fazia tempo, e a pequena isbá tinha sido transformada em ambulatório — uma cabinezinha na qual havia um catre, um armário com remédios e uma cortina feita com um cobertor velho. O cobertor separava o catre-tarimba onde vivia o "doutor".

A fila para a consulta se formava no meio da rua, no frio absoluto.

Abri caminho à força rumo à pequena isbá. Uma porta pesada me espremeu para dentro. Olhos azuis, uma testa grande com entradas e um corte de cabelo — o infalível corte de cabelo: os cabelos eram uma afirmação de si. Ter cabelos no campo era o atestado de uma posição. Raspavam tudo até ficarmos carecas. E quem não era raspado era alvo da inveja de todos. Ter cabelos era uma espécie de protesto contra o regime dos campos.

— É de Moscou? — perguntou o doutor.

— De Moscou.

— Vamos nos apresentar.

Disse meu sobrenome e apertei a mão estendida. A mão estava fria, um pouco úmida.

— Lúnin.

— Sobrenome famoso — falei, sorrindo.

— Sou bisneto de sangue. Em nossa família o filho mais velho se chama ou Mikhail, ou Serguei. Uma hora um, uma hora outro. Aquele, o do Púchkin, era Mikhail Serguêievitch.

— Eu sei. — Algo muito diferente do espírito do campo emanava daquela primeira conversa. Eu me esqueci do meu pedido, não me decidi a trazer para aquele bate-papo uma nota inconveniente. Mas eu passava fome. Queria pão e calor. Só que o doutor ainda não tinha pensado nisso.

— Acenda um cigarro.

Comecei a enrolar um cigarro com meus dedos rosados e queimados pelo frio.

— Pegue mais, não tenha vergonha. Em casa tenho toda uma biblioteca sobre meu bisavô. Sou estudante da faculdade de medicina. Não me formei. Me prenderam. Na nossa família são todos militares, e eu aqui, médico. Não lamento.

— Marte, então, foi deixado de lado. Amigo de Esculápio, Baco e Vênus.

— Da parte de Vênus aqui a coisa é fraca. Por outro lado, para Esculápio tem de sobra. Só que não tenho diploma. Se eu tivesse, eles iam ver só.

— E da parte de Baco?

— Aparece um álcool aqui e ali, você me entende. Só que bebo um copinho e pronto. Fico bêbado rápido. E eu também atendo o povoado dos livres, então você entende. Volte quando quiser.

Entreabri a porta com o ombro e caí para fora do ambulatório.

— Sabe, os moscovitas são uma gente que, mais que todos os outros, de Kíev, de Leningrado, gostam de relembrar sua cidade, as ruas, as pistas de gelo, casas, o rio Moscou...

— Não sou moscovita de nascença.

— Mas esses recordam mais ainda, gravam melhor ainda.

Fui lá algumas outras vezes no fim do atendimento — fumava um cigarro de *makhorka*, tinha medo de pedir pão.

Serguei Mikháilovitch, como todos para quem o campo de trabalho foi mais leve — seja por sorte, seja por trabalho —, pensava pouco nos outros e era pouco capaz de entender os que passavam fome: seu setor, Arkagala, ainda não passara fome naquela época. A desgraça das minas passava ao largo de Arkagala.

— Se você quiser, faço uma operação em você: tiro o seu cisto no dedo.

— Pode ser.

— Mas alto lá, não vou te livrar do trabalho. Isso não fica bem para mim, sabe como é.

— Mas como é que vou trabalhar com um dedo operado?

— Bom, dá-se um jeito.

Concordei, e Lúnin tirou o cisto "como lembrança" com bastante habilidade. Quando, depois de muitos anos, encontrei com minha mulher, ela passou os primeiros minutos do encontro apertando meus dedos, procurando com profundo espanto por aquele cisto "de Lúnin".

Vi que Serguei Mikháilovitch simplesmente era muito jovem, que ele precisava de um interlocutor um pouco mais instruído, que todo todas as suas opiniões sobre o campo e sobre o "destino" não eram diferentes das de qualquer chefe dos livres, que até com a bandidagem ele estava propenso a se encantar, que o grosso da tempestade do ano de 38 passara por ele em brancas nuvens.

Já para mim, uma hora ou um dia de descanso eram valiosos — os músculos, que a mina de ouro deixara exauridos para o resto da vida, estavam doloridos, pediam sossego. Para mim, qualquer pedacinho de pão, qualquer tigelinha de sopa eram valiosos: o estômago exigia comida, e os olhos, contra a minha vontade, buscavam pão nas prateleiras. Mas eu me obrigava a lembrar de Kitai-górod, dos Portões Nikítskie, onde o escritor Andrei Sóbol se matou com um tiro, onde Stern atirou no carro do embaixador alemão[79] — uma história das ruas de Moscou que ninguém nunca escreverá.

[79] Referência a Andrei Sóbol (1888-1926), escritor russo de ascen-

— Sim, Moscou, Moscou. Mas diga, quantas mulheres você já teve?

Para um homem quase morto de fome era impensável manter uma conversa dessas, mas o jovem cirurgião só escutava a si mesmo e não se ofendia com o silêncio.

— Escute, Serguei Mikháilovitch; nosso destino é um crime, o maior crime do século.

— Bom, aí eu não sei — disse descontente Serguei Mikháilovitch. — Isso tudo é armação de judeu.

Dei de ombros.

Pouco depois, Serguei Mikháilovitch conseguiu sua transferência de seção para Arkagala, e eu pensei, sem tristeza nem ressentimento, que mais uma pessoa saíra de minha vida para sempre e como aquilo era fácil, na verdade: a despedida, a separação. Mas não foi como aconteceu.

O chefe do setor Kadiktchan, onde eu trabalhava no sarilho egípcio como escravo, era Pável Ivánovitch Kisseliov. Um engenheiro de certa idade, que não era do Partido. Kisseliov espancava os presos diariamente. A saída do chefe para a seção era acompanhada de surras, golpes e gritos.

Impunidade? Uma sede de sangue que dorme em algum lugar no fundo da alma? Desejo de se destacar aos olhos da chefia superior? O poder é uma coisa terrível.

Zelfugárov, um menino da minha brigada, falsário, estava deitado na neve, cuspindo os dentes quebrados.

— Escute, todos os meus parentes foram fuzilados por falsificação de moeda, mas eu era menor de idade; me deram quinze anos no campo. Meu pai disse ao investigador: "pegue 500 mil, em dinheiro, de verdade, pare o inquérito"... O investigador não aceitou.

dência judia, e Iuda Stern, jovem ativista que tentou assassinar o embaixador alemão em Moscou em 1932. (N. da T.)

Nós quatro que fazíamos turno no sarilho giratório paramos perto de Zelfugárov. Korniêiev, um camponês siberiano, o bandido Liônia Semiônov, o engenheiro Vronski e eu. O bandido Liônia Semiônov falou:

— O campo é o melhor lugar para aprender a trabalhar com coisas mecânicas: pegue qualquer trabalho, você não vai ter que responder se quebrar um guindaste ou uma grua. Aos poucos você vai aprendendo — esse raciocínio estava em voga entre os jovens cirurgiões de Kolimá.

Mas Vronski e Korniêiev eram meus conhecidos; não amigos, só conhecidos — ainda dos tempos do Tchórnoie Ózero, daquela viagem na qual eu voltara à vida.

Zelfugárov, sem se levantar, voltou para nós o rosto ensanguentado com os lábios sujos e inchados.

— Não consigo me levantar, pessoal. Ele me bateu embaixo da costela. Ê, chefe, chefe.

— Vá falar com o enfermeiro.

— Acho que vai ser pior. Ele vai contar para o chefe.

— É o seguinte — falei. — Isso não vai ter fim. Tem uma saída. Quando vier o chefe do Dalstroiúgol,[80] ou então alguma outra chefia graúda, saia correndo na frente, na presença da chefia, e dê uma porrada na fuça de Kisseliov. Isso vai repercutir por toda a Kolimá, e vão tirar Kisseliov, com certeza vão transferi-lo. E a pessoa que bateu nele recebe um aumento da pena. Quantos anos darão por Kisseliov?

Fomos trabalhar, giramos o sarilho, saímos para o barracão, jantamos, queríamos ir dormir. Me chamaram na sala.

Na sala estava Kisseliov, olhando para o chão. Ele não era covarde e não gostava de ameaças.

[80] Setor carbonífero do Dalstroi. (N. da T.)

— Como é? — falou, alegremente. — Vai se espalhar por toda Kolimá, é? Eu vou te colocar sob juízo por atentado. Vá embora daqui, seu canalha!..

A única pessoa que podia ter delatado era Vronski, mas como? Tínhamos estado o tempo todo juntos.

Desde então a minha vida naquela seção ficara mais fácil. Kisseliov nem se aproximava do sarilho e ia trabalhar com uma espingarda de calibre pequeno, e nem descia ao túnel da mina, que já estava bem profundo.

Alguém entrou no barracão.

— Vá ver o doutor.

O "doutor" que substituíra Lúnin era um tal de Kolêsnikov — também um médico que não se formara, um rapaz alto e jovem, dos presos.

No ambulatório, Lúnin estava sentado à mesa vestindo uma peliça curta.

— Arrume suas coisas, vamos para Arkagala agora. Kolêsnikov, escreva um encaminhamento.

Kolêsnikov dobrou a folha de papel várias vezes, rasgou um pedacinho minúsculo, pouco maior que um selo postal, e escreveu com uma letra mais fininha: "Para o setor médico do campo de Arkagala".

Lúnin pegou o papelzinho e saiu correndo:

— Vou e pego o visto com Kisseliov.

Ele voltou desgostoso.

— Ele não vai deixar você ir, sabe como é. Diz que você prometeu dar-lhe uma porrada na fuça. Não concorda de jeito nenhum.

Contei toda a história.

Lúnin rasgou o "encaminhamento".

— A culpa é sua, mesmo — disse para mim. — O que você tem a ver com Zelfugárov, com tudo isso...? Não tinham batido em você.

— Tinham batido em mim antes.

— Bem, até a próxima. O carro está esperando. Vamos pensar em algo. — E Lúnin subiu na cabine do caminhão.

Passaram-se ainda alguns dias, e Lúnin veio mais uma vez.

— Estou indo falar com Kisseliov agora. A seu respeito.

Depois de meia hora ele voltou.

— Tudo certo. Ele concordou.

— Mas como?

— Tenho um jeito de domar os corações dos rebeldes.

E Serguei Mikháilovitch reproduziu a conversa com Kisseliov:

— Como veio parar aqui, Serguei Mikháilovitch? Sente-se. Acenda um cigarro.

— Não, obrigado, não tenho tempo. Pável Ivánovitch, vim aqui trazer para o senhor umas atas sobre as surras. Uma operação especial me mandou para assinar. Mas, antes de assinar, decidi perguntar para o senhor: é verdade tudo isso?

— É mentira, Serguei Mikháilovitch. Meus inimigos estão dispostos a...

— Foi o que pensei. Não vou assinar essas atas. De qualquer forma, Pável Ivánovitch, não dá para corrigir nada, não tem como colocar os dentes arrancados à porrada de volta no lugar.

— Bem, Serguei Mikháilovitch. Passe na minha casa, minha mulher preparou um licorzinho. Estava guardando para o ano-novo, mas num caso desse...

— Não, não, Pável Ivánovitch. Quero apenas um favor em troca de outro. Deixe Andrêiev ir para Arkagala.

— Qualquer coisa, menos isso. Andrêiev é o que se costuma dizer...

— Seu inimigo pessoal?

— Sim, sim.

— Bem, mas é meu amigo pessoal. Achei que o senhor seria mais atencioso ao meu pedido. Pegue, veja as atas sobre as surras.

Kisseliov ficou um tempo calado.

— Deixe que vá.

— Escreva um atestado.

— Ele próprio que venha aqui.

Caminhei até a porta da sala. Kisseliov estava fitando o chão.

— Você vai para Arkagala. Pegue o atestado.

Fiquei calado. O secretário escreveu o atestado, e voltei para o ambulatório.

Lúnin já tinha ido embora, mas Kolêsnikov estava me esperando.

— Você vai à noite, lá pelas dez. Apendicite aguda! — e me estendeu um papelzinho.

Nunca mais vi nem Kisseliov, nem Kolêsnikov. Logo transferiram Kisseliov para outro lugar, para a Elguen, e lá ele foi assassinado alguns meses depois, por acaso. No apartamento, na casinha em que ele morava, à noite entrou um ladrão. Kisseliov, ao ouvir os passos, pegou da parede a espingarda de cano duplo, engatilhou e correu atrás do ladrão. O ladrão saiu correndo para a janela, Kisseliov bateu nas costas com a coronha e descarregou os dois canos em sua própria barriga.

Todos os presos de todas as regiões carvoeiras de Kolimá se alegraram com essa morte. O jornal com o anúncio do enterro de Kisseliov passava de mão em mão. Na mina, no horário de trabalho, iluminavam o pedacinho amassado de jornal com a lampadazinha do carregador. Liam, ficavam alegres e gritavam "viva". Morreu Kisseliov. Apesar de tudo, Deus existe!

Foi desse Kisseliov que Serguei Mikháilovitch me salvou.

O campo de Arkagala servia à mina. Para cada cem trabalhadores no subsolo, cem mineiros, havia mil funcionários de todo tipo.

A fome avançava rumo a Arkagala. E, claro, chegou antes nos barracões do artigo 58.

Serguei Mikháilovitch esbravejava.

— Não sou o sol, não vou aquecer todo mundo. Te arranjaram um trabalho de faxina no laboratório de química, você tinha que viver, tinha que conseguir viver. Do jeito do campo de trabalhos, entendeu? — Serguei Mikháilovitch bateu no meu ombro. — Antes de você, quem trabalhou aqui foi o Dimka. Aí ele vendeu toda a glicerina — tinha dois barris, a vinte rublos a lata de meio litro — dizendo que era mel, hahaha! Para um preso, tudo bem.

— Isso não serve para mim.

— E o que serve para você?

O serviço de faxineiro não era garantido. Em pouco tempo — para isso havia ordens rígidas — me transferiram para a mina. A fome só aumentava.

Serguei Mikháilovitch corria para lá e para cá no campo. Ele tinha uma paixão: a chefia, qualquer que fosse, encantava nosso doutor. Lúnin tinha um incrível orgulho de ter uma amizade — ou mesmo a sombra de uma amizade — com qualquer chefe do campo; procurava mostrar sua proximidade com ele, se gabava e era capaz de falar sobre essa proximidade ilusória por horas a fio.

Eu ficava sentado em seu consultório, com fome, com medo de pedir um pedaço de pão, ouvindo-o vangloriar-se infinitamente.

— E o que é a chefia? Meu amigo, a chefia é poder. Não há poder que não venha de Deus, hahahaha! Tem que aprender a agradá-la, e tudo vai dar certo.

— Posso agradá-la direto na fuça, com prazer.

— É, está vendo só? Escute, vamos combinar assim: você pode vir aqui no meu consultório; deve ser um tédio no barracão comum.

— Um tédio?!

— É. Não deixe de vir. Vai sentar, fumar. No barracão nem fumar deixam. Eu sei: olham para o cigarro com cem olhos. Só não me peça para te livrar do trabalho. Isso eu não posso fazer, quer dizer, posso, mas não fica bem para mim. É problema seu. Um rango, você mesmo entende onde posso arranjar — é coisa do meu auxiliar de enfermagem. Eu mesmo não vou atrás de pão. Então, caso você precise de pão, fale com o auxiliar Nikolai. Será que você, que já é um veterano do campo, não consegue arranjar um pouco de pão? Escute só o que Olga Petrovna, a mulher do chefe, falou hoje. Pois me convidaram para tomar todas.

— Já vou indo, Serguei Mikháilovitch.

Vieram dias terríveis de fome. E certa vez, sem forças para lutar contra a fome, fui para o ambulatório.

Serguei Mikháilovitch estava sentado em um banquinho arrancando, com pinças, unhas mortas dos dedos congelados de um homem sujo e contraído. As unhas, uma atrás da outra, faziam barulho ao cair na bacia vazia. Serguei Mikháilovitch notou minha presença.

— Ontem tirei meia bacia de unhas assim.

Por detrás da cortina apareceu um rosto de mulher. Raramente víamos mulheres, e ainda mais de perto, e ainda mais em um quarto, cara a cara. Ela me pareceu maravilhosa. Fiz-lhe uma reverência, cumprimentei-a.

— Olá — disse ela com uma linda voz fina. — Serioja, esse é o seu camarada? De quem você me falou?

— Não — disse Serguei Mikháilovitch, jogando as pinças na bacia e indo para a pia lavar as mãos.

— Nikolai — disse para o auxiliar que estava entrando —, leve a bacia e traga para ele — acenou para mim — um pouco de pão.

Esperei pelo pão e voltei para o barracão. Campo é campo. E essa mulher, de cujo rosto terno e encantador me lembro até agora, ainda que nunca mais a tenha visto, era Edit Abrámovna, uma livre, do Partido, contratada, enfermeira vinda da lavra Oltchan. Ela se apaixonou por Serguei Mikháilovitch, se aproximou dele, conseguiu sua transferência para a Oltchan, conseguiu sua libertação antecipada já na época da guerra. Foi para Magadan se encontrar com Nikichov, chefe do Dalstroi, interceder por Serguei Mikháilovitch, e, quando a excluíram do Partido por manter um relacionamento com um preso — a "medida de punição" comum nesses casos —, transferiu a questão para Moscou e conseguiu que retirassem a condenação de Lúnin, conseguiu permissão para que ele fizesse a prova da Universidade de Moscou, recebesse o diploma de médico, recuperasse todos os direitos, e se casou com ele formalmente.

E, quando o descendente do dezembrista recebeu o diploma, largou Edit Abrámovna e exigiu o divórcio.

— Ela tem um monte de parentes, como todos os judeus. Isso não serve para mim.

Ele largou Edit Abrámovna, mas não conseguiu largar o Dalstroi. Precisou voltar para o Extremo Norte — nem que fosse só por três anos. A capacidade de entender-se com a chefia levou Lúnin, médico diplomado, a uma posição inesperadamente graúda: a chefia da ala cirúrgica do hospital central de presos na margem esquerda, no povoado de Débin. Por volta dessa época — em 1948 — eu era enfermeiro-chefe da ala cirúrgica.

A nomeação de Lúnin veio como um golpe súbito, como um trovão.

O fato é que o cirurgião Rubántsev, chefe do departamento, era um cirurgião do *front*, major do serviço médico, trabalhador capaz, experiente, que viera depois da guerra e para ficar bem mais do que três dias. Rubántsev só era ruim em uma coisa: não se entendia com a alta chefia, odiava bajuladores, mentirosos, e em geral não combinava com Scherbakov — chefe do departamento médico de Kolimá. O trabalhador contratado, que chegara como inimigo desconfiado dos presos, Rubántsev, homem inteligente e de julgamento independente, logo viu que o haviam enganado na preparação "política".

Canalhas, contrabandistas, difamadores, vagabundos — esses eram os camaradas de Rubántsev no serviço. E os presos — de todas as profissões, inclusive médicos — eram as pessoas que tocavam o hospital, o tratamento, o trabalho. Rubántsev compreendeu a verdade e não quis escondê-la. Ele fez um requerimento de transferência para Magadan, onde havia uma escola de ensino médio — ele tinha um filho em idade escolar. Sua transferência foi recusada verbalmente. Depois de um grande atropelo, em alguns meses ele conseguiu colocar o filho em um internato a uns noventa quilômetros de Débin. Naquela época, Rubántsev já trabalhava com mais segurança, enxotando os vagabundos e aproveitadores. Esses atos que ameaçavam a tranquilidade foram imediatamente comunicados a Magadan, ao escritório de Scherbakov.

Scherbakov não gostava de delicadezas no trato. Palavrões, ameaças, aumento da pena — tudo isso servia para os presos, para os antigos presos, mas não para um trabalhador, cirurgião do *front*, premiado e condecorado.

Scherbakov procurou uma velha declaração de Rubántsev e o transferiu para Magadan. E, ainda que o ano letivo já estivesse a pleno vapor, e o trabalho na ala cirúrgica estivesse correndo bem, ele teve que largar tudo e ir embora.

Me encontrei com Lúnin na escada. Ele costumava corar quando estava envergonhado. Ficou ruborizado. No entanto, "me serviu um cigarro", alegrou-se com meus êxitos, com minha "carreira" e me contou a respeito de Edit Abrámovna.

Aleksandr Aleksándrovitch Rubántsev foi embora. Já no terceiro dia na sala de operações houve uma bebedeira — e até Kovaliov, o chefe da equipe cirúrgica, e Vinokúrov, diretor do hospital, que andavam com certo medo de Rubántsev e não estavam indo à ala cirúrgica, tomaram álcool cirúrgico. Nas cabines médicas começou uma bebedeira com presos convidados — enfermeiras, auxiliares de enfermagem, em suma, uma confusão só. As operações da ala limpa começaram a acontecer com uma cicatrização secundária — deixaram de gastar o valioso álcool na área operada. Chefes meio bêbados andavam pela ala para lá e para cá.

Esse era o meu hospital. Depois do fim do curso, no final de 1946, vim para cá com os pacientes. Aos meus olhos o hospital crescera — era o antigo edifício do Batalhão de Kolimá, e quando depois da guerra algum tipo de especialista em camuflagem militar rejeitou o edifício, pois era visível a dezenas de verstas entre as montanhas —, ele foi transformado em um hospital de presos. Os donos — o Batalhão de Kolimá — ao sair, arrancaram todos os canos de água e esgoto que era possível arrancar do enorme prédio de pedra, de três andares, e do salão do clube levaram toda a mobília e a queimaram na caldeira. As paredes foram derrubadas, as portas, quebradas. O Batalhão de Kolimá saiu à moda russa. Reconstruímos tudo isso tijolinho por tijolinho, parafusinho por parafusinho.

Estavam ali reunidos médicos e enfermeiros que tentavam fazer o melhor possível. Para muitos deles isso era um dever sagrado — a retribuição pela formação médica — a ajuda às pessoas.

Todos os vagabundos levantaram a cabeça com a saída de Rubántsev.

— Para que está pegando o álcool do armário?

— Vá para aquele lugar — disse a enfermeira para mim.

— Agora, graças a Deus, não tem mais Rubántsev. Serguei Mikháilovitch que mandou.

Fiquei pasmo, deprimido com o comportamento de Lúnin. A farra continuava.

Na reunião rápida seguinte, Lúnin riu de Rubántsev:

— Não fez uma operação sequer de úlcera de estômago e se diz cirurgião!

Essa questão não era nova. De fato, Rubántsev não fazia operação de úlcera de estômago. Os pacientes da unidade clínica que tinham esse diagnóstico eram presos — desnutridos, distróficos —, e não havia esperanças de que eles aguentassem a operação. "Estado inadequado", dizia Aleksandr Aleksándrovitch.

— Covarde — gritava Lúnin; ele tomou para si vinte desses doentes da unidade clínica. Todos os doze foram operados — e todos os doze morreram. A experiência e a compaixão de Rubántsev foram relembradas pelos médicos do hospital.

— Serguei Mikháilovitch, não se pode trabalhar assim.

— Não é você que vai mandar em mim!

Escrevi um requerimento para chamar uma comissão de Magadan. Me transferiram para a floresta, para uma expedição madeireira. Queriam me mandar para a lavra punitiva, mas o delegado estatal da seção regional desaconselhou — já não estávamos mais em 1938. Não valia a pena.

Veio a comissão, e Lúnin foi "mandado embora do Dalstroi". Em vez dos três anos, ele teve que "pagar com trabalho" apenas um ano e meio.

Depois de um ano, quando mudaram a chefia do hospital, voltei da enfermaria do setor madeireiro para dirigir a sala de triagem do hospital.

Certa vez, encontrei com o descendente do dezembrista em alguma rua de Moscou. Não nos cumprimentamos.

Só dezesseis anos depois eu fiquei sabendo que Edit Abrámovna conseguiu, mais uma vez, fazer com que Lúnin voltasse a trabalhar no Dalstroi. Ela foi junto com Serguei Mikháilovitch a Tchukotka, no povoado de Pevek. Lá tiveram a última conversa, a última declaração, e Edit Abrámovna se jogou na água, se afogou e morreu.

Às vezes os soníferos não têm efeito, e eu acordo durante a noite. Lembro-me do passado, vejo um rosto feminino encantador e escuto uma voz fina: "Serioja, esse é o seu camarada?".

(1962)

KOMBIÉDI

Nas trágicas páginas da Rússia de 1937 e 1938, há também trechos líricos, escritos com uma caligrafia singular. Nas celas da cadeia de Butirka — um enorme organismo carcerário, com uma complexa vida de inúmeros blocos, porões e torres, superlotado de presos em investigação até o limite, até o desmaio —, em meio a toda a barafunda de detenções, de comboios de presos partindo sem sentença nem pena, em meio a celas atulhadas de pessoas vivas, constituiu-se um hábito curioso, uma tradição que se manteve por dezenas de anos.

A vigilância, inculcada implacavelmente, se transformara em uma mania de espionagem, uma doença que dominara todo o país. A cada detalhe, bobagem ou deslize era atribuído um sentido negativo e oculto, sujeito a interpretação em gabinetes de investigação.

A contribuição do departamento carcerário foi a proibição dos pacotes de víveres e roupas aos detentos em investigação. Os doutores do mundo jurídico afirmavam que, fazendo uso de dois pãezinhos franceses, cinco maçãs e um par de calças velhas, era possível fazer chegar qualquer mensagem à prisão, até um trecho de *Anna Kariênina*.

Esses "sinais do mundo livre" — produto da mente inflamada dos zelosos funcionários da Instituição — foram completamente cortados. A partir de então, as entregas só podiam ser em dinheiro, especificamente não mais do que 50 rublos por mês para cada detento. A transferência só podia ser feita em números redondos — 10, 20, 30, 40, 50 rublos;

assim eles se protegiam da possibilidade de elaboração de um novo "alfabeto" de sinais numéricos.

O mais simples e o mais seguro era proibir por completo as entregas — mas essa medida era deixada para o agente de polícia que conduzia o "caso". Ele tinha direito de proibir por completo as entregas "em prol da investigação". Aí havia também um certo interesse comercial: a "vendinha" da cadeia de Butirka viu seu movimento aumentar várias vezes no momento em que foram proibidas as entregas de víveres e roupas.

A administração por algum motivo não tomou a decisão de rejeitar todo tipo de ajuda dos parentes e conhecidos, ainda que tivesse certeza que, caso fizessem isso, essa atitude não despertaria nenhum protesto, nem dentro da prisão, nem fora dela, no mundo livre.

Uma diminuição, uma limitação aos já bastante ilusórios direitos dos presos sob investigação.

Um russo não gosta de ser testemunha de um julgamento. Por tradição, num processo russo a testemunha pouco se distingue do acusado, e seu "envolvimento" com o caso serve de incontestável referência negativa no futuro. Ficam em situação ainda pior os investigados. Todos eles são futuros "condenados", pois se costuma considerar que "a mulher de César não possui vícios" e que os órgãos do Ministério de Assuntos Internos não erram. Ninguém é preso à toa. Depois da detenção, pela lógica segue-se a condenação: esse ou aquele detento em investigação pode receber uma pena pequena ou grande; depende ou da sina do preso — da "sorte" — ou de todo um cojunto de motivos no qual entram tanto os percevejos que tinham picado o agente de polícia na noite anterior ao relatório, quanto a votação no Congresso americano.

A saída da casa de detenção provisória, na verdade, era só uma — pelo "corvo negro", o ônibus da prisão que levava os condenados à estação. Na estação havia o embarque no vagão de carga adaptado; depois, o movimento lento de incontáveis vagões de detentos pelos trilhos da estrada de ferro, e, por fim, um dos mil campos "de trabalho".

Essa fatalidade deposita sua marca no comportamento dos investigados. A despreocupação e a juventude se transformam em um pessimismo sombrio, em uma queda das forças espirituais. Os detentos em investigação lutavam nos interrogatórios contra um fantasma, um fantasma de força titânica. O detento estava acostumado a lidar com a realidade, e agora é um Fantasma que luta contra ele. E, no entanto, é uma "chama que arde, é uma lança que perfura dolorosamente". Tudo é terrivelmente real, com exceção do "inquérito" em si. Com os nervos aflorados, abatido pela luta contra visões fantásticas, estupefato pelo tamanho delas, o detento perde a força de vontade. Ele assina tudo o que o agente de polícia inventou, e a partir desse momento ele mesmo se torna uma figura daquele mundo irreal contra o qual estava lutando, torna-se peão no terrível, obscuro e sangrento jogo disputado nas celas de investigação.

— Para onde o levaram?

— Lefôrtovo. Para assinar.

Os investigados sabem que é inevitável. Também sabem disso as pessoas que estão do outro lado das grades na prisão — a administração carcerária. Os comandantes, os zeladores, os guardas, os guardas de escolta estavam acostumados a olhar para os investigados não como futuros detentos, mas como presos de fato.

Em 1937, um detento submetido a processo perguntou, durante a mudança de turno do comandante de plantão, algo sobre a nova Constituição que fora promulgada na época. O comandante retrucou rispidamente:

— Isso não é da sua conta. Sua Constituição é o Código Penal.

Os investigados que estavam nos campos de trabalho

também esperavam pelas mudanças. O campo sempre estava cheio de presos sob investigação, pois receber uma pena não significava de forma alguma escapar da ação permanente de todos os artigos do Código Penal. Eles vigoravam da mesma forma que em liberdade, só que tudo — denúncias, punições, interrogatórios — era ainda mais descarado, mais grosseiramente fantástico.

Quando na capital foram proibidas as entregas de roupas e víveres, na periferia do sistema carcerário — nos campos de trabalho — foi introduzida uma "ração de investigação" especial: uma caneca de água e 300 gramas de pão por dia. O regime de cárcere em que punham os presos em investigação aproximava-os rapidamente do caixão.

Com essa "ração de investigação", tentavam conseguir "a melhor das provas" — a confissão pessoal do preso em julgamento, do suspeito, do acusado.

Na cadeia de Butirka, em 1937, foi permitida a entrega de dinheiro — até 50 rublos por mês. Com esta quantia, cada pessoa que possuísse dinheiro depositado em sua conta podia adquirir víveres na "vendinha" da prisão e podia gastar, quatro vezes ao mês, treze rublos — a "vendinha" acontecia uma vez por semana. Se no momento da detenção o preso sob investigação tivesse mais dinheiro, a soma ia para sua conta, mas ele não podia gastar mais de 50 rublos. Claro, não havia dinheiro em espécie: davam recibos e o desconto era feito à mão no verso desses recibos pelo vendedor da loja e com tinta vermelha, obrigatoriamente.

Para a comunicação com a chefia e a manutenção da disciplina camaradesca na cela, existe desde tempos imemoriais a instituição do veterano da cela.

Toda semana, um dia antes da "vendinha", a administração da prisão confiava ao veterano uma lousa de ardósia e um pedacinho de giz para controle. Nessa lousa, o veterano devia fazer de antemão a conta das encomendas de todas as compras que os detentos da cela queriam fazer. Habitualmente, na frente da lousa de ardósia iam os víveres em quantidade geral, e no verso eram escritos de quem especificamente eram essas encomendas.

Essa conta costumava tomar um dia inteiro — pois a vida na prisão era entremeada de acontecimentos de todo tipo, e a dimensão desses acontecimentos era significativa para todos os detentos. Na manhã seguinte, o veterano e mais uma ou duas pessoas iam à loja pegar as compras. O resto do dia transcorria na divisão dos víveres trazidos, pesados segundo as "compras individuais".

Na loja da prisão havia uma grande opção de víveres: manteiga, linguiça, queijos, pães brancos, cigarros, *makhorka*...

A ração carcerária era estabelecida com base nos dias da semana e assim ficava para sempre. Se o preso esquecesse o dia da semana, podia saber pelo cheiro da sopa do almoço, pelo gosto do prato único do jantar. Às segundas no almoço tinha sempre sopa de ervilha e, no jantar, mingau de aveia; às terças, sopa de painço e mingau de cevadinha. Depois de seis meses de vida sob investigação, cada prato da prisão tinha aparecido exatamente 25 vezes — a comida da cadeia Butírskaia sempre foi famosa por sua variedade.

Quem tivesse dinheiro, nem que fossem esses treze rublos vezes quatro, podia comprar, além de toda a *balanda*[81] da prisão e do *shrapnel*,[82] algo mais saboroso, mais nutritivo, mais saudável.

[81] Em ucraniano, batata cozida e amassada diluída em *kvas* ou salmoura de pepino. Sinônimo de comida ruim e aguada. (N. da T.)

[82] Caldo de cevada. (N. da T.)

Quem não tinha dinheiro não podia fazer nenhum tipo de compra, claro. Na cela sempre havia pessoas sem um copeque — e não era uma nem duas. Podia ser alguém de outra cidade, preso em algum lugar na rua e "em segredo". Sua mulher saía enlouquecida por todas as prisões, sedes de guarnições e departamentos de polícia da cidade, tentando em vão descobrir o "endereço" do marido. A regra era evitar esclarecimentos, o silêncio de todas as instituições era absoluto. A mulher levava o pacote de prisão em prisão — talvez, se aceitassem, isso significaria que seu marido estava vivo; se não aceitassem, noites de inquietação esperavam por ela.

Ou então um pai de família tinha sido preso; logo depois da prisão obrigavam a afastar-se dele mulher, filhos e parentes. Torturando-o com interrogatórios ininterruptamente, desde o momento da prisão, o agente de polícia tentava forçá-lo a confessar algo que ele nunca havia feito. Como medida de intimidação, além das ameaças e espancamentos, privavam o detento de dinheiro.

Os parentes e conhecidos, com toda razão, tinham medo de ir à prisão e levar pacotes. A insistência em entregar pacotes, em buscar, em fazer requerimentos com frequência atraía suspeita para si, sérias e indesejadas contrariedades no trabalho e até uma detenção — casos assim aconteciam.

Havia outro tipo de preso sem dinheiro. Na cela 68 ficava Lionka — adolescente de uns 17 anos, nascido na região de Tumsk, no distrito Moscou — um lugar longínquo nos anos 30.

Lionka — gordo, rosto branco, pele pouco saudável que há tempos não via ar livre — sentia-se ótimo na prisão. Alimentavam-no como nunca antes lhe acontecera na vida. Quase todos lhe davam de presente guloseimas da vendinha. Ele aprendeu a fumar cigarros, mas não *makhorka*. Enternecia-se com tudo — como aquilo era interessante, que pessoas boas; todo um mundo se revelou diante daquele rapaz analfabeto da região de Tumsk. Ele considerava seu inquérito uma espécie de jogo, uma alucinação — aquilo não o preocupava em absoluto. Ele só queria que aquela vida da casa de detenção provisória, onde ficava tão bem alimentado, limpo e aquecido, durasse eternamente.

Seu caso era surpreendente. Era a exata repetição da situação do malfeitor de Tchekhov. Lionka desatarraxava porcas da rede de trilhos do sistema ferroviário, para servir de cambulho; fora pego no local do crime e levado a julgamento como sabotador, segundo o sétimo parágrafo do artigo 58. Lionka nunca ouvira falar do conto de Tchekhov, mas queria "provar" ao agente de polícia, assim como o clássico protagonista de Tchekhov, que ele não desatarraxava duas porcas seguidas, que ele "entendia".

Com base no depoimento do rapaz de Tumsk, o agente de polícia desenvolveu alguns tipos de "concepções" incomuns — a mais inocente delas ameaçava Lionka de fuzilamento. Mas a investigação não conseguira "ligar" Lionka a alguém, e assim ele estava na prisão fazia quase dois anos à espera de que a investigação encontrasse essas "ligações".

As pessoas que não tinham dinheiro na conta da prisão precisavam se alimentar da ração oficial, sem nenhum suplemento. A ração da prisão é um negócio entediante. Até uma pequena variação na comida traz mais beleza à vida do detento, de alguma forma a deixa mais feliz.

É provável que a ração da prisão (ao contrário da ração do campo de trabalho), em termos de calorias, proteínas, gorduras e carboidratos, fosse resultado de um cálculo teórico qualquer, de normas derivadas da experiência. Esses cálculos se baseavam, provavelmente, em algum trabalho "científico" — cientistas amam se dedicar a estudos desse tipo. É igualmente provável que, na casa de detenção temporária de Moscou, o controle da preparação da comida e seu conteúdo calórico para o consumidor estabelecesse um patamar suficientemente elevado. E também é provável que na cadeia de Butirka a amostra não fosse de modo algum uma formalidade zombeteira, como no campo. Qualquer velho médico de prisão, ao procurar na ata o lugar onde devia assinar para dar sua aprovação à comida, talvez até pedisse ao cozinheiro para servir-lhe um pouco mais de lentilhas, refeição de valor calórico altíssimo. O médico talvez brincasse que os presos reclamavam da comida à toa — ele, que era médico, comia com prazer uma tigelinha; só que a amostra que davam ao médico era de lentilhas frescas.

Não se reclamava nunca da alimentação de Butirka. Não que essa comida fosse boa. Os presos sob investigação não ligavam para a comida, no fim das contas. E nem a comida mais detestada da prisão — feijão cozido, que ali cozinhavam de alguma forma surpreendentemente intragável, feijão que recebera o enérgico apelido de "comida para engasgar" — nem mesmo o feijão despertava reclamações.

A linguiça da lojinha, a manteiga, o açúcar, o queijo, os pães frescos eram guloseimas. Cada pessoa, claro, gostava de comê-las com chá, não aquela água quente oficial com "framboesa", mas chá de verdade, feito na caneca e tirado de um enorme bule, do tamanho de um balde, de cobre vermelho, bule dos tempos do tsar, bule do qual beberam, talvez, os membros do *Naródnaia Vólia*.

É claro que a "vendinha" era um acontecimento feliz na vida da cela. Ficar sem a "vendinha" era um castigo pesado, que sempre levava a discussões, brigas — os detentos sofriam muito com essas coisas. Um barulho ao acaso, escutado no corredor, uma discussão com o comandante de plantão — tudo isso era considerado um atrevimento; a punição nesses casos era ficar sem a "vendinha" seguinte.

Oitenta pessoas, aboletadas num lugar para vinte, viam seus sonhos reduzidos a pó. Era uma dura punição.

Para os investigados que não tinham dinheiro, ser privado da "vendinha" devia ser indiferente. Mas não era o que acontecia.

Com os víveres trazidos, começava o chá da noite. Cada um comprava o que queria. Aqueles que não tinham dinheiro se sentiam privados da festa comum. Só eles não compartilhavam dessa excitação nervosa que acontecia no dia da "lojinha".

Claro, todos lhes davam algo. E era possível beber uma caneca de chá com o açúcar de um e o pão branco de outro, fumar o cigarro de um terceiro — um, dois —, mas não era nada parecido a estar em "casa", não como seria se ele tivesse comprado tudo isso com seu próprio dinheiro. Os presos sem dinheiro eram tão cuidadosos que tinham medo de comer um pedaço a mais.

A engenhosa mente coletiva da prisão encontrara uma saída para contornar o problema dos camaradas sem dinheiro, uma saída que cuidava de seu amor-próprio e dava a cada um quase que o direito oficial de fazer uso da "vendinha". Ele podia gastar seu próprio dinheiro de forma totalmente independente e comprar o que desse vontade.

E de onde é que saía esse dinheiro?

Foi assim que nasceu de novo uma famosa palavra dos tempos do comunismo de guerra, dos tempos dos primeiros anos da revolução. Essa palavra é *kombiédi*, comitês da pobreza. Algum desconhecido trouxera esse nome para a cela da prisão, e a palavra pegou de um jeito supreendente, se fortaleceu, deslizou de uma cela para outra — pelo código de batidas, por um bilhete escondido debaixo de um banco na casa de banhos, ou algo ainda mais simples: na transferência de uma prisão para outra.

A cadeia de Butirka era famosa por sua ordem exemplar. Uma prisão enorme com doze mil lugares e uma torrente de habitantes em movimento ininterrupto 24 horas por dia: todo dia levavam gente nos ônibus carcerários de viagem para dentro da Lubianka, e da Lubianka para interrogatórios, acareações, julgamento, ou transferiam para outras prisões...

Dentro da administração prisional, por contravenções "de cela" os investigados eram mandados para as torres Policial, Pugatchov, do Norte e do Sul — nelas havia celas "de castigo" especiais. Havia também o pavilhão com celas nas quais era impossível ficar deitado, e só se podia dormir sentado.

Deslocavam um quinto da população das celas todos os dias, fosse para fotografia — onde tiravam a foto segundo todas as regras, de frente e de perfil, com o número preso à cortina, e perto dele o detento, sentado — fosse para "tocar piano", procedimento de datiloscopia obrigatório e que por algum motivo nunca foi considerado humilhante; ou ainda para o interrogatório, para o pavilhão de interrogatórios, pelos infinitos corredores da gigantesca prisão, onde em cada portão pelo qual nos conduziam ressoava o som das chaves batendo contra a fivela de cobre dos cintos, para avisar que estava passando um "detento secreto". E enquanto não batiam palmas em resposta (na Lubianka batiam palmas para responder ao estalar de dedos, em vez do ressoar de chaves), os que conduziam não deixavam o detento seguir em frente.

O movimento era ininterrupto, infinito — os portões de entrada nunca se fechavam por muito tempo —, e não havia uma situação em que pessoas de um mesmo caso caíssem na mesma cela.

Depois de cruzar o limiar da prisão, depois de sair dela mesmo que por um segundo apenas, o detento, se tivesse seu deslocamento cancelado, não podia voltar sem a desinfecção de todas as suas coisas. Essa regra era uma lei sanitária. Quem era levado com frequência para interrogatórios na Lubianka ficava rapidamente com a roupa aos farrapos. Na prisão, de qualquer maneira a roupa de fora já se desgastava muito mais rápido do que em liberdade — usava-se a roupa ao dormir, ao revirar-se nas pranchas com que se cobriam as tarimbas. Pois as pranchas, junto com os enérgicos e frequentes tratamentos de vapor mata-piolhos, rapidamente destruíam a roupa de cada investigado.

Não importa a severidade do controle, "o carcereiro pensa em suas chaves menos do que o detento pensa na fuga" — é o que diz o autor de *A cartuxa de Parma*.

Os *kombiédi* apareceram espontaneamente, como autodefesa dos detentos, como assistência mútua entre camaradas. Alguém se lembrou nesse caso exatamente dos "comitês da pobreza". E quem sabe o autor que deu um novo conteúdo ao velho termo tenha ele próprio participado dos verdadeiros comitês da pobreza em alguma aldeia russa nos primeiros anos da revolução. Comitês de assistência mútua — era disso que se tratavam os *kombiédi* da prisão.

A organização do *kombied* era reduzida à forma mais simples da ajuda camaradesca. No pedido da "vendinha" cada pessoa que pedia víveres para si devia tirar dez por cento para o *kombied*. A soma geral era dividida entre todos os sem-dinheiro da cela — cada um deles recebia o direito a um pedido independente de víveres.

Em uma cela habitada por 70, 80 pessoas, sempre acontecia de haver 7 ou 8 sem dinheiro. O mais comum era o dinheiro chegar e o devedor tentar devolver a soma aos camaradas, mas isso não era obrigatório. Ele, por sua vez, apenas deduzia os mesmos dez por cento quando podia.

Cada participante dos *kombiédi* recebia de 10 a 12 rublos para a "vendinha" — e gastava a soma de forma quase igual à das pessoas com dinheiro. Não se agradecia pelo *kombied*. Ele aparecia como um direito do detento, como um indiscutível costume da prisão.

Por um longo tempo, talvez por anos, a administração da prisão não desconfiou dessa organização — ou não prestou atenção à informação dos leais dedos-duros das celas e dos agentes secretos. É difícil pensar que não os informassem sobre a existência dos *kombiédi*. Só que a administração da Butirka não queria repetir a triste e fracassada experiência da luta contra o famigerado jogo dos "fósforos".

Na prisão eram proibidos todos os tipos de jogos. O xadrez que modelavam a partir do pão mastigado por toda a cela era rapidamente confiscado e destruído assim que descoberto pelo olho vigilante do guarda que observava através da fresta. A própria expressão "olho vigilante" obtinha na prisão seu sentido completo, em nada figurativo. O olho atento do guarda delineava-se pela fresta.

Dominó, damas, tudo isso era rigorosamente proibido na casa de detenção provisória. Livros não eram proibidos, e a biblioteca da prisão era rica, mas o detento em investigação lê sem extrair da leitura nenhum proveito além da distração de seus próprios pensamentos, importantes e pungentes. Concentrar-se em um livro na cela comum é impossível. Os livros servem como divertimento, distração, substituem o dominó e o jogo de damas.

Nas celas onde ficam os delinquentes, circulam cartas de baralho, mas não na cadeia de Butirka.

Também não há nenhum jogo além do jogo dos "fósforos".

Trata-se de um jogo para dois.

Numa caixinha há cinquenta fósforos. Para o jogo deixam trinta e os colocam na tampa, deixando-a na vertical, de pé. Então, sacodem a tampa, erguem-na, e os fósforos se espalham na mesa.

O primeiro jogador pega um fósforo com dois dedos e, usando-o como alavanca, afasta ou desloca para o lado todos os fósforos que consegue retirar do monte sem mexer nos outros. Se ele mover dois fósforos ao mesmo tempo, perde a vez. Então o outro continua, até seu primeiro erro.

"Fósforos" é o mais comum dos jogos infantis, o de pega-varetas, só que adaptado à cela de prisão pela engenhosa mente dos detentos.

Toda a prisão jogava "fósforos", do café da manhã ao almoço, do almoço ao jantar, com animação e entusiasmo.

Apareciam campeões de "fósforos", havia conjuntos de fósforos de qualidade especial — já engordurados e lustrosos do uso constante. Não se usavam esses fósforos para acender o cigarro.

Esse jogo preservava muito da energia e dos nervos dos detentos, transmitia algum tipo de tranquilidade a suas almas abatidas.

A administração foi incapaz de eliminar esse jogo, de proibi-lo. O jogo de "fósforos" foi então permitido. Era distribuído (por peça) e vendido na loja.

Os comandantes do pavilhão tentavam quebrar as caixinhas, mas podia-se dar um jeito de jogar mesmo sem a caixa.

Essa luta contra o pega-varetas tinha deixado a administração desmoralizada — de todas as suas *démarches*, nenhuma chegou a um resultado. Toda a prisão continuava jogando "fósforos".

Por esse mesmo motivo, temendo a desmoralização, a administração também fazia vista grossa para os *kombiédi*, sem desejar meter-se em uma luta inglória.

Mas, infelizmente, os rumores sobre os *kombiédi* subiram mais alto, mais longe, e chegaram à Instituição, de onde em seguida veio a ameaçadora ordem: liquidar com os *kombiédi* — que tinham, no próprio nome, a cara de um desafio, um tipo de apelo à consciência revolucionária.

Quantos sermões foram passados nos controles. Quantos papeizinhos criminosos com cálculos cifrados de despesas e encomendas de compras foram confiscados nas celas em revistas inesperadas! Quantos veteranos foram para as torres Policial ou Pugatchov, onde ficavam as solitárias e as celas de punição.

Tudo em vão: os *kombiédi* continuavam existindo, apesar de todas as advertências e sanções.

Controlar de fato era muito difícil. Além disso, o comandante do pavilhão e o carcereiro, que trabalhavam na prisão fazia tempo, olhavam para os detentos de uma forma um pouco diferente da do alto-comando, e às vezes, por dentro, ficavam do lado dos detentos contra o chefe. Não é que ele ajudasse o preso. Não, só fazia vista grossa às contravenções, quando podia fazer vista grossa, e não via quando era possível não ver: ele apenas era menos rigoroso. Isso acontecia especialmente se o carcereiro já fosse de certa idade. Para o detento, a melhor coisa era um chefe de certa idade e de patente baixa. A combinação dessas duas condições era quase a promessa de uma pessoa relativamente decente. Se ele além de tudo bebesse, melhor ainda. Uma pessoa assim não está procurando construir uma carreira, e a carreira de um carcereiro de prisão, especialmente em um campo de trabalho, é feita com o sangue dos presos.

Mas a Instituição exigia a liquidação dos *kombiédi*, e a chefia da prisão tentou sem sucesso conseguir isso.

Foi feita uma tentativa de implodir os *kombiédi* a partir de dentro — isso era, claro, a decisão mais esperta. Os *kombiédi* eram uma organização ilegal, qualquer preso podia se opor aos descontos que eram feitos à força. Quem não quisesse pagar esses "impostos" ou não quisesse apoiar os *kombiédi* podia protestar, e, em caso de recusa, o protesto imediatamente contaria com total apoio da administração carcerária. Pudera — o coletivo da prisão, afinal, não é o governo para coletar impostos, ou seja, os *kombiédi* eram extorsão, contrabando, roubo.

Era incontestável que qualquer detento pudesse recusar o desconto. Não quero e pronto! O dinheiro é meu, ninguém tem o direito de tomá-lo e assim por diante. Diante dessa declaração, nenhum desconto aconteceria, e tudo o que fora encomendado seria recebido integralmente.

Mas quem arriscaria uma declaração dessas? Quem arriscaria se colocar contra o coletivo da prisão — pessoas que estão com você 24 horas por dia, sendo que só o sono salva da inimizade e dos olhares hostis dos camaradas? Na prisão, cada pessoa involuntariamente busca no vizinho um amparo espiritual, e ser boicotado é terrível demais. É mais terrível do que uma ameaça do agente de polícia, ainda que nenhuma medida física fosse tomada.

O boicote na cela é uma arma na guerra de nervos. E que Deus proteja de provar na própria pele um profundo desprezo por parte dos camaradas.

Mas, se o cidadão antissocial for casca-grossa e cabeça-dura demais, o veterano tem armas ainda mais ofensivas, ainda mais efetivas.

Ninguém tem o direito de deixar o detento sem ração na prisão (exceto o agente de polícia, que às vezes precisa disso para o "andamento do caso"), e o cabeça-dura recebe sua tigela de sopa, sua porção de mingau, seu pão.

Quem distribui a comida é um encarregado indicado pelo veterano (essa é uma de suas funções). As tarimbas ficam dispostas ao longo das paredes na passagem que vai da porta à janela.

A cela tinha quatro cantos, e a comida era distribuída a partir de cada um deles, por ordem — um dia a partir de um canto, no dia seguinte a partir de outro. Essa alternância era necessária para que a elevada irritabilidade nervosa dos presos não fosse perturbada por alguma bobagem como quem pega o fundo da *balanda* da prisão, para igualar as chances de todos no tocante à densidade e temperatura da sopa... na prisão, nada é banal.

O veterano dava a permissão antes da distribuição e

acrescentava: dê por último a fulano de tal — aquele que não quer contribuir com os *kombiédi*.

Essa ofensa humilhante, insuportável podia ser feita quatro vezes por dia na Butirka — ali, distribuíam chá de manhã e à noite, almoço, sopa e, no jantar, mingau.

Na hora da distribuição do pão, a "coação" podia ser exercida uma quinta vez.

Chamar o comandante do pavilhão para analisar casos como esse era arriscado, pois toda a cela se mostraria contra nosso cabeça-dura. Nos casos em que se contava uma mentira coletivamente, o comandante nunca descobriria a verdade.

Mas o egoísta, o pão-duro era uma pessoa de caráter firme. Além disso, achava que só ele fora preso injustamente, e que todos os seus companheiros de cela eram criminosos. Ele era casca-grossa o bastante, cabeça-dura o bastante. Aguentava com facilidade o boicote dos camaradas — essas coisas dos intelectuais não iam fazê-lo perder a paciência e a resistência. Era possível dar uma dura "às cegas", método de repreensão dos velhos tempos. Mas na Butirka não se fazia isso. O egoísta já estava pronto para celebrar a vitória — o boicote não tivera o efeito devido.

Mas havia ainda um procedimento decisivo à disposição do veterano e das pessoas da cela. Todo dia, no controle da noite, depois de render quem está de plantão, o comandante do pavilhão que está assumindo o turno pergunta aos detentos, de acordo com o estatuto: "Algo a declarar?".

O veterano dá um passo à frente e exige a transferência do cabeça-dura boicotado para outra cela. Não é necessário dar nenhum motivo para a transferência, basta exigir. Em no máximo um dia, ou mesmo antes, a transferência será feita, obrigatoriamente — um aviso público livra o veterano da responsabilidade pela manutenção da disciplina na cela.

Se ele não for transferido, podem espancar ou, pior ainda, matar o cabeça-dura — a alma dos detentos é sombria, e esse tipo de ocorrência suscita a necessidade de inúmeras explicações desagradáveis por parte do comandante de plantão para a chefia.

Caso haja uma investigação do assassinato, logo será verificado que o comandante havia sido avisado. O melhor então é transferir para outra cela por bem, ceder a essa exigência.

Chegar a outra cela por transferência, e não por "vontade", não era muito agradável. Sempre despertava suspeita, deixava os novos camaradas de sobreaviso — não seria um delator? "Tudo bem se ele tiver sido transferido para cá só por se recusar a pagar o *kombied*", pensava o veterano da nova cela. "Mas, e se tiver sido coisa pior?" O veterano tentaria descobrir a razão da transferência colocando um bilhete escondido no fundo da lata de lixo na faxina, ou pelo sistema de telégrafo estabelecido pelos presos: usava-se o sistema do dezembrista Bestújev ou o código Morse.

Enquanto não havia resposta, o novato não podia em absoluto contar com a compaixão e a confiança dos novos camaradas. Vários dias se passavam, a razão da transferência era esclarecida, as paixões se acalmavam, mas a nova cela também tinha seu *kombied* e seu desconto.

Começava tudo de novo — se começasse, pois na nova cela o cabeça-dura, depois de aprender com a experiência amarga, se comportava de outra maneira. Sua teimosia tinha sido vencida.

Nas celas de investigados da cadeia de Butirka não havia *kombiédi* enquanto eram permitidas as entregas de roupa e comida, e o uso da loja da prisão era praticamente ilimitado.

Os *kombiédi* apareceram na segunda metade dos anos 30 como uma curiosa forma de "vida própia" dos detentos em investigação, uma maneira de autoafirmação de pessoas destituídas de seus direitos: um terreno minúsculo no qual um grupo de pessoas, unido, como sempre acontece na prisão (ao contrário do "mundo livre" ou do campo de trabalho), por sua completa falta de direitos, encontra um ponto no qual pode aplicar suas forças espirituais, em uma insistente afirmação do direito humano de viver como quiser. Essas forças espirituais se opõem a todo e qualquer regulamento carcerário, e sempre vencem.

(1959)

MÁGICA

Bateram com um bastão no vidro, e eu reconheci. Era a batida do chefe do departamento.

— Já vou — gritei para a janela, vesti as calças e abotoei a gola da *guimnastiórka*.[83] Nesse mesmo instante apareceu na soleira do quarto o mensageiro do chefe, Michka, e enunciou em voz alta a fórmula habitual com que começava cada um dos meus dias de trabalho:

— Vá ver o chefe!

— No escritório?

— No posto de vigia!

Mas eu já estava saindo.

Era fácil trabalhar com aquele chefe. Ele não era cruel com os presos, era inteligente e, apesar de invariavelmente traduzir para a sua língua grosseira qualquer assunto elevado, sempre ligava coisa com coisa.

É verdade que na época a "reforja" estava na moda, e o chefe só queria, naquele rio desconhecido, manter-se numa rota navegável e segura. Talvez. Talvez. Na época eu não pensava nisso.

Eu sabia que o chefe — seu sobrenome era Stúkov — tivera muitos conflitos com a alta chefia, sabia que haviam

[83] Blusão de tecido grosso usado pelo Exército Vermelho e, posteriormente, pelo Exército Soviético até 1972. (N. da T.)

"costurado" muitos casos contra ele no campo, mas não sabia dos detalhes nem da essência desses casos inconclusos, cuja investigação era encerrada às vezes antes de começar.

Stúkov gostava de mim porque eu não aceitava suborno e não gostava de bêbados. Por algum motivo Stúkov odiava bêbados... Gostava também de minha ousadia, talvez.

Stúkov era um homem idoso e solitário. Amava todo tipo de novidade da técnica, das ciências e as histórias sobre a ponte do Brooklyn o levavam ao êxtase. Mas eu não era capaz de contar nada que fosse parecido com a história da ponte do Brooklyn.

Em compensação, quem contava a respeito disso era Pável Petróvitch Miller, engenheiro de minas.

Miller era o favorito de Stúkov, ouvinte voraz de todo tipo de novidade científica.

Encontrei Stúkov no posto de vigia.

— Você só dorme.

— Não durmo.

— E do comboio que chegou de Moscou, você sabe? Vieram por Perm. Estou falando: você só dorme. Pegue os seus, vamos escolher umas pessoas.

Nosso departamento estava bem na fronteira do mundo dos livres, na ponta de uma estrada de ferro: dali os comboios seguiam a pé por trilhas de muitos dias pela taiga, e Stúkov recebera o direito de definir ele mesmo de quantas pessoas precisava para ficar ali.

Ele tinha uma admirável mágica, uns truques de psicologia aplicada ou algo assim, truques exibidos por Stúkov, um chefe que envelhecera trabalhando em lugares de encarceramento. Ele precisava de espectadores, e talvez só eu fosse capaz de apreciar seu extraordinário talento, uma capacidade que por muito tempo me pareceu sobrenatural, até o momento em que senti que eu mesmo possuía aquele poder mágico.

A alta chefia permitira manter no departamento cinquenta carpinteiros. O comboio estava alinhado diante do chefe, mas não em fila indiana, e sim em fileiras de três ou quatro.

Stúkov ia andando lentamente ao longo do comboio, batendo com o açoite em suas botas desengraxadas. Sua mão se levantava de tempos em tempos.

— Venha você, você. Você também. Não, você não. Você, fora.

— Quantos foram?

— Quarenta e dois.

— Então mais oito.

— Você... Você... Você...

Anotamos os sobrenomes de todos e separamos as pastas pessoais.

Todos os cinquenta sabiam manejar machado e serra.

— Trinta serralheiros!

Stúkov ia andando ao longo do comboio, franzindo um pouco a testa.

— Venha você... Você... Você... E você, para trás. É dos bandidos?

— Sou, cidadão chefe.

Sem um único erro ele escolheu trinta serralheiros.

Era preciso escolher dez empregados administrativos.

— Consegue escolher só no olho?

— Não.

— Então vamos lá.

— Vá você... Você... Você... Já foram seis pessoas.

— Não tem mais nenhum contador nesse comboio — disse Stúkov.

Conferi as pastas, e era isso mesmo: não tinha mais nenhum. Pegariam administrativos dos comboios seguintes.

Era o jogo preferido de Stúkov, e aquilo me deixava maravilhado. O próprio Stúkov ficava alegre feito criança com seu poder mágico e sofria quando perdia a segurança. Ele não se enganava, e se começasse a se sentir inseguro, nós interrompíamos a escolha das pessoas.

Toda vez eu assistia com prazer a esse jogo que não tinha nada da crueldade nem da sanguinolência dos outros jogos.

Assombrava-me seu conhecimento sobre as pessoas. Assombrava-me aquela eterna ligação entre a alma e o corpo.

Quantas vezes vi esses truques, essas demonstrações do poder secreto do chefe? Não havia nada por trás deles, apenas muitos anos de experiência de trabalho com presos. A roupa de detento aplaina as diferenças, e isso só facilitava a tarefa — ler a profissão de uma pessoa por seu rosto e suas mãos.

— O que vamos escolher hoje, cidadão chefe?

— Vinte carpinteiros. Mas veja, recebi um telegrama da direção: escolha todos os que antes trabalharam no serviço secreto — Stúkov deu um sorriso — e que foram condenados por crimes comuns ou relacionados ao serviço. Ou seja, vão para a mesa de investigação de novo. O que você acha disso?

— Não acho nada. Ordem é ordem.

— E você entendeu como escolhi os carpinteiros?

— Talvez...

— Eu pego os camponeses, só os camponeses. Todo camponês é carpinteiro. E, se quero um trabalhador honesto, também procuro entre os camponeses. E não me engano. Agora, como reconheço alguém do serviço secreto pelos olhos, isso não sei dizer. O que você acha, eles têm olhos ariscos? Diga.

— Não sei.

— Eu também não sei. Mas pode ser que eu aprenda com a velhice. Antes de me aposentar.

O comboio foi disposto ao longo do vagão, como sempre. Stúkov proferiu seu discurso habitual a respeito de trabalho, das contas, estendeu a mão e andou umas duas vezes ao longo dos vagões.

— Precisamos de carpinteiros. Vinte pessoas. Mas vou escolher eu mesmo, não se mexam.

— Venha você... Você... Você. Pronto. Peguem as pastas de arquivo.

Os dedos do chefe sentiram algum papelzinho no bolso da túnica militar.

— Não dispersem. Ainda tem mais uma coisa.

Stúkov levantou a mão com o papelzinho.

— Algum de vocês trabalhou nos órgãos secretos?

Dois mil detentos em silêncio.

— Estou perguntando, algum de vocês já trabalhou nos órgãos secretos? Órgãos secretos!

Das fileiras de trás, empurrando os vizinhos com os dedos para abrir caminho, avançava energicamente um homem magrelo, que de fato tinha os olhos ariscos.

— Eu trabalhei como delator, cidadão chefe.

— Fora daqui! — disse Stúkov com desprezo e satisfação.

(1964)

LIDA

A pena do campo de trabalhos — a última pena de Krist —, estava derretendo. Os riachos primaveris do tempo estavam corroendo o gelo morto do inverno. Krist ensinara a si mesmo a não prestar atenção na conta dos dias de trabalho — um método que destrói a vontade humana, um traiçoeiro fantasma de esperança que corrompe a alma dos detentos. Mas o tempo passava cada vez mais rápido — é o que sempre acontece quando se aproxima o fim da pena; bem-aventurados os que se libertam repentinamente, antes do prazo.

Krist evitava pensar na possível liberdade, naquilo que no mundo de Krist se costumava chamar de liberdade.

Era muito difícil ser posto em liberdade. Krist sabia disso por experiência própria. Sabia como se acabava tendo que reaprender a viver, como era difícil entrar para um mundo de escalas diferentes, de medidas morais diferentes, como era difícil ressuscitar aquelas ideias que viviam na alma de uma pessoa antes de ser presa. Essas ideias não eram ilusórias, mas leis de um mundo diferente, anterior.

Ser posto em liberdade era algo difícil — e alegre, pois sempre apareciam, emergiam do fundo da alma, forças que davam a Krist convicção em seu comportamento, audácia em suas ações e um olhar firme na direção do alvorecer do amanhã.

Krist não tinha medo da vida, mas sabia que com ela não se brinca, que a vida é coisa séria.

Krist também sabia de outra coisa: que, ao ganhar a liberdade, ele estaria para sempre manchado, para sempre marcado a ferro — sempre seria isca para os cães de caça que os senhores da vida poderiam soltar de suas coleiras a qualquer momento.

Mas Krist não tinha medo da perseguição. Ainda tinha muita força — as forças espirituais eram ainda maiores do que antes; as físicas, menores.

A caçada de 1937 levara Krist à prisão, para uma nova pena, aumentada, e quando essa pena também foi cumprida ele recebeu mais uma, ainda maior. Mas até o fuzilamento ainda havia alguns degraus, alguns degraus dessa terrível escada viva e movente que unia o indivíduo ao Estado.

Era perigoso ser posto em liberdade. Qualquer detento que tivesse a pena chegando ao fim sofreria no último ano uma perseguição sistemática — talvez isso fosse uma ordem decretada e elaborada por Moscou —, mas "sem tocar um fio de cabelo" ou coisa assim. A perseguição acontecia por provocações, delações, interrogatórios. Os sons da terrível orquestra de jazz do campo de trabalho, o octeto — "sete soprando e um batendo" —, ressoavam nos ouvidos de quem esperava pela liberdade ainda mais alto, ainda mais nítidos. O tom ficava cada vez mais sinistro, e eram poucos os que podiam passar com sucesso — e por sorte! — por essa armadilha, essa "cilada", esse ardil, essa rede, e sair nadando para o mar aberto, no qual, para quem se libertava, não havia orientação, não havia caminhos seguros, dias e noites seguros.

Krist compreendia e sabia muito bem de tudo isso, sabia há tempos e se prevenia como podia. Mas era impossível proteger-se.

Agora estava terminando a terceira pena, a de dez anos, e era até difícil contar o número de prisões, de "casos" abertos, as tentativas frustradas de dar novas penas, mas que não deram em nada — ou seja, era uma vitória sua, era uma sorte; e eram difíceis até de contar. Krist nem contava. No campo achavam que dava azar.

Em outra época, Krist, um moleque de dezenove anos, recebera sua primeira sentença. Uma abnegação — quase um espírito de sacrifício — e um desejo de não exercer comando, mas de fazer tudo com suas próprias mãos, viveram sempre na alma de Krist, junto com um apaixonado sentimento de insubordinação ao comando alheio, à opinião alheia, à vontade alheia. No fundo da alma de Krist se mantivera para sempre o desejo de medir forças com a pessoa sentada na mesa do investigador, desejo formado pela infância, pela leitura, pelas pessoas que Krist vira na juventude e sobre as quais ouvira. Havia muitas pessoas assim na Rússia, pelo menos na Rússia dos livros, no perigoso mundo dos livros.

Em todos os fichários da União Soviética, Krist constava como membro do "movimento", e quando foi dado o sinal para mais uma perseguição, ele foi para Kolimá com a fatal marca "KRTD".[84] *Líternik*, *litiorka*, possuidor da letra T, a mais perigosa. Uma folhinha de papel de arroz fino, colada no arquivo pessoal de Krist, a folhinha de papel transparente, com a "ordem especial de Moscou", cujo texto fora impresso em um copiógrafo, de forma cega e desajeitada, ou então era a décima cópia saída da máquina de escrever — e Krist por acaso teve em suas mãos essa folhinha mortal, e o sobrenome fora escrito por uma mão firme, com a letra serenamente clara de um empregado administrativo, como se nem precisasse de texto — era a letra de alguém que escreve

[84] A sigla KRD indicava o primeiro parágrafo do artigo 58, "atividade contrarrevolucionária". A variante KRTD, também do artigo 58.1, representava uma condenação por "atividade trostskista contrarrevolucionária", ou *kontrrevoliutsiónnaia trotskístskaia déiatelnost* em russo. Os condenados por trotskismo sofriam ainda mais do que os outros presos, pois eram proibidos de fazer qualquer trabalho que não fosse braçal. (N. da T.)

às cegas, inserindo o sobrenome sem olhar, fixando a tinta na linha correspondente. "Durante o tempo de encarceramento, privar de conexão por telégrafo e correio, usá-lo apenas para trabalho físico pesado, informar sobre o comportamento a cada quatro meses."

"Ordens especiais" eram ordens de matar, não deixar sair vivo, e Krist entendia isso. Só que não havia tempo para pensar nisso. E nem dava vontade de pensar.

Qualquer um envolvido com as "ordens especiais" sabia que aquela folhinha de papel de arroz obrigava qualquer chefia futura — desde o escolta até o chefe da direção dos campos — a vigiar, relatar e tomar medidas, e que, se qualquer chefe menor não estivesse ativo no aniquilamento daqueles que tinham "ordens especiais", ele seria denunciado por seus próprios camaradas, por seus colegas. E que receberia a desaprovação da alta chefia. Que sua carreira nos campos não tinha esperanças se ele não participasse ativamente do cumprimento das ordens de Moscou.

Na prospecção de carvão havia poucos presos. O contador, que também era secretário do chefe da prospecção, era o detento comum Ivan Bogdánov, que algumas vezes conversava com Krist. Havia um bom posto livre, o de vigia. O vigia, um velhinho estoniano, tinha morrido de insuficiência cardíaca. Krist sonhava com esse posto. Mas este não lhe foi destinado. Então foi reclamar. Ivan Bogdánov o escutava.

— Você tem uma ordem especial — disse Bogdánov.

— Eu sei.

— Sabe como isso funciona?

— Não.

— Existem dois exemplares da pasta pessoal. Um fica com a pessoa, como um passaporte, e o outro fica guardado na direção dos campos. Esse outro, claro, é inacessível, mas ninguém nunca confere. O essencial está nessa folhinha que fica com você.

Logo transferiram Bogdánov para algum lugar, e ele foi se despedir de Krist direto no trabalho, no poço de prospecção. Uma pequena fogueira-fumigadora enxotava os mosquitos do poço. Ivan Bogdánov sentou na borda do poço e tirou um papelzinho do casaco, um papelzinho finíssimo e desbotado.

— Estou indo embora amanhã. Aqui está sua ordem especial.

Krist a leu. Lembrou-se dela para sempre. Ivan Bogdánov pegou a folhinha e queimou na fogueira, sem soltar de suas mãos enquanto não estivesse queimada a última letra.

— Desejo para você...

— Cuide-se.

Mudaram o chefe — Krist teve muitos e muitos chefes na vida — e mudou o secretário do chefe.

Krist começou a sentir muito cansaço na mina, e sabia o que aquilo significava. Vagou um posto de operador da grua. Mas Krist nunca trabalhara com mecânica e encarava até uma radiola com dúvidas e incerteza. Mas Semiônov, o bandido que saíra da vaga de operador da grua para um trabalho melhor, tranquilizou Krist:

— Você é um *fráier*, é tão otário que não tem salvação. Vocês *fráieres* são todos iguais. Todos. Está com medo de quê? Um preso não deve ter medo de mecanismo nenhum. É ali que você aprende. Não tem nenhuma responsabilidade. Só precisa ter ousadia e pronto. Segure essa alavanca, não me prenda aqui senão minha chance vai embora também...

Mesmo que Krist soubesse que os *blatares* eram uma coisa e os *fráieres* — especialmente os *fráieres* com as letras "KRTD" —, uma coisa completamente diferente quando se tratava de responsabilidade: mesmo assim, a confiança de Semiônov transmitiu-se a ele.

O supervisor era o de antes e estava dormindo ali mesmo, no canto do barracão. Krist foi falar com ele.

— Mas você tem uma ordem especial.

— E como eu vou saber?

— Não sabe mesmo. É verdade que eu também não vi sua pasta. Vamos tentar.

E assim Krist virou operador da grua, acionava e desligava as alavancas da grua elétrica, desenrolava o cabo de aço, baixando o vagonete na mina. Descansou um pouco. Descansou por um mês. Depois veio algum preso comum, mecânico, e Krist foi mandado novamente para a mina; puxando o vagonete e enchendo-o de carvão, pensava que o próprio mecânico não ficaria em um trabalho tão insignificante, sem "ganho adicional", como o de operador de grua — a grua da mina era um paraíso apenas para um *litiorka* como Krist, e, quando ele fosse embora, Krist novamente mexeria aquelas benditas alavancas e ligaria o interruptor da grua.

Krist não esqueceu um dia sequer dos tempos de campo de trabalho. De lá, da mina, o levaram para a zona especial, julgaram e deram a mesma pena que já estava chegando no fim.

Krist conseguiu terminar o curso de enfermagem; sobreviveu e, o que é ainda mais importante, obteve independência — uma característica importante na área de medicina no Extremo Norte, no campo de trabalho. Agora Krist administrava a sala de triagem do enorme hospital do campo.

Mas não havia maneira de se proteger. A letra "T" na sigla era um sinal, uma marca a ferro, um estigma, um signo pelo qual haviam perseguido Krist por muitos anos, sem deixá-lo ir embora das galerias da mina de ouro, cobertas de gelo no frio kolimano de 60 graus negativos. Tentavam matá-lo com tarefas pesadas, com o trabalho acima de suas forças — trabalho enaltecido como questão de honra, glória, bravura e heroísmo; tentavam matá-lo com as surras dos chefes, com a coronha dos escoltas, com os punhos dos chefes de brigada, os empurrões dos barbeiros, os cotovelos dos camaradas... Tentavam matá-lo de fome — com a sopa do campo, a *iuchka*.[85]

Krist sabia, via e observava inúmeras vezes que nenhum outro artigo do código penal era tão perigoso para o Estado quanto o dele, Krist, da sigla com a letra T. Nem traição da pátria, nem terrorismo, nem todo aquele terrível buquê de parágrafos do artigo 58. A sigla de quatro letras de Krist era o sinal da besta, uma besta que devia ser aniquilada, condenada à morte.

Essa sigla era caçada por todos os soldados de escolta de todos os campos do país no passado, no presente e no futuro — nenhum chefe no mundo queria demonstrar fraqueza no aniquilamento de um daqueles "inimigos do povo".

Agora, Krist era enfermeiro de um grande hospital, comandava uma grande luta contra os bandidos, contra o mundo dos contraventores que o governo chamara para ajudar em 1937 na aniquilação de Krist e seus camaradas.

No hospital, Krist trabalhava muito, sem poupar tempo nem forças. A alta chefia, seguindo frequentes ordens de Moscou, mais de uma vez ordenou que enviassem pessoas como Krist para trabalhos gerais, para a transferência. Mas o chefe do hospital era um veterano de Kolimá e conhecia o valor da energia dessas pessoas. O chefe entendia bem que Krist se dedicava e se esforçava muito nesse trabalho. E Krist sabia que o chefe entendia isso.

E assim a pena de encarceramento derretia devagar, como o gelo de inverno em um país onde não há chuvas mornas de primavera, chuvas que transformam a vida — há apenas o lento trabalho destrutivo de um sol ora frio, ora escaldante. A pena derretia como gelo, ia diminuindo. Seu fim estava próximo.

[85] No sul da Rússia, Ucrânia e Bielorrússia, sopa bem rala com algum complemento. (N. da T.)

Algo terrível estava se aproximando de Krist. Todo o seu futuro seria envenenado por esse importante documento de condenação, do artigo, da sigla "KRTD". Essa sigla fecharia o caminho de todo o futuro de Krist, fecharia toda a vida em qualquer lugar do país, em qualquer trabalho. Essa letra não só o privaria de um passaporte, mas por tempos infinitos não o deixaria ter um trabalho, não o deixaria sair de Kolimá. Krist tinha acompanhado com atenção a libertação dos poucos que, como ele, haviam conseguido viver até conseguir a liberdade e tinham no passado a marca a ferro da letra T em sua sentença de Moscou, em seu documento do campo, na ficha de sua pasta pessoal.

Krist tentava imaginar a dimensão daquela força estagnada que direcionava as pessoas, tentava avaliá-la com lucidez.

No melhor dos casos, depois do fim da pena, o deixariam no mesmo trabalho, no mesmo lugar. Não o permitiriam sair de Kolimá. Deixariam ficar ali até o primeiro sinal, até o primeiro chamado para a caçada...

O que fazer? Talvez a coisa mais simples fosse uma corda... Muitos resolviam assim essa mesma questão. Não! Krist lutaria até o fim. Lutaria como um animal, se debateria como lhe haviam ensinado naqueles muitos anos de caçada a uma pessoa conduzida pelo Estado.

Krist passou muitas noites sem dormir pensando em sua iminente e inevitável libertação. Ele não amaldiçoava, não temia. Krist procurava.

A iluminação veio, como sempre, de repente. De repente, mas depois de uma terrível tensão, que não era mental nem das forças do coração, mas de todo o ser de Krist. Veio como vêm os melhores versos, as melhores linhas de um conto. Pensa-se nela dia e noite sem uma resposta, e vem uma iluminação, como a alegria da palavra exata, como a alegria de uma decisão. Não a alegria de uma esperança — no caminho de Krist eram demasiadas as decepções, os enganos, os socos nas costas.

Mas a iluminação veio. Lida...

Krist trabalhava fazia tempo naquele hospital. Sua invariável fidelidade aos interesses do hospital, sua energia, sua constante interferência em todas as questões — sempre pelo bem do hospital! — deram ao preso Krist uma posição especial. O enfermeiro Krist não era o diretor da sala de triagem: esse era um cargo para os livres. Não se sabia quem era o diretor — o registro oficial sempre era um enigma, que, uma vez por mês, era resolvido por duas pessoas: o chefe do hospital e o diretor da contabilidade.

Desde que se entendia por gente, Krist amara o poder de fato, e não a honra aparente. Até na atividade literária, uma época — nos anos de juventude — fora atraído não pela glória, não pela fama, mas pela consciência de sua força pessoal e pela capacidade de escrever, de fazer algo novo, seu, algo que ninguém mais podia fazer.

Juridicamente, os responsáveis pela sala de triagem eram os médicos de plantão, mas eles eram trinta, e a continuidade — das ordens, da "política" vigente no campo e do resto das leis do mundo dos presos e de seus donos — só quem guardava na memória era Krist. Eram questões delicadas, não acessíveis a qualquer um. Mas elas exigiam atenção e execução, e os médicos de plantão sabiam bem disso. Na prática, a decisão das questões de hospitalização de qualquer paciente cabia a Krist. Os médicos sabiam disso, tinham inclusive ordens (verbais, claro) diretas da chefia.

Uns dois anos antes, um médico de plantão, dos presos, chamara Krist de lado...

— Tem uma moça...

— Nada de moças...

— Espere. Eu mesmo não a conheço. O caso é o seguinte.

O médico sussurrou na orelha de Krist palavras grosseiras e repugnantes. O caso, em essência, consistia em que um chefe da instituição dos campos de trabalho, de um departamento dos campos, estava assediando sua secretária — uma presa comum, claro. Há tempos tinham acabado com o marido "de campo" dessa criminosa: ele fora mandado para apodrecer em uma lavra punitiva por ordem do chefe. Mas a detenta não quis ficar com o chefe. E então agora, em trânsito — seu comboio estava passando por ali —, ela fez uma tentativa de se internar no hospital para fugir do assédio. Depois da cura, os pacientes não voltavam do hospital central: eram mandados para outro lugar. Talvez de lá ela fosse para um lugar onde as mãos daquele chefe não a alcançassem.

— É o seguinte — disse Krist. — Chame essa moça.

— Ela está aqui. Entre, Lida!

Uma moça loura, não muito alta, postou-se diante de Krist e encarou seu olhar com ousadia.

Ah, quantas pessoas haviam passado diante dos olhos de Krist na vida. Quantos milhares de olhos ele havia compreendido e decifrado. Krist raramente se enganava, muito raramente.

— Tudo bem — disse Krist. — Podem interná-la no hospital.

O chefete que trouxera Lida correu para o hospital para protestar. Mas, para os inspetores do hospital, subtenente é uma patente baixa. Não o deixaram entrar. O tenente não conseguiu falar nem com o coronel — o chefe do hospital —, foi cair com um major, médico-chefe. Com dificuldade conseguiu uma audiência, relatou o seu caso. O médico-chefe pediu ao tenente que não tentasse ensinar aos chefes do hospital quem era paciente e quem não era. E depois, por que o tenente estava tão interessado no destino de sua secretária? Que pedisse outra no seu campo local. Mandariam outra. Enfim, o médico-chefe não tinha mais tempo. Próximo!...

O tenente foi embora, xingando, e desapareceu da vida de Lida para sempre.

Aconteceu que Lida foi ficando no hospital, trabalhando com alguma coisa no escritório e participando das atividades artísticas. Krist não perguntou qual era o seu artigo — nunca se interessava pelos artigos das pessoas que encontrava no campo.

O hospital era grande. Um enorme edifício de três andares. Duas vezes por dia a escolta trazia os trabalhadores da zona do campo para um novo turno: médicos, enfermeiras, enfermeiros, auxiliares de enfermagem, e esses trabalhadores tiravam silenciosamente o casaco no vestiário, espalhavam-se silenciosamente pelas alas do hospital, e, logo que chegavam ao local de trabalho, transformavam-se em Vassili Fiódorovitch, em Anna Nikoláievna, Kátia ou Piétia, Vaska ou Jenka, o "comprido" ou a "bexiguenta" — dependia do cargo: de médico, de enfermeira, de auxiliar de enfermagem do hospital ou do serviço "externo".

Krist não ia para o campo porque trabalhava 24 horas. Às vezes, ele e Lida viam um ao outro e trocavam sorrisos. Tudo isso acontecera dois anos antes. No hospital, os chefes de todas as "seções" já haviam sido substituídos duas vezes. Ninguém nem lembrava mais como tinham internado Lida. Só Krist lembrava. Era preciso descobrir se Lida também lembrava.

A decisão foi tomada, e, na hora da reunião do pessoal de serviços gerais, Krist se aproximou de Lida.

O campo não gosta de sentimentalismos, não gosta de preâmbulos e explicações longas e desnecessárias, não gosta de nenhum tipo de "abordagem".

Tanto Lida quanto Krist eram veteranos de Kolimá.

— Escute, Lida, você trabalha na seção de registros?

— Trabalho.

— É você que datilografa os documentos de libertação?

— Sou — disse Lida. — Às vezes o próprio chefe datilografa. Mas ele não faz direito, estraga as fichas. Todos esses documentos sempre sou eu que faço.

— Em breve você vai fazer os meus documentos.

— Parabéns... — Lida limpou um grão de poeira invisível do jaleco de Krist.

— Você vai datilografar condenações velhas, tem uma coluna assim não tem?...

— Tem, sim.

— Na sigla KRTD, pule a letra T.

— Entendi — disse Lida.

— Se o chefe notar quando for assinar, sorria e diga que se enganou. Estragou a ficha...

— Sei o que dizer.

O pessoal de serviço já estava se organizando para sair.

Duas semanas se passaram, Krist foi chamado e recebeu um certificado de libertação sem a letra T.

Dois conhecidos engenheiros e um médico foram com Krist ao departamento de passaportes, para ver que documento dariam a ele. Ou recusariam, como... Estavam imprimindo os documentos no guichê, resposta em quatro horas. Krist almoçou com o médico conhecido sem se preocupar. Em todos os casos assim é preciso saber se obrigar a almoçar, jantar, tomar café da manhã.

Quatro horas depois o guichê entregou o papelzinho lilás de um passaporte anual.

— Para um ano? — perguntou Krist, sem entender e dando à pergunta um sentido particular.

Do guichê apareceu uma fisionomia militar bem barbeada.

— É, para um ano. Agora estamos sem fichas de passaporte de cinco anos, como deveria ser o seu. Quer esperar até amanhã, quando devem chegar, e refazemos? Ou você muda esse daqui a um ano?

— Melhor eu trocar daqui a um ano.

— Claro — o guichê fechou-se bruscamente.

Os conhecidos de Krist estavam embasbacados. Um dos engenheiros achou que aquilo fora um sucesso de Krist, o outro viu naquilo o tão esperado abrandamento do regime, aquela primeira andorinha que com certeza, com certeza fará a primavera. E o médico viu nisso a vontade de Deus.

Krist não disse a Lida uma palavra de agradecimento. Ela nem esperava por isso. Por uma coisa dessas não se agradece. Gratidão é uma palavra que não cabe aqui.

(1965)

ANEURISMA DA AORTA

O plantão de Guennádi Petróvitch Záitsev começou às nove da manhã, e já às dez e meia chegou um comboio de pacientes, todas mulheres. Entre elas estava a mais doente, sobre a qual Podchiválov avisara a Guennádi Petróvitch: Iekaterina Glovátskaia. Olhos escuros, corpulenta, ela agradava a Guennádi Petróvitch, agradava muito.

— Bonita? — perguntou o enfermeiro quando levou os pacientes para se lavarem.

— Bonita...

— É... — e o enfermeiro sussurrou algo no ouvido do doutor Záitsev.

— Mas, e daí, o que me importa se ela é de Senka? — disse em voz alta Guennádi Petróvitch. — De Senka ou de Venka, não custa tentar.

— Boa sorte. De coração!

Ao anoitecer, Guennádi Petróvitch foi rapidamente fazer a ronda do hospital. Os enfermeiros de plantão, conhecendo os hábitos de Záitsev, colocavam em um vidro graduado extraordinárias misturas de "tintura de absinto" e "tintura de valeriana", e até o licor Noite Azul, que era pura e simplesmente álcool desnaturado. O rosto de Guennádi Petróvitch corava ainda mais, os cabelos grisalhos cortados curto não escondiam a careca rubra do médico de plantão. Záitsev chegou à ala feminina às onze da noite. A ala já estava fechada com uma tranca de ferro, para evitar ataques de estupradores das alas masculinas. Na porta havia um olho mágico carcerário, ou "pião", e os botões da campainha elétrica se conectavam com o posto de vigia, na sala da guarda.

Guennádi Petróvitch bateu na porta, o olho mágico piscou e os ferrolhos ressoaram. A enfermeira do turno da noite destrancou a porta. Ela conhecia muito bem as fraquezas de Guennádi Petróvitch, e tratava-o com toda a gentileza que um detento dispensa a outro.

Guennádi Petróvitch passou pela sala de fisioterapia e a enfermeira deu-lhe o vidro graduado com a Noite Azul. Guennádi Petróvitch bebeu tudo.

— Chame para mim, das que chegaram hoje, aquela... Glovátskaia.

— Só que... — a enfermeira balançou a cabeça com reprovação.

— Isso não é problema seu. Chame-a para cá...

Kátia bateu na porta e entrou. O médico de plantão trancou a porta com ferrolho. Kátia sentou na borda do divã. Guennádi Petróvitch abriu o avental dela, afastou a gola e sussurrou:

— Preciso auscultar você... seu coração... Sua superior pediu... Vou fazer ao estilo francês... sem estetoscópio.

Guennádi Petróvitch apertou a orelha peluda contra o peito morno de Kátia. Tudo estava acontecendo do mesmo jeito que acontecera dezenas de vezes antes, com as outras. O rosto de Guennádi Petróvitch corou, e ele escutou apenas as batidas surdas de seu próprio coração. Ele abraçou Kátia. Imediatamente escutou um barulho estranho e muito conhecido. Parecia que em algum lugar ali perto um gato ronronava ou um riacho de montanha gorgolejava. Guennádi Petróvitch era médico demais — afinal de contas, ele fora assistente de Pletniov.

Seu próprio coração foi batendo cada vez mais baixo, num ritmo cada vez mais regular. Guennádi Petróvitch enxugou a testa suada com uma toalha e recomeçou a operação de auscultar Kátia. Pediu que ela se despisse, e ela se despiu, inquieta com a mudança de tom e com o alarme que havia na voz e nos olhos dele.

Guennádi auscultou mais uma vez, e mais outra: o ronronar felino não silenciava.

Ele andou pelo quarto, estalando os dedos, e destrancou o ferrolho. A enfermeira da noite, sorrindo confidencialmente, entrou no quarto.

— Dê-me o prontuário dessa paciente — disse Guennádi Petróvitch. — Leve-a. Perdão, Kátia.

Guennádi Petróvitch pegou a pasta com o prontuário de Glovátskaia e sentou-se à mesa.

— Aqui está, Vassili Kalínitch — disse o chefe do hospital ao novo secretário do Partido na manhã seguinte —, você é um novato em Kolimá, não sabe de todas as baixezas de que são capazes os senhores das galés. Leia o que o médico de plantão foi arranjar hoje. Aqui está o relatório de Záitsev.

O secretário do Partido foi para perto da janela, e, com a cortina levantada, captou sobre o papel a luz difusa que a grossa camada de gelo atrás da janela tornara difusa.

— E então?

— Parece que é muito grave...

O chefe soltou uma gargalhada.

— A mim — disse com empáfia —, a mim o senhor Podchiválov não engana.

Podchiválov era um preso, líder do círculo de atividade artística, "o teatro dos servos", como brincava o diretor.

— Mas o que ele tem a ver?

— Vou dizer o que ele tem a ver, meu caro Vassili Kalínitch. Essa moça, Glovátskaia, estava na brigada cultural. Os artistas, o senhor sabe bem, dispõem de uma certa liberdade. Ela tem um caso com Podchiválov.

— Então é isso...

— É evidente que, assim que isso foi descoberto, tiramos Glovátskaia das brigadas e a despachamos para uma lavra punitiva feminina. Nesses casos, Vassili Kalínitch, separamos os amantes. O que for mais saudável e mais importante a gente deixa aqui, e o outro vai para a lavra punitiva.

— Isso não é muito justo. Tinha que ser os dois...

— De jeito nenhum. O que importa é a separação. A pessoa útil fica no hospital. Assim todo mundo fica satisfeito.

— Certo, certo...

— Mas continue escutando. Glovátskaia foi embora para uma punitiva, e depois de um mês a trazem aqui pálida, doente — eles ali sabem muito bem como engolir meimendro para isso —, e dão entrada no hospital. De manhã fiquei sabendo e mandei aceitar, que se dane. Trouxeram. Depois de três dias, trazem de novo. Então me disseram que ela é uma excelente bordadeira — essas mulheres da Ucrânia Ocidental todas são —, e minha mulher pediu para ficar com a Glovátskaia por uma semaninha; está preparando algum tipo de surpresa para o meu aniversário: um bordado, deve ser, sei lá o que é...

Em suma, chamei Podchiválov e disse a ele: se você me der sua palavra de que não vai tentar se encontrar com Glovátskaia, deixo ela aqui por uma semana. Podchiválov jurou e agradeceu.

— Mas e aí? Eles se viram?

— Não, não se se viram. Mas agora ele está agindo por um testa de ferro. Do Záitsev não tem o que falar, não é mau médico. Foi até famoso no passado. Agora está insistindo, escreveu no relatório: "Glovátskaia tem aneurisma da aorta". E todos achavam uma doença cardíaca, uma angina do peito. Foi mandada da punitiva para cá com um problema no coração, uma fraude — nossos médicos desmascararam na hora. Záitsev, veja aqui, escreve que "cada movimento descuidado de Glovátskaia pode ter consequências fatais". Viu como estão armando?!

— Siiim — disse o secretário do Partido —, mas temos mais clínicos, é só mandá-la para outro.

O chefe já tinha mostrado Glovátskaia a outros clínicos antes do relatório de Záitsev. Todos obedientemente a declararam saudável: o chefe mandou dar alta.

Bateram na porta do escritório. Záitsev entrou.

— O senhor devia ao menos pentear o cabelo antes de entrar na sala de um superior.

— Certo — respondeu Záitsev, ajeitando os cabelos. — Vim aqui, cidadão chefe, tratar de um assunto importante. Estão mandando Glovátskaia de volta. Ela tem um aneurisma da aorta, grave. Qualquer movimento...

— Fora daqui! — berrou o chefe. — A que ponto chegaram, seus canalhas! Aparecer no escritório...

Kátia juntou suas coisas depois da vagarosa e tradicional revista, colocou-as num saco e tomou seu lugar na fila do comboio. O escolta gritou seu sobrenome, ela deu alguns passos e a enorme porta do hospital a empurrou para fora. O caminhão, coberto por uma lona alcatroada, estava ao lado do terraço de entrada do hospital. A capota traseira estava levantada. Uma enfermeira, que estava de pé na carroceria, estendeu a mão para Kátia. Da densa névoa gelada saiu Podchiválov. Ele acenou para Kátia com as luvas, ela sorriu para ele com tranquilidade e alegria, estendeu a mão para a enfermeira e saltou para dentro do carro.

Na mesma hora, Kátia sentiu um grande ardor no peito, e, perdendo a consciência, ela viu pela última vez o rosto de Podchiválov contraído de pavor e as janelas do hospital cobertas de gelo.

— Levem-na para o ambulatório — ordenou o médico de plantão.

— Melhor levar para o necrotério — disse Záitsev.

(1960)

UM PEDAÇO DE CARNE

Sim, Gólubev tinha feito um sacrifício de sangue. Um pedaço de carne foi cortado do seu corpo e jogado aos pés do todo-poderoso Deus do campo de trabalhos forçados. Para aplacar aquele Deus. Aplacar ou enganar? A vida repete as tramas shakespearianas mais vezes do que imaginamos. Por acaso Lady Macbeth, Ricardo III ou o rei Cláudio só existiram na longínqua Idade Média? Por acaso Shylock, que queria cortar do corpo do mercador de Veneza uma libra de carne humana viva — por acaso Shylock é uma lenda? Claro, o apêndice é um prolongamento vermiforme do intestino grosso, um órgão vestigial, pesa menos do que uma libra. Claro, o sacrifício de sangue foi realizado mediante a observância da completa esterilidade. Mas mesmo assim... Revelou-se que o órgão vestigial não era nem um pouco vestigial, e sim necessário, efetivo, salvador de uma vida.

O fim do ano enche de preocupação a vida dos presos. De todos os que não estão firmes em seu lugar (e que detento tem certeza de que está firme?) — claro, os do artigo 58 — todos os que conquistaram, depois de muitos anos de trabalho na galeria de mina, na fome e no frio, a ilusória e incerta felicidade de alguns meses, de algumas semanas em um trabalho na sua área ou como *pridúrok*[86] — contador, enfermeiro, médico, técnico de laboratório —, todos os que con-

[86] Detento encarregado de tarefas leves. (N. da T.)

seguiram uma posição que podia ser ocupada por um livre contratado (se houvesse livres no momento) ou por um preso comum — mas eles dão pouco valor a esses trabalhos privilegiados, pois sempre podiam consegui-lo, e por isso abusavam da bebida ou de coisa pior.

Nos cargos efetivos trabalham os do artigo 58, e fazem um bom trabalho. Ótimo. E sem esperanças. Pois logo vem uma comissão, os encontra e os tira do trabalho, e repreende o chefe. E o chefe não quer estragar a relação com essa alta comissão e de antemão retira todos os que não podem ocupar esses postos "privilegiados".

O bom chefe espera a chegada da comissão. Que ela trabalhe sozinha — tire quem precisa tirar e leve embora. Não tardam em levar; quem eles não tiram fica, e fica por muito tempo — um ano, até o próximo dezembro. Ou, no mínimo, seis meses. Um chefe pior, mais burro, manda embora por conta própria, sem esperar a chegada da comissão para informar que está tudo em ordem.

O pior dos chefes, o menos experiente, cumpre honestamente as ordens da alta chefia e não aceita um 58 em nenhum trabalho que não seja de picareta e carrinho de mão, serra e machado.

Com um chefe assim o trabalho vai de mal a pior. Esses chefes são mandados embora rapidamente.

E essas incursões-relâmpago da comissão sempre acontecem no fim do ano — a alta chefia tem suas falhas na área de controle, e no fim do ano tenta sanar essas falhas. E manda as comissões. Alguns vão pessoalmente. Pessoalmente. Ganham o dinheiro da viagem, evitam deixar os "pontos" sem um controle pessoal — um lugar onde colocar o sinal de visto —, e ainda dá para para esticar as pernas, dar uma volta, às vezes até mostrar seu caráter, seu temperamento, sua grandeza.

Tudo isso é conhecido tanto pelos presos quanto pelos chefes — dos baixos aos superiores, com estrelas graúdas nas dragonas. Esse jogo não é novo, o ritual é bem conhecido. E mesmo assim é perturbador, perigoso e inevitável.

Essa visita em dezembro pode "destruir" um destino e levar os sortudos de ontem rapidamente ao caixão.

Esse tipo de visita não traz nenhuma mudança para melhor a ninguém do campo. Os presos, especialmente os do artigo 58, não esperam nada de bom dessas visitas. Esperam só coisas ruins.

Ainda na noite anterior corriam boatos, as "latrinas" do campo, as mesmas "latrinas" que sempre se mostram verdadeiras. Diziam que havia chegado alguma chefia com um carro inteiro cheio de combatentes e um ônibus da prisão, o "corvo negro", para levar sua presa para os campos de trabalho. A chefia local ficou em polvorosa, os grandes começaram a parecer pequenos perto dos senhores da vida e da morte — aqueles desconhecidos capitães, majores e tenentes-coronéis. Os tenentes-coronéis se escondiam no fundo dos gabinetes. Os capitães e majores corriam pelo pátio com umas listas, e nessas listas certamente estava o sobrenome Gólubev. Gólubev sentia isso, sabia. Mas ainda não tinham anunciado nada, não tinham chamado ninguém. Ainda não tinham dado baixa a ninguém da zona.

Seis meses antes, na época da passagem habitual do "corvo negro" pelo povoado, e da habitual caçada humana, Gólubev, que na época não estava nas listas, estava perto do posto de vigia ao lado do cirurgião-preso. O cirurgião não só trabalhava no hospital como cirurgião, mas também tratando todas as outras doenças.

Mais um grupo de detentos capturados, caçados e desmascarados estava sendo jogado dentro do "corvo negro". O cirurgião estava se despedindo do amigo que estavam levando.

Gólubev estava ao lado do cirurgião. Quando o carro rastejou para longe, levantando uma nuvem de poeira, e se escondeu no desfiladeiro montanhoso, o médico falou, olhando nos olhos de Gólubev, falou sobre seu amigo que fora levado para a morte: "A culpa é dele mesmo. Bastava um ataque de apendicite aguda e teria ficado aqui".

Essas palavras ficaram bem gravadas na memória de Gólubev. O que ficou não era a ideia, não era a opinião. Era uma lembrança visual: do olhar firme do cirurgião, das poderosas nuvens de poeira...

— O supervisor está procurando por você — chegou alguém correndo, e Gólubev viu o supervisor.

— Arrume suas coisas! — nas mãos do supervisor havia um papelzinho com uma lista. Não era grande.

— Já vou — disse Gólubev.

— Vá para o posto de vigia.

Mas Gólubev não foi para o posto de vigia. Segurando com ambas as mãos o lado direito da barriga, ele começou a gemer e rastejar em direção ao setor médico.

O cirurgião, o mesmo cirurgião, saiu para o terraço, e algo se refletiu em seus olhos, alguma lembrança. Talvez a nuvem de fumaça escondendo o carro que levara para sempre um amigo seu.

O exame foi breve.

— Levem-no para o hospital. E chamem uma enfermeira cirúrgica. Como assistente, chamem um médico do povoado dos livres. Operação de emergência.

No hospital, a uns dois quilômetros da zona, despiram Gólubev, limparam e internaram.

Dois auxiliares de enfermagem levaram Gólubev e o colocaram sobre a mesa de operações. Amarraram-no à mesa com tiras de pano.

— Agora você vai sentir uma picada — escutou a voz do cirurgião. — Mas você parece ser um rapaz corajoso.

Gólubev ficou calado.

— Responda! Enfermeira, converse com o paciente.

— Está doendo?

— Está.

— É sempre assim com anestesia local — Gólubev escutou a voz do cirurgião, que explicava algo ao assistente. — É só conversa, isso de que tem efeito anestesiante. Ele, veja...

— Aguente mais um pouco!

Gólubev sacudiu o corpo inteiro com a dor aguda, mas quase imediatamente ela deixou de ser aguda. Os cirurgiões conversavam ao mesmo tempo, alto, alegremente. A operação ia se aproximando do fim.

— Bem, retiramos o seu apêndice. Enfermeira, mostre ao paciente seu pedaço de carne. Está vendo? — A enfermeira aproximou do rosto de Gólubev um pedacinho de intestino parecido com uma cobra, do tamanho de um lápis pela metade.

— As instruções dizem para mostrar ao paciente que o corte não foi feito em vão, que o apêndice foi de fato retirado — explicou o cirurgião a seu assistente livre. — Aí está, um pequeno treino para você.

— Agradeço muito pela aula — disse o médico.

— Uma aula de humanidade, uma aula de amor pelo ser humano — falou o cirurgião de modo obscuro, tirando as luvas.

— Se aparecer algo assim, me chame sem falta — disse o médico livre.

— Se aparecer algo assim, chamo você sem falta — disse o cirurgião.

Os auxiliares de enfermagem, pacientes em recuperação usando jalecos brancos remendados, levaram Gólubev para a enfermaria do hospital. A enfermaria era pequena, só para o pós-operatório, mas havia poucas operações no pequeno hospital, e naquele momento não eram os pacientes cirúrgicos que estavam por lá. Gólubev estava deitado de costas, tocando com cuidado a atadura, que fora enrolada como uma tanga de um faquir indiano ou de algum iogue. Gólubev vira esses desenhos nas revistas de sua infância, e, por quase toda a vida, ficara sem saber se esses faquires ou iogues existiam de fato. Mas o pensamento a respeito dos iogues esgueirou-se por sua mente e desapareceu. A tensão da vontade e dos nervos ia caindo, e um agradável sentimento de dever cumprido preencheu o corpo de Gólubev. Cada célula de seu corpo cantava, cantarolava algo de bom. Era uma trégua de alguns dias. Gólubev por enquanto estava livre de ser mandado para a incerteza do trabalho forçado. Era um adiamento. Em quantos dias cicatrizaria a ferida? Uns sete ou oito. Ou seja, em duas semanas o perigo estaria de volta. Duas semanas era um prazo muito distante, um milênio, suficiente para preparar-se para novas provações. E, ademais, o tempo de cicatrização da ferida era de sete ou oito dias segundo o manual, e essa era a duração primária, como diziam os médicos. E se a ferida supurasse? E se a bandagem que cobria a ferida se soltasse da pele antes do tempo? Gólubev apalpou com cuidado a bandagem sólida, que já estava secando, alimentada por gaze de goma-arábica. Apalpou por entre a atadura. Sim... Era uma saída de emergência, uma reserva para mais alguns dias, talvez até meses. Se fosse necessário. Gólubev se lembrou da grande enfermaria da lavra onde tinha ficado um ano antes. Lá, quase todos os pacientes desenrolavam os curativos à noite, colocavam ali uma salutar sujeira, sujeira mesmo, do chão, arranhavam e irritavam as feridas. Na época, aquelas trocas de curativo noturnas provocavam em Gólubev — um novato — surpresa, quase desprezo. Mas um ano tinha se passado, e o comportamento dos pacientes ficou claro para Gólubev, quase lhe provocava inveja. Agora ele podia usar a experiência daqueles tempos. Gólubev dormiu e acordou com a mão de alguém levantando o cobertor de seu rosto. Ele ainda dormia à maneira do campo de trabalho, cobrindo a cabeça, tentando acima de tudo aquecer e proteger a cabeça.

Sobre Gólubev estava inclinado um rosto muito bonito: com bigodinho e cabelo cortado ao estilo polonês ou de boxeador. Enfim, não era de forma alguma a cabeça de um preso, e Gólubev, ao abrir os olhos, pensou que era uma lembrança, como a dos iogues, ou um sonho: talvez um pesadelo, ou talvez algo não tão ruim.

— *Fraierzinho* — disse o homem com uma voz rouca e decepcionada, cobrindo o rosto de Gólubev com o cobertor. — *Fraierzinho*. Não tem gente aqui.

Mas Gólubev, sem forças, levantou o cobertor com seus dedos e olhou para o homem. Esse homem conhecia Gólubev, e Gólubev o conhecia. Indiscutivelmente. Mas não tinha pressa, não tinha pressa em reconhecer. Era preciso lembrar bem. Lembrar tudo. E Gólubev se lembrou. O homem com corte de cabelo de boxeador era... Então o homem tirou a camisa, perto da janela, e Gólubev viu em seu peito um emaranhado de cobras trançadas. O homem virou, e o emaranhado de cobras trançadas apareceu diante dos olhos de Gólubev. Era Kononenko, um bandido com o qual ele estivera no campo provisório alguns meses antes, um assassino com muitas condenações, eminente bandido que já vinha "freiando" há alguns anos em hospitais e casas de detenção provisórias. Assim que chegava o momento de ser mandado embora, Kononenko matava alguém no campo provisório, tanto fazia quem, qualquer *fráier*: sufocava com uma toalha. Uma toalha, uma toalha qualquer dada no campo, era a arma de assassinato preferida de Kononenko, sua marca registrada. Ele era preso, levado a um novo julgamento, novamente condenado, e acrescentavam uma nova pena de 25 anos às centenas de anos que ele já tinha. Depois do julgamento, Kononenko tentava ir parar no hospital, para "descansar"; depois, cometia outro assassinato, e tudo começava desde o princípio. O fuzilamento de bandidos fora abolido na época. Só era permitido fuzilar "inimigos do povo", os do artigo 58.

"Agora Kononenko está no hospital", refletiu Gólubev tranquilamente, e cada célula do corpo cantava de felicidade e não temia nada, confiante no sucesso. "Agora Kononenko está no hospital. Está no 'ciclo do hospital', uma de suas transformações sinistras. Amanhã, ou talvez depois de amanhã, segundo o conhecido programa de Kononenko, acontece o próximo assassinato." Não teria sido em vão todo esse esforço? A operação fora um terrível esforço de força de vontade. E agora ele, Gólubev, podia ser sufocado por Kononenko como sua vítima da vez. Talvez não devesse ter fugido do envio para o campo de trabalho, onde marcavam um "ás de ouros" — um número de cinco dígitos — nas suas costas e lhe davam uma roupa listrada. Mas, em compensação, ali não batiam, não roubavam "as gorduras". Em compensação, lá não havia vários Kononenkos.

O catre de Gólubev ficava perto da porta. Em frente a ele ficava o de Kononenko. E perto da porta, com os pés virados para os pés de Kononenko, ficava um terceiro. Gólubev via bem o rosto desse terceiro sem precisar se virar. Gólubev também conhecia esse paciente. Era Podossiônov, eterno habitante do hospital.

A porta se abriu, um enfermeiro entrou com os remédios.

— Kazakov! — gritou.

— Aqui! — gritou Kononenko, levantando.

— Para você, um bilhete — e entregou um papelzinho dobrado várias vezes.

"Kazakov?" O nome se debatia no cérebro de Gólubev sem parar. Mas aquele não era Kazakov, era Kononenko. E imediatamente Gólubev entendeu, e brotou em seu corpo um suor frio.

Tudo se revelou bem pior do que o previsto. Nenhum dos três se enganara. Era Kononenko — um "pão seco", como falavam os bandidos, que assumira o nome de outra pessoa e, sob este nome, Kazakov, com a pena de Kazakov, fora mandado para o hospital como "substituto". Isso era ainda pior, ainda mais perigoso. Se Kononenko fosse só Kononenko, sua vítima podia ser Gólubev, mas também podia não ser. Ainda haveria uma escolha, um acaso, uma possibilidade de salvação. Mas se Kononenko era Kazakov, então não havia salvação para Gólubev. Se Kononenko chegasse a apenas suspeitar, Gólubev morreria.

— O que foi, já tinha me encontrado antes? Por que está olhando para mim feito uma cobra para um coelho? Ou um coelho para uma cobra? Como falam isso, vocês que estudaram?

Kononenko sentou no banquinho na frente do catre de Gólubev e foi esmigalhando o papelzinho do bilhete com seus dedos grandes e ásperos, espalhando os pedacinhos pelo cobertor de Gólubev.

— Não encontrei, não — disse Gólubev com voz rouca, empalidecendo.

— Pois é bom que não tenha encontrado — disse Kononenko, tirando uma toalha do prego cravado na parede sobre o catre e sacudindo a toalha diante do rosto de Gólubev. — Ainda ontem eu estava pensando em estrangular aquele "doutor" ali — ele acenou com a cabeça na direção de Podossiônov, em cujo rosto se refletiu um pavor desmedido. — Olha o que esse desgraçado faz — disse alegremente Kononenko, apontando para o lado de Podossiônov com a toalha. — Na hora de mijar, pega o penico que fica embaixo do catre e mistura ali o próprio sangue... Arranha o dedo e coloca uma gota de sangue no mijo. Homem sabido. Não fica devendo para os doutores. A análise final do laboratório vê que tem sangue no xixi. Nosso "doutor" fica. Agora me diz, uma pessoa dessas merece ou não merece viver no mundo?

— Não sei — disse Gólubev.

— Não sabe? Sabe sim. E ontem trouxeram você. Você andou comigo no campo transitório, não foi? Antes do meu julgamento na época. Naqueles tempos me conheciam como Kononenko.

— Nunca vi sua cara — disse Gólubev.

— Não, viu sim. Foi aí que eu decidi. Em vez do "doutor", melhor acabar com você. Que culpa ele tem? — Kononenko mostrou o rosto pálido de Podossiônov, que, bem devagarzinho, ia recebendo o sangue de volta. — Que culpa ele tem? Está salvando a própria vida. Como você. Ou, por exemplo, eu.

Kononenko andava pela enfermaria, passando de uma mão para a outra as migalhinhas de papel do bilhete que recebera.

— Eu acabaria com você, mandaria você para a lua sem tremer um dedo. Mas agora o enfermeiro trouxe um bilhete, sabe como é. Preciso me mandar daqui logo. As "cadelas" estão matando os nossos na lavra. Chamaram todos os ladrões que estão no hospital para ajudar. Você não sabe como é nossa vida... Seu *fraierzinho*!

Gólubev ficou calado. Ele sabia como era essa vida. Como *fráier*, claro, vendo de fora.

Depois do almoço, Kononenko foi liberado e saiu da vida de Gólubev para sempre.

Enquanto o terceiro catre estava vazio, Podossiônov conseguiu alcançar a borda do catre de Gólubev, sentou aos seus pés e sussurrou:

— Kazakov vai nos estrangular com certeza, vai estrangular os dois. Tem que falar para os chefes.

— Vá se danar — disse Gólubev.

(1964)

MEU PROCESSO

O próprio FIÓDOROV veio ver nossa brigada. Como todas as vezes em que a chefia estava para chegar, as rodas do carrinho de mão giravam mais rápido, os golpes de picareta ficavam mais frequentes, mais sonoros. Aliás, um pouco mais rápido, um pouco mais sonoro: ali trabalhavam velhos lobos do campo de trabalho, que estavam se lixando para a chefia, e que também já nem tinham forças. Acelerar o ritmo de trabalho era só um covarde tributo à tradição, e também, possivelmente, um sinal de respeito ao chefe de brigada — que seria acusado de conspiração, tirado do trabalho e julgado se a brigada parasse de trabalhar. O desejo impotente de encontrar motivo para descanso seria compreendido como uma manifestação, um protesto. As rodas dos carrinhos giravam mais rápido, porém mais por gentileza do que por medo.

FIÓDOROV, cujo nome era repetido por dezenas de lábios queimados, rachados pelo vento e pelo frio, era o delegado estatal da seção regional na lavra. Ele estava se aproximando da galeria de mina em que nossa brigada trabalhava.

Há poucos espetáculos tão expressivos quanto a disposição, lado a lado, das figuras dos chefes do campo — vermelhas de álcool, bem alimentadas, corpulentas e pesadas, vestindo peliças curtas brilhantes como o sol, novinhas, cheirando a couro de ovelha e usando *malakhai*[87] da Iacútia, peles pintadas e luvas inteiriças tipo *krágui*[88] com estampas vívidas — e as dos *dokhodiagas*,[89] "pavios" esfarrapados com pedaços "fumegantes" de algodão saindo das *telogreikas*[90] surradas, *dokhodiagas* com rostos idênticos, ossudos e sujos, e um brilho faminto nos olhos fundos. Composições exatamente desse tipo aconteciam todo dia, toda hora — tanto nos vagões dos comboios Moscou-Vladivostok quanto nas tendas esburacadas de lona simples do campo, onde os presos passavam o inverno no frio polar, sem tirar a roupa, sem se lavar, onde os cabelos, por causa do frio, ficavam grudados às paredes das tendas e onde era impossível se esquentar. O teto das tendas era cheio de buracos — quando havia explosões nas galerias das minas próximas, as pedras caíam sobre a tenda, e uma vez uma pedra grande ficou na tenda para sempre: nós a usávamos para sentar, comer, dividir o pão...

FIÓDOROV andava sem pressa pela galeria de mina. Com ele caminhavam mais pessoas vestindo peliças curtas — quem eram eles, não me foi dito.

Estávamos na primavera, estação desagradável, quando o gelo derretido se metia em tudo, e as galochas de borracha do verão ainda não tinham sido distribuídas. Os pés de todos calçavam sapatos de inverno — *burki*[91] de pano feitas a

[87] Chapéu de peles com proteção para as orelhas. (N. da T.)

[88] Grandes luvas inteiriças, usadas no Extremo Norte. (N. da T.)

[89] Categoria de prisioneiros completamente sem forças, esgotados, acabados. (N. da T.)

[90] Literalmente, "esquentador de corpo". Agasalho acolchoado, confeccionado para proteger contra o clima. (N. da T.)

[91] Botas feitas especialmente para o clima muito frio, de cano alto e de tecido acolchoado sem corte. (N. da T.)

partir de velhas calças acolchoadas de algodão com sola do mesmo material, e que ficavam encharcadas nos primeiros dez minutos de trabalho. Os dedos dos pés, queimados pelo frio, sangrando, ficavam insuportavelmente congelados. Com as galochas as primeiras semanas não eram melhores: a borracha transmitia facilmente o frio do *permafrost*,[92] e não havia como escapar da dor lancinante.

FIÓDOROV deu uma volta pela galeria da mina, perguntou algo, e nosso chefe de brigada, curvando-se com deferência, informou algo. FIÓDOROV bocejou, e seus dentes de ouro bem obturados refletiram os raios de sol. O sol já estava alto — provavelmente FIÓDOROV empreendera seu passeio depois do *trabalho noturno*. Ele perguntou algo de novo.

O chefe da brigada me chamou: eu tinha acabado de chegar com o carrinho de mão vazio, com todo o estilo de um experiente empurrador de carrinho — os braços do carrinho posicionados para cima, para descansar as mãos, carrinho virado com a roda para frente; fui até a chefia.

— Você que é Chalámov? — perguntou FIÓDOROV.

À noite me levaram preso.

Estavam distribuindo os uniformes de verão — a *guimnastiórka*, calças de algodão, as *portiankas*,[93] as galochas: era um dos dias mais importantes do ano na vida de um preso. O outro, ainda mais importante, era o dia de outono em que distribuíam a roupa de inverno. Distribuíam pela ordem de chegada; o ajuste segundo o número e tamanho acontecia já no barracão, mais tarde.

Chegou minha vez na fila, e o *zavkhoz* falou:

— Fiódorov está te chamando. Quando voltar você vai ver...

[92] Camada do solo permanentemente congelada. (N. da T.)

[93] Pano para enrolar os pés e protegê-los do frio. (N. da T.)

Não entendi na hora o verdadeiro sentido das palavras do *zavkhoz*.

Algum desconhecido à paisana me conduziu para a borda do povoado, onde ficava a casinha minúscula do delegado da seção regional.

Eu estava sentado, no crepúsculo, diante da isbá de Fiódorov, com suas janelas escuras, mastigando uma palhinha do ano anterior e sem pensar em nada. No monte de terra ao redor da isbá havia um banco de boa qualidade, mas não permitiam que os presos se sentassem no banco da chefia. Sob a *telogreika* eu acariciava e coçava um pouco minha pele rachada, suja, seca como um pergaminho, e sorria. Algo necessariamente bom me aguardava adiante. Fui tomado por um sentimento surpreendente de alívio, quase de felicidade. No dia seguinte, e no outro depois dele, não seria necessário ir trabalhar, não seria preciso empunhar a picareta, bater naquela maldita pedra que a cada golpe fazia estremecer meus músculos, finos como cabos.

Eu sabia que sempre arriscava receber uma nova pena. Conhecia bem as tradições do campo nesse aspecto. Em 1938, ano terrível em Kolimá, "costuravam casos" primeiro para aqueles que tinham uma pena pequena, que já estava terminando. Sempre faziam isso. E eu tinha vindo para cá, para a zona punitiva da Djelgala, como "recondenado". Minha pena tinha terminado em janeiro de 1942, mas eu não tinha sido solto, e sim "retido no campo até o fim da guerra", como milhares de outros, dezenas de milhares. Até o fim da guerra! Já era difícil sobreviver a um dia, que dirá a um ano. Todos os "recondenados" tornavam-se alvo de uma vigilância especialmente atenta por parte dos órgãos de investigação. Haviam "colado" um reforço ao meu "caso" ainda na Arkagala, de onde me mandaram para a Djelgala. Mas não colaram tão bem. Conseguiram apenas uma transferência para a zona punitiva, o que, claro, era por si só um péssimo sinal. Mas para que me atormentar com pensamentos sobre algo que eu não podia corrrigir?

Eu sabia, claro, que seria preciso ser excepcionalmente cuidadoso nas conversas e no comportamento: mas eu não era fatalista. E ainda por cima, o que muda com o fato de eu saber tudo, prever tudo? Por toda a minha vida não pude me obrigar a dizer que um canalha era uma pessoa honesta. Acho que é melhor nem viver se não se pode falar com outras pessoas ou se é preciso dizer o contrário do que se está pensando.

Para que serve a *experiência humana*? — eu falava para mim mesmo, sentado no chão de terra sob a janela escura de Fiódorov. Para que serve saber, sentir, intuir que aquela pessoa é um delator, um informante, e que essa outra é um canalha, e aquela, um covarde vingativo? Que é mais proveitoso, mais útil, mais salutar ter com eles uma relação de amizade, e não de hostilidade. Ou, pelo menos, ficar calado. Era preciso apenas mentir — tanto para eles quanto para si mesmo —, e isso era insuportavelmente difícil, bem mais difícil do que falar a verdade. De que servia, se eu não conseguia mudar meu caráter, meu comportamento? De que me servia aquela maldita "experiência"?

A luz no quarto se acendeu, a cortina se fechou, a porta da isbá se escancarou e o faxina me fez um aceno da porta, convidando-me para entrar.

Todo o cômodo pequenino, minúsculo — o escritório de serviço do delegado da seção regional —, era ocupado por uma enorme escrivaninha com uma infinidade de caixinhas, pastas atulhadas, lápis e cadernos. Com exceção da mesa, naquele quarto cabiam com dificuldade duas cadeiras rústicas. Em uma delas, pintada, estava sentado Fiódorov. A segunda, não pintada, lustrosa pela gordura de centenas de traseiros de detentos, estava predestinada a mim.

Fiódorov apontou para a cadeira, remexeu em uns papéis, e o "caso" começou...

Três coisas "quebram", ou seja, podem mudar por completo o destino de um preso no campo: uma doença grave, uma nova pena ou um imprevisto. E os imprevistos e casualidades não eram poucos em nossa vida.

Enfraquecendo a cada dia nas galerias da Djelgala, eu tinha esperanças de ir parar no hospital e morrer lá, ou então de me recuperar, ou de que me mandassem para outro lugar. Eu caía de cansaço, de fraqueza e me locomovia arrastando os pés no chão — era impossível de ultrapassar uma saliência insignificante, uma pedrinha, um galhinho fino no caminho. Mas toda vez, no ambulatório, o médico me dava uma dose de permanganato de potássio na caneca de lata e dizia com voz rouca, sem me olhar nos olhos: "próximo!". Davam permanganato por via oral para disenteria, passavam na pele congelada, nas feridas, nas queimaduras. Permanganato era a forma de tratamento única e universal do campo. Não me liberaram do trabalho uma vez sequer — um auxiliar de enfermagem ingênuo explicou que "a cota estava esgotada". De fato havia um número delimitado do grupo T — "temporariamente liberado do trabalho" — para cada posto do campo, cada ambulatório. Ninguém queria "ultrapassar" o limite — os médicos e enfermeiros presos que tinham o coração mole eram ameaçados com o trabalho comum. O plano era um Moloch que exigia sacrifícios humanos.

No inverno a alta chefia foi à Djelgala. Veio Drábkin, o chefe dos campos de Kolimá.[94]

— Você sabe quem sou eu? Eu sou o superior de todos — Drábkin era jovem, fora nomeado fazia pouco tempo.

[94] Evel Idelevitch Drábkin, chefe do *Sevvostlag* [Campos de Trabalho do Nordeste] entre 1941 e 1945. (N. da T.)

Rodeado por uma multidão de tecnocratas e chefes locais, ele deu a volta no barracão. Em nosso barracão ainda havia gente que não perdera o interesse por conversar com a alta chefia. Perguntavam a Drábkin:

— Por que prendem aqui dezenas de pessoas sem condenação, gente cuja pena terminou faz tempo?

Drábkin estava absolutamente preparado para essa pergunta:

— E vocês por acaso não têm condenação? Por acaso não leram o papelzinho que dizia que vocês estão retidos aqui até o fim da guerra? Isso também é condenação. Isso significa que vocês precisam permanecer no campo.

— Indefinidamente?

— Não interrompa quando o chefe está falando com você. Vão soltá-los segundo o requerimento da chefia local. Sabem quais são as características? — e Drábkin fez um gesto vago com a mão.

Quanto havia de silêncio alarmado por trás das minhas costas, conversas interrompidas com a aproximação de uma pessoa CONDENADA, olhares de compaixão? Não sorrisos, claro, nem risadas — as pessoas da nossa brigada tinham perdido o hábito de sorrir há muito tempo. Muitos na brigada sabiam que Krivitski e Zaslávski tinham "apresentado" algo contra mim.[95] Muitos sentiam compaixão por mim, mas tinham medo de mostrar isso — como se eu fosse "arrastá-los para o caso" se a compaixão estivesse evidente demais. Mais tarde fiquei sabendo que o ex-professor Fertiok, chamado por Zaslávski para ser testemunha, recusou-se categorica-

[95] Efim Boríssovitch Krivitski e Iliá Zaslávski foram testemunhas de acusação no processo que aumentou a pena de Chalámov em dez anos, em 1943. (N. da T.)

mente, e Zaslávski teve que se apresentar com seu parceiro de sempre, Krivitski. A declaração de duas testemunhas era o mínimo exigido por lei.

Quando perdi as forças, quando enfraqueci, a vontade de brigar era irrefreável. Esse sentimento — o fervor de uma pessoa enfraquecida — é familiar a todos os presos que em algum momento passaram fome. Os famintos não brigam como seres humanos. Eles tomam distância para dar o golpe, tentam bater com o ombro, dar rasteiras, estrangular... As razões para o começo de uma briga são infinitamente numerosas. Tudo irrita um preso: a chefia, o trabalho que se aproxima, o frio, o instrumento pesado, o colega ao lado. O detento briga com o céu, com a pá, com a pedra e com os seres vivos que se encontram perto dele. A menor briga está sempre a ponto de se transformar em uma batalha sangrenta. Mas os presos não escrevem delações. Quem as escreve são os Krivitskis e Zaslávskis. Esse também era o espírito de 37.

"Ele me chamou de idiota, eu escrevi que ele queria envenenar o governo. Estamos quites! Ele me deu uma citação, eu o mandei para o exílio." Mas não era exílio, e sim prisão ou "pena capital".

Mestres desses casos, os Krivitskis e Zaslávskis muitas vezes iam eles mesmos parar na prisão. Isso significava que alguém usara as próprias armas deles.

No passado, Krivitski fora vice-ministro da indústria bélica, e Zaslávski fora ensaísta do *Izvéstia*. Eu já tinha batido em Zaslávski mais de uma vez. Por quê? Porque ele me enrolou, dizendo que tinha carregado o tronco "do alto" em vez de carregar "do fundo"; porque contava todas as conversas do grupo para o chefe da brigada ou para o vice-chefe, Krivitski. Em Krivitski não cheguei a bater: trabalhávamos em grupos diferentes, mas eu o odiava pelo papel especial que ele desempenhara numa questão com o chefe de brigada, pela constante vagabundagem no trabalho, pelo eterno sorriso "japonês" na cara.

— Como é sua relação com o chefe de brigada?

— Boa.

— Com quem você tem más relações na brigada?

— Com Krivitski e Zaslávski.

— Por quê?

Expliquei como pude.

— Ah, isso é besteira. Então vamos escrever: relaciona-se mal com Krivitski e Zaslávski porque tiveram brigas no horário de trabalho.

Assinei...

Tarde da noite fomos com o escolta para o campo, mas não para o barracão, e sim para um edifício baixinho ao lado da zona, no isolamento do campo.

— Você tem alguma coisa no barracão?

— Não. Está tudo comigo.

— Melhor.

Dizem que o interrogatório é uma luta entre duas vontades: a do investigador e a do acusado. É provável que seja. Mas como é possível falar de vontade de uma pessoa que está esgotada pela fome constante, pelo frio e pelo trabalho pesado ao longo de muitos anos — quando as células do cérebro já estão secas, perderam suas propriedades? A influência da fome prolongada por muitos anos sobre a vontade de uma pessoa, sobre sua alma, é algo completamente diferente de uma greve de fome na prisão ou da tortura por privação de alimentos, que pode chegar até a necessidade de alimentação artificial. Nesses casos, o cérebro de uma pessoa não foi destruído, e seu espírito ainda tem forças. Seu espírito ainda pode exercer comando sobre o corpo. Se investigadores de Kolimá tivessem preparado Dimitrov para os julgamentos, o mundo não teria conhecido o processo de Leipzig.[96]

— Bem, e então?

O mais importante é: reúna o que sobrou da sua inteligência, tente adivinhar, entenda: só Zaslávski e Krivitski podiam ter escrito uma denúncia contra você. (A pedido de quem? Segundo os planos de quem, segundo qual número de controle?) Olhe como o investigador ficou inquieto, como a cadeira rangeu assim que você falou esses dois nomes. Seja firme: declare objeção. Objeção a Krivitski e Zaslávski! Vença e estará "em liberdade". Na hora vai acabar essa história, essa alegria da solidão, a acolhedora cela escura, na qual a luz e o ar entravam apenas por uma fresta na porta, e vai começar: o barracão, a divisão por trabalho, a picareta, o carrinho de mão, a pedra cinza, a neve derretida. Qual é a estrada certa? Qual é a salvação? Qual é o sucesso?

— Bem, e então? Se quiser, chamo aqui dez testemunhas de nossa brigada, segundo sua escolha. Diga qualquer sobrenome. Faço entrarem no meu escritório e todos eles vão depor contra você. Não é assim? Garanto que é assim. Vamos ser adultos.

As zonas de punição se diferenciam pelos nomes musicais: Djelgala, Zolotísti... Escolhem com inteligência os lugares para as zonas de punição. O campo da Djelgala se situa em uma montanha alta — as galerias de mina ficam embaixo, no desfiladeiro. Isso significava que, depois de muitas ho-

[96] Gueorgui Dimitrov (1882-1949), líder comunista búlgaro julgado em Leipzig, acusado pelo incêndio do Reichstag em Berlim, em 1933. A coragem que demonstrou no julgamento foi exemplar. (N. da T.)

ras de trabalho extenuante, as pessoas teriam que se arrastar por degraus cobertos de gelo, talhados na neve, agarrando--se a pedacinhos de salgueiro congelado, se arrastar para cima, usando as últimas forças, puxar para si um pedaço de lenha — a porção diária de lenha para o aquecimento do barracão. Claro, o chefe que escolhia o lugar para a zona punitiva sabia disso. Também entendia outra coisa: que do alto da montanha era possível fazer descer, jogar para baixo aqueles que não queriam ou não podiam ir trabalhar, e era o que faziam nas "divisões de trabalho" da Djelgala. Quando alguém não ia, dois carcereiros robustos o pegavam pelos braços e pelas pernas, sacudiam e jogavam para baixo. Lá em baixo estava à espera um cavalo atrelado a um trenó de reboque. Amarravam os que se recusavam ao reboque e levavam para o lugar de trabalho.

Talvez o ser humano tenha se tornado o que é por ser fisicamente mais forte, mais resistente do que qualquer animal. E ficou assim. As pessoas não morriam depois de dois quilômetros com a cabeça batendo na estrada de Djelgala. E ademais, o reboque não ia rápido.

Graças a essa particularidade topográfica da Djelgala aconteciam com facilidade as assim chamadas "divisões sem último": quando os detentos faziam de tudo para desaparecer sozinhos, rolar para baixo sem esperar que os carcereiros os jogassem no abismo. As "divisões sem último" em outros lugares normalmente eram feitas com a ajuda dos *cães*. Os *cães* da Djelgala não participavam das divisões.

Era primavera, e ficar na cela não era tão ruim. Naquela época eu conhecia a prisão de Kadiktchan, recortada em um rochedo, no *permafrost*, e o isolamento da Partizan, onde os carcereiros tiraram de próposito todo o musgo que servia para tampar as frestas entre os troncos. Eu conhecia a prisão da lavra Spokóini, feita de lariços cortados, congelados, que soltavam vapor, e a prisão de Tchórnoie Ózero, onde em vez de chão havia água congelada e, em vez de catre, um banquinho estreito. Minha experiência de detento era grande — eu conseguira dormir até no banquinho estreito, sonhar e não cair na água congelada.

A ética do campo permite enganar a chefia, "dar uma enrolada" no trabalho — nas medições, nas contagens, na qualidade da execução. Em qualquer trabalho de carpinteiro era possível dar uma de esperto, enganar. Só uma coisa devia ser feita de forma honesta: construir o isolamento do campo. Os barracões da chefia podiam ser construídos negligentemente, mas a prisão para os detentos tinha que ser aquecida, de boa qualidade. "Nós mesmos vamos ficar aqui." E ainda que essa tradição fosse cultivada preponderantemente pelos *blatares*, havia mesmo assim um grão de racionalidade nesse conselho. Mas essa é a teoria. Na prática, a cunha e o musgo reinam por toda parte, e o isolamento não é exceção.

A prisão na Djelgala era uma instalação especial — sem janelas, lembrando imediatamente as famosas "arcas" da cadeia de Butirka. As aberturas e portas que davam para o corredor faziam as vezes de janela. Ali eu passei um mês vivendo da ração do xadrez: trinta gramas de pão e uma caneca de água. Nesse mês, duas vezes o faxina do isolamento me passou uma tigela de sopa.

Cobrindo o rosto com um lenço perfumado, o investigador Fiódorov dignou-se a conversar comigo.

— Não quer um jornalzinho? Veja só, o Komintern foi dissolvido. Isso vai te interessar.

Não, aquilo não me interessou. Queria um cigarro.

— Perdão. Eu não fumo. Mas veja: você foi acusado de apologia às armas de Hitler.

— O que isso significa?

— Bem, que você falou com aprovação sobre a ofensiva dos alemães.

— Eu não sei quase nada sobre isso. Há muitos anos não vejo um jornal. Seis anos.

— Bem, isso não é o mais importante. Você falou de alguma forma que o movimento stakhanovista[97] no campo era falso e mentiroso.

No campo havia três tipos de ração, três tipos de "comida de caldeirão": a stakhanovista, a de elite e a de produção — sem contar a punitiva, a de investigação e a de comboio. As rações se diferenciavam uma da outra pela quantidade de pão e pela qualidade da comida. Na galeria de mina vizinha o supervisor da montanha mediu cada extensão a ser trabalhada, e como referência prendeu ali um cigarro de *makhorka*. Tire sua cota de terra até a marca e o cigarro é seu, stakhanovista.

— A questão era essa — falei. — É uma monstruosidade, na minha opinião.

— Depois você falou que Búnin[98] é um grande escritor russo.

— Ele de fato é um grande escritor russo. Posso ser condenado por ter falado isso?

— Pode. É um imigrante. Um imigrante raivoso.

O "caso" estava indo bem. Fiódorov estava alegre, vivaz.

— Veja como estamos lhe tratando. Sem nenhuma palavra grosseira. Preste atenção: ninguém está lhe batendo como em 1938. Nenhuma pressão.

[97] Movimento liderado por Aleksei Stakhanov (1906-1977), operário e herói socialista que defendia o aumento de produtividade baseado na força de vontade dos trabalhadores. (N. da T.)

[98] Ivan Búnin (1870-1953), escritor que se exilou na França após a Revolução de 1917. Foi o primeiro autor russo a receber o Prêmio Nobel de Literatura, em 1933. (N. da T.)

— E os 300 gramas de pão por dia?

— São as ordens, meu caro, são as ordens. Não posso fazer nada. Ordens. Ração de investigação.

— E a cela sem janela? Estou ficando cego, e além disso não dá para respirar.

— Também é sem janela? Não pode ser. De algum lugar entra luz.

— Pela fresta da porta, embaixo.

— Aí está, aí está.

— No inverno deve ficar coberta pela névoa.

— Mas agora não é inverno.

— Isso é verdade. Já não estamos mais no inverno.

— Escute — falei. — Estou doente. Esgotado. Fui muitas vezes ao posto de saúde, mas nunca me liberaram do trabalho.

— Escreva um requerimento. Isso vai ser levado em conta no julgamento e na investigação.

Estiquei-me para pegar a caneta mais próxima — sobre a mesa havia uma infinidade, de todos os tamanhos e marcas.

— Não, não, uma caneta simples, por favor.

— Certo.

Escrevi: reiteradamente fui ao ambulatório da zona, praticamente todos os dias. Era muito difícil escrever — estava com pouca prática.

Fiódorov alisou o papel.

— Não se preocupe. Tudo vai ser feito segundo a lei.

Naquela mesma noite o cadeado da minha cela fez um estrondo, e a porta se abriu. No canto da mesinha do zelador ardia uma *kolimka*[99] — uma lampadazinha quadrirra-

[99] Lamparina artesanal de vapor de benzina. (N. da T.)

dial de gasolina feita com uma lata de conserva. Alguém estava sentado à mesa vestindo uma peliça curta e usando uma *uchanka*.[100]

— Entre.

Entrei. O homem se levantou. Era o doutor Mokhnatch, um veterano de Kolimá, vítima de 1937. Fazia serviços gerais em Kolimá, depois foi admitido no corpo médico. Fora educado no medo da chefia. Eu tinha feito várias consultas com ele no ambulatório da zona.

— Olá, doutor.

— Oi. Tire a roupa. Respire. Não respire. Vire-se. Abaixe-se. Pode se vestir.

O doutor Mokhnatch sentou-se à mesa e, sob a luz oscilante da *kolimka*, escreveu:

"O detento Chalámov V. T. está praticamente saudável. No período de permanência na zona não foi ao ambulatório.

Diretor do ambulatório, médico Mokhnatch".

Esse texto foi lido para mim um mês depois no tribunal.

A investigação estava chegando ao fim, e eu não conseguia de jeito nenhum entender de que estavam me acusando. Meu corpo faminto doía e se alegrava por não precisar trabalhar. E se de repente me mandassem de novo para a galeria de mina? Eu espantava esses pensamentos inquietantes.

Em Kolimá o verão chega rápido, às pressas. Em um dos interrogatórios vi o sol quente, o céu azul, senti o cheiro apurado do lariço. Ainda havia gelo sujo nos barrancos, mas o verão não esperava até o gelo sujo derreter.

O interrogatório se estendeu, "detalhamos" alguma coisa e o escolta ainda não tinha me levado embora — mas já iam levando outra pessoa para a pequena isbá de Fiódorov.

[100] Gorro de pele com abas para cobrir as orelhas. (N. da T.)

Essa outra pessoa era meu chefe de brigada, Nesterenko. Ele veio na minha direção e disse de modo abafado: "Obrigaram-me, entenda, obrigaram-me", e desapareceu pela porta da isbazinha de Fiódorov.

Nesterenko tinha escrito um relatório sobre mim. As testemunhas eram Zaslávski e Krivitski. Mas Nesterenko provavelmente nunca ouvira falar de Búnin. E mesmo que Zaslávski e Krivitski fossem uns canalhas, Nesterenko me salvou de morrer de fome ao me aceitar em sua brigada. Lá, eu não fui nem pior nem melhor do que qualquer outro trabalhador. E não tive raiva de Nesterenko. Me disseram que ele já estava na terceira pena no campo, que era um velho vindo de Solovkí. Era um chefe de brigada muito experiente, entendia não só do trabalho, mas também de pessoas famintas: não se compadecia, mas precisamente entendia. Isso está longe de acontecer com todos os chefes de brigada. Em todas as brigadas davam uma ração suplementar depois do jantar: uma pequena concha de sopa aguada feita das sobras. Geralmente os chefes davam essa sopa a quem tinha trabalhado melhor que os outros naquele dia: era a recomendação oficial da chefia do campo. A distribuição das rações suplementares acontecia publicamente, quase que solenemente. Essas rações eram utilizadas com fins produtivos ou educativos. Nem todos os que trabalhavam mais que os outros trabalhavam melhor. E nem sempre o melhor queria comer a "lavagem".

Na brigada de Nesterenko davam a ração suplementar aos mais famintos — segundo a compreensão e as ordens do chefe de brigada, como era de se supor.

Uma vez, desencavei no poço um pedra enorme. Eu claramente não tinha forças para puxar para fora aquele enorme pedregulho. Nesterenko viu isso e, sem falar nada, pulou para dentro do poço, tirou a pedra a golpes de picareta e a empurrou para cima...

Eu não queria acreditar que ele tinha escrito aquele relatório sobre mim. Por outro lado...

Diziam que, no ano anterior, daquela mesma brigada tinham levado ao tribunal duas pessoas: Ejikov e, três meses depois, Issáiev, ex-secretário de um dos *obkom*[101] do Partido na Sibéria. As testemunhas eram as mesmas, Krivitski e Zaslávski. Mas eu não tinha dado atenção a essas conversas.

— Assine aqui. E aqui também.

Não tive que esperar muito. No dia 20 de junho as portas se abriram, e fui levado para a terra marrom e quente, para o sol que me ofuscava e queimava.

— Retire essas coisas: botas, casquete. Você vai para Iágodnoie.

— Andando?

Os dois soldados me examinaram atentamente.

— Ele não vai conseguir — falou um deles. — Não vamos levar.

— Mas como assim, não vão levar? — disse Fiôdorov. — Vou ligar para o grupo operativo.

Esses soldados eram uma escolta de verdade, requisitados com antecedência, e designados para aquilo. Dois operativos estavam voltando para Iágodnoie — dezoito verstas pela taiga — e, aproveitando a ocasião, deviam me levar para a prisão de lá.

— Bem, e você mesmo, o que acha? — disse o operativo. — Consegue chegar lá?

— Não sei. — Eu estava absolutamente tranquilo e não tinha pressa de ir a lugar nenhum. O sol estava quente demais: queimava meu rosto, desacostumado com a luz do dia, com o ar fresco. Sentei-me em uma árvore. Era agradável sen-

[101] Abreviação de *Oblástnoi Komitet* [Comitê Regional]. (N. da T.)

tar do lado de fora, respirar aquele ar maravilhoso e leve, sentir o cheiro da rosa brava que florescia. Minha cabeça começou a girar.

— Bem, vamos.

Entramos na floresta verde-clara.

— Você pode andar mais rápido?

— Não.

Percorremos uma quantidade infinita de passos. Galhos de salgueiro fustigavam meu rosto. Tropeçando na raiz das árvores, com dificuldade, saí para uma clareira.

— Escute aqui — falou o membro do grupo de operações especiais mais velho. — Precisamos ir ao cinema em Iágodnoie. Começa às oito. No clube. Agora são duas da tarde. É o nosso primeiro dia de folga no verão. A primeira vez que vemos um filme em seis meses.

Fiquei calado.

Os dois deliberaram algo.

— Descanse — falou o mais jovem. Ele abriu a bolsa. — Aqui, tome este pão branco. Um quilo. Coma, descanse, e depois vamos. Se não fosse o cinema, que se dane. Mas é cinema.

Comi o pão, lambi as migalhas da palma da mão, me deitei no riacho e cuidadosamente bebi à vontade a água fria e saborosa do rio. Então, perdi minhas últimas forças. Estava quente, e eu só queria dormir.

— E então, você vem?

Fiquei calado.

Nesse momento eles começaram a me bater. Me pisoteavam, eu gritava e escondia o rosto com as mãos. Aliás, eles não batiam no rosto — eram homens experientes.

Me espancaram por muito tempo, com esmero. E, quanto mais batiam, mais ficava claro que não havia forma de apressar nossa ida à prisão.

Caminhamos por muitas horas pela floresta e no pôr do

sol chegamos à rodovia que cortava toda a Kolimá, uma estrada entre rochedos e pântanos, com dois mil quilômetros de extensão, toda construída "no carrinho de mão e na picareta", sem nenhuma máquina.

Estava quase perdendo a consciência e mal me mexia quando fui colocado no isolamento de Iágodnoie. A porta da cela se abriu, se escancarou, e as mãos experientes do zelador me ESPREMERAM para dentro. Só se escutava a respiração pesada de algumas pessoas. Depois de dez minutos fiz uma tentativa de me abaixar no chão e deitei ao lado da coluna sob o catre. Depois de mais algum tempo se arrastaram de encontro a mim os ladrões que estavam na cela, para me revistar e ver se conseguiam tirar algo, mas suas esperanças de lucro foram em vão. Além de piolhos, eu não tinha mais nada. E, sob o ronco decepcionado dos *blatares*, adormeci.

No dia seguinte, às três horas, levaram-me para o julgamento.

Estava muito abafado. Não havia como respirar. Eu passara seis anos, 24 horas por dia, ao ar livre, e na salinha minúscula da corte marcial estava insuportavelmente quente. A parte maior da salinha de doze metros quadrados estava ocupada pelo tribunal, sentado atrás de uma barreira de madeira. Na parte menor ficavam o réu, a escolta e as testemunhas. Avistei Zaslávski, Krivitski e Nesterenko. Bancos grosseiros e sem pintura tinham sido acomodados ao longo da parede. Duas janelas com caixilhos espessos, à moda de Kolimá, com uma malha miúda, faziam parecer que estávamos na isbá de Menchikov em Berióozovo, como no quadro de Surikov.[102] Nesse caixilho fora usado vidro quebrado — ideia do construtor, que levara em conta a dificuldade do transpor-

[102] Referência à pintura de Vassili Surikov, *Menchikov em Berióozo-*

te, a fragilidade e muitas outras coisas —, como, por exemplo, vidros de conserva, serrados ao meio no sentido longitudinal. Tudo isso, claro, era usado nas janelas dos apartamentos da chefia e da instituição. Nos barracões dos presos não havia vidro nenhum.

A luz que entrava por essas janelas era difusa, embaçada, e na mesa do presidente do tribunal estava acesa uma lâmpada elétrica sem o abajur.

O julgamento foi muito curto. O presidente leu uma breve acusação, ponto por ponto. Interrogou as testemunhas: perguntou se elas mantinham seus depoimentos dos processos anteriores. Inesperadamente para mim, as testemunhas terminaram sendo não três, mas quatro — um tal de Chailévitch expressou o desejo de tomar parte no meu processo. Com essa testemunha eu não tinha encontrado nem falado uma só vez na vida — ele era de outra brigada. Isso não impediu que Chailévitch falasse com rapidez seu testemunho decorado: Hitler, Búnin... Entendi que Fiódorov trouxera Chailévitch por via das dúvidas, caso eu inesperadamente recusasse Zaslávski e Krivitski. Mas Fiódorov se preocupou em vão.

— Tem perguntas para o tribunal?

— Tenho. Por que na lavra Djelgala já levaram a julgamento três acusados do artigo 58, e as testemunhas são sempre as mesmas?

— Sua pergunta não tem relação com o caso.

Eu tinha certeza de que receberia uma sentença severa: matar era tradição naqueles anos. E ainda por cima um julgamento no aniversário da guerra, 22 de junho.[103] Depois de

vo (1883), que retrata Aleksandr Menchikov (1673-1729), favorito de Pedro, o Grande, exilado na Sibéria após a morte do tsar. (N. da T.)

[103] Data da invasão da União Soviética pelo exército de Hitler em 1941. (N. da T.)

deliberar por uns três minutos, os integrantes do tribunal — eram três — decidiram por "dez anos e mais cinco anos de privação de direitos"...

— Próximo!

No corredor, botas avançavam, ecoavam. No dia seguinte me transferiram para o campo provisório. E de novo teve início aquela situação em que me vi tantas vezes: o procedimento de formalização de um novo "arquivo pessoal", com infinitas impressões digitais, questionários e fotografias. Agora eu já me chamava Fulano de Tal, artigo 58, parágrafo 10, pena de dez anos e cinco de privação de direitos. Eu já não era *líternik* com a terrível letra T. Isso tinha consequências significativas, e talvez tenha me salvado a vida.

Não fiquei sabendo o que aconteceu com Nesterenko e com Krivitski. Corriam histórias de que Krivitski tinha morrido. Zaslávski voltou para Moscou, tornou-se membro da União de Escritores, porém nunca escreveu nada além de delações. Eu o via de longe. Mas, apesar de tudo, a questão não eram os Zaslávskis nem os Krivitskis. Imediatamente depois da minha condenação, eu teria sido capaz de matar os delatores e falsas testemunhas. Certamente teria matado se tivesse voltado para a Djelgala depois do julgamento. Mas as regras dos campos de trabalho preveem que alguém que foi novamente condenado nunca pode voltar para o mesmo campo em que foi levado a julgamento.

(1960)

ESPERANTO

Foi um ator ambulante, um ator-detento, que me fez lembrar dessa história. Depois de uma apresentação da brigada cultural do campo, o ator principal, que era inclusive o diretor e carpinteiro do teatro, mencionou o sobrenome Skorossêiev.

Meu cérebro agitou-se, e me lembrei do campo provisório de 39, da quarentena de tifo e de nós cinco, que resistíamos firmes e de pé a absolutamente todas as transferências, todos os comboios, todas as "esperas de pé" num frio terrível, e de todos aqueles que foram aprisionados na rede dos campos e atirados na infinitude da taiga.

Nós cinco não perguntamos, não sabíamos e não queríamos saber nada uns sobre os outros enquanto nosso comboio não chegasse ao lugar onde precisaríamos trabalhar e viver. Recebemos a notícia da chegada dos comboios cada um à sua maneira: um de nós enlouqueceu, pensando que o levavam para o fuzilamento, e ao invés disso o estavam levando para viver. Outro foi esperto e quase passou a perna no destino. O terceiro — eu! — era alguém que vinha das minas de ouro, um esqueleto indiferente. O quarto era um mestre de todos os ofícios, de uns 70 anos para mais. O quinto era "Skorossêiev" — ele dizia, soerguendo-se nas pontas dos pés para olhar a cada um nos olhos. "Eu semeio depressa...[104] Entenderam?"

[104] No original, *skóro seiu*, que significa "semeio depressa" em por-

Fiquei indiferente: eu já havia perdido para sempre o hábito dos trocadilhos. Mas o mestre de todos os ofícios continuou a conversa.

— Em que você trabalhava?

— Era agrônomo do *narkom*[105] de agricultura.

O chefe da prospecção de carvão, que escolhera o comboio, folheou a "pasta" de Skorossêiev.

— Cidadão chefe, ainda posso...

— Vou colocá-lo como guarda.

Na prospecção, Skorossêiev era um guarda zeloso. Não se afastava do posto nem por um minuto — temia que qualquer camarada se aproveitasse de um erro para denunciá-lo, vendê-lo, chamar a atenção do chefe. Melhor não arriscar.

Certa vez houve uma forte nevasca que durou a noite inteira. Quem deveria render Skorossêiev era Narinski, um galiciano de cabelos castanho-claros, antigo prisioneiro na Primeira Guerra Mundial, condenado por organizar uma conspiração pela restauração do Império Austro-Húngaro e que se orgulhava um pouquinho por aquela pena tão inaudita e rara em meio à nuvem de "trotskistas" e "sabotadores". Narinski, ao assumir o turno depois de Skorossêiev, rindo, mostrou que, mesmo na neve, em meio a uma nevasca, o camarada não tinha saído de seu posto. A devoção não passou despercebida. Skorossêiev ia se consolidando.

Morreu um cavalo no campo. Era uma perda muito grande — no Extremo Norte os cavalos trabalhavam mal. Mas era carne! Carne! Era preciso tirar o couro, o corpo congelara na neve. Skorossêiev se ofereceu. O chefe ficou surpreso e alegre — couro e carne! O couro ia para o relatório, e a

tuguês. O personagem faz um trocadilho com o sobrenome Skorossêiev. (N. da T.)

[105] Abreviação de *Naródni Komissariat* [Comissariado do Povo], equivalente a ministério na União Soviética. (N. da T.)

carne para o caldeirão. Todo o barracão e todo o povoado estavam falando de Skorossêiev. Carne, carne! Arrastaram o corpo do cavalo para a casa de banhos, ele degelou o cadáver, tirou o coro, destripou. O couro endureceu com o frio e foi colocado no depósito. Quanto à carne, no fim das contas não a comemos — no último minuto o chefe mudou de ideia, pois não havia um veterinário para assinar a ata. Cortou-se a carcaça do cavalo em pedaços, lavrou-se uma ata e queimaram tudo em uma fogueira na presença do chefe e do mestre de obras.

O carvão que estávamos procurando em nossa prospecção não foi encontrado. Aos poucos — de cinco em cinco, de dez em dez —, as pessoas começaram a ir embora do campo em comboios. Pela trilha da taiga, montanha acima, aquelas pessoas iam saindo da minha vida para sempre.

O lugar onde morávamos era, apesar de tudo, a prospecção, e não a lavra, e todos entendiam isso. Todos tentavam se manter ali um pouco mais. Todos "se ancoravam" como podiam. Um começou a trabalhar de forma extraordinariamente esforçada. Outro passava mais tempo rezando que o habitual. A inquietação entrou em nossas vidas.

Veio uma escolta. Da montanha veio uma escolta. Buscar gente? Não, a escolta não levou, não levou ninguém!

No barracão, à noite, houve uma revista. Não tínhamos livros, não tínhamos facas, não tínhamos lápis-tinta, jornais, papéis — o que é que estavam buscando?

Estavam confiscando roupas civis, roupas civis — havia muita roupa civil —, pois naquela prospecção trabalhavam livres, e era uma prospecção sem escolta. Prevenção de fugas? Cumprimento de ordens? Mudança do regime?

Tudo foi confiscado sem qualquer tipo de protocolo, sem inscrições. Confiscado e pronto. Não havia fim para a nossa indignação. Eu me lembrei de como dois anos atrás, em Magadan, tinham confiscado roupas civis de centenas de comboios, de centenas de milhares de pessoas. Dezenas de milhares de peliças levadas para o Norte, para o Extremo Norte, por presos infelizes, sobretudos aquecidos, suéteres, roupas preciosas — preciosas para dar de suborno em algum momento, salvar a própria vida numa hora decisiva. Mas o caminho da salvação foi cortado na casa de banhos de Magadan. Montanhas de roupas civis foram descarregadas no pátio da casa de banhos. As montanhas eram mais altas do que a torre da caixa d'água, mais altas do que o teto da casa de banhos. Montanhas de roupa de inverno, montanhas de tragédias, montanhas de destinos humanos que, de forma súbita e brusca, ficaram em farrapos — todos os que saíam da casa de banhos estavam condenados à morte. Ah, como todas aquelas pessoas tinham lutado para proteger seus bens dos bandidos, do roubo descarado nos barracões, nos vagões de carga, nas *tranzitkas*.[106] Tudo o que fora salvo, tudo o que fora escondido dos bandidos, foi confiscado pelo governo nos banhos. Tão simples! Isso tinha acontecido havia dois anos. E agora estava acontecendo de novo.

As roupas civis que conseguiram entrar na lavra foram tomadas mais tarde. Eu me lembro como fui acordado à noite; havia buscas no barracão todo dia, e todo dia levavam gente embora. Eu estava sentado na tarimba, fumando. Uma nova busca — por roupa civil. Eu não tinha roupa civil — tinha ficado tudo na casa de banhos de Magadan. Mas alguns dos meus camaradas tinham roupas civis. Eram coisas valiosas, marcas de uma outra vida, apodrecidas, rasgadas, não remendadas — não sobrava nem tempo, nem forças para o conserto —, mas ainda assim queridas.

Todos estavam de pé em seus lugares, esperando. O agente de polícia estava sentado perto da lâmpada escreven-

[106] Prisão ou campo de prisioneiros que aguardam transferência para os campos ou estão voltando para o continente. (N. da T.)

do a ata, ata de busca, de apreensão — é como se chama isso na língua dos campos.

Fiquei sentado na tarimba fumando, sem me preocupar, sem me indignar. Tinha um único desejo: que a busca acabasse logo para poder dormir. Mas então vi que nosso faxina, de sobrenome Praga, estava cortando com um machado sua própria roupa, rasgando em pedaços os lençóis, cortando as botas.

— Só *portianka*. Só vão usar para *portianka*.

— Tirem o machado dele — gritou o agente de polícia. Praga jogou o machado no chão. A busca parou. As coisas que Praga tinha cortado, rasgado e destruído eram dele, seus pertences pessoais. Ainda não tinham tido tempo de anotá-las na ata. Praga, ao ver que não o segurariam, havia desfeito em trapos suas roupas civis, diante dos meus olhos. E dos olhos do agente de polícia.

Isso tinha acontecido fazia um ano. E agora de novo.

Todos ficaram inquietos, agitados, levaram muito tempo para dormir.

— Para nós, não há nenhuma diferença entre os bandidos que nos roubam e o governo — falei. E todos concordaram comigo.

Skorossêiev saía para seu turno de guarda duas horas antes de nós. Em uma formação de dois em dois — como permitia a trilha da taiga — chegamos ao escritório com raiva, ofendidos — um ingênuo sentimento de justiça vive no ser humano, num lugar muito profundo, e talvez seja impossível alcançá-lo e extirpá-lo. Poderíamos pensar: por que se ofender? Ter raiva? Indignar-se? Essa maldita busca era o milésimo exemplo. Mas no fundo da alma algo fervia, algo mais forte do que a vontade, mais forte do que a experiência. Os rostos dos detentos estavam escuros de ódio.

Na entrada do escritório estava o chefe em pessoa, Viktor Nikoláievitch Plutálov. O chefe também estava com o rosto escurecido de ódio. Nossa minúscula coluna parou diante dos manifestantes, e no mesmo instante me chamaram para a sala de Plutálov.

— Então você diz isso — mordendo o lábio, Plutálov olhava para mim de soslaio, com dificuldade, sentado desconfortavelmente no banco da escrivaninha —, que o governo é pior do que os bandidos?

Fiquei calado. Skorossêiev! Homem impaciente, o senhor Plutálov não dissimulou quem era o cagueta, não esperou duas horas! Ou a questão aqui era outra?

— Não tenho nada a ver com as conversas de vocês. Mas o que eu faço se alguém vem aqui delatar ou, como é que vocês dizem? Soprar?

— Soprar, cidadão chefe.

— Pode ser "abrir a boca"?

— Sim, abrir a boca, cidadão chefe.

— Vá trabalhar. Vocês mesmos são capazes de comer uns aos outros. Os políticos! Uma língua universal. Todo mundo se entende uns com os outros. Mas eu sou o chefe, tenho que fazer alguma coisa se alguém vem aqui abrir a boca.

Plutálov cuspiu enfurecido.

Passou uma semana, e no comboio seguinte eu fui embora da prospecção, da abençoada prospecção, fui mandado para uma grande mina, onde já no primeiro dia eu entrei, no lugar de um cavalo, no sarilho circular egípcio, empurrando um tronco com o peito.

Skorossêiev ficou na prospecção.

Aconteceu uma apresentação de artistas amadores no campo; o animador era um ator ambulante, que anunciava o número e corria para o camarim — uma das enfermarias do hospital — para levantar o ânimo dos artistas inexperientes. "A apresentação está indo bem! Está indo bem a apresentação", sussurrava no ouvido de cada participante. "A apresentação está indo bem", proclamava em voz alta e andava pelo camarim, enxugando com algum trapo sujo o suor de sua testa quente.

Tudo estava acontecendo como nos grandes espetáculos, e o próprio ator ambulante, quando livre, havia sido um grande ator. Com uma voz conhecida, alguém estava lendo o conto "Limonada", de Zóschenko,[107] no palco. O animador se apoiou em mim:

— Dê-me um cigarro.

— Tome.

— Você não vai acreditar — disse o animador subitamente. — Se eu não soubesse quem está lendo, pensaria que era aquele canalha do Skorossêiev.

— Skorossêiev? — entendi quem era o dono da entonação que a voz do palco me fazia lembrar.

— Sim. Sou esperantista. Entendeu? Uma língua universal. Não um *basic english* qualquer. E fui condenado por causa do esperanto. Sou membro da sociedade moscovita de esperantistas.

— Artigo 58.6? Por espionagem?

— É claro.

— Dez?

— Quinze.

— E Skorossêiev?

— Skorossêiev era vice-presidente da sociedade. Foi ele que vendeu todo mundo, entregou todos...

— Um baixinho?

— Isso aí.

— E onde ele está agora?

— Não sei. Eu queria estrangulá-lo com minhas próprias mãos. Peço a você como amigo — eu e o ator tínhamos nos conhecido fazia duas horas, não mais do que isso —, se vo-

[107] Mikhail Zóschenko (1895-1958), escritor russo. (N. da T.)

cê o avistar, se encontrar com ele, dê-lhe um soco na fuça. Bem na fuça, e metade dos seus pecados serão perdoados.

— Ah, é? Metade?

— Perdoados, perdoados.

Mas o leitor do conto "Limonada", de Zóschenko, já saíra do palco. Não era Skorossêiev, mas um barão esguio, comprido, como um grão-príncipe da linhagem dos Románov, o barão Mandel: um descendente de Púchkin. Fiquei olhando para o descendente de Púchkin, decepcionado, e o animador já estava levando a próxima vítima para o palco. "Sobre a planície cinzenta do mar, o vento reúne as nuvens..."[108]

— Escute — cochichou o barão, apoiando-se em mim. — Isso lá é poesia? "O vento venta, o trovão trovoa." Não dá para chamar isso de poema. É terrível pensar que nessa mesma época, no mesmíssimo ano, dia e hora, Blok escreveu "Encantamento em ouro e trevas", e Biéli,[109] *Ouro em azul*...

Tive inveja da felicidade do barão — podia distrair-se, fugir, esconder-se, desaparecer na poesia. Eu não conseguia fazer isso.

Nada foi esquecido. E muito tempo se passou. Depois da libertação, cheguei em Magadan tentando me libertar de verdade, cruzar aquele mar terrível pelo qual, vinte anos antes, tinham me trazido para Kolimá. E apesar de saber como seria difícil viver em minhas errâncias infinitas, eu não queria ficar nem mais uma hora naquela maldita terra de Kolimá por vontade própria.

[108] Abertura do poema "A canção do albatroz" (1901), de Maksim Górki. (N. da T.)

[109] Andrei Biéli (1880-1934), poeta russo. (N. da T.)

Eu tinha apenas o dinheiro necessário. Um veículo de transporte — um rublo por quilômetro — me levou para Magadan à noite. Uma névoa branca encobria a cidade. Eu tinha conhecidos ali. Devia ter. Mas em Kolimá se procuram os conhecidos de dia, e não de noite. De noite ninguém abriria a porta, nem para uma voz conhecida. Era preciso encontrar um teto, uma tarimba, dormir.

Eu estava de pé na rodoviária, olhando para o chão completamente coberto por corpos, coisas, sacos, caixas. Em último caso... O frio era igual ao de fora, uns cinquenta graus negativos. O aquecedor de ferro não estava aceso, e a porta batia o tempo todo.

— Acho que nos conhecemos, não?

Naquele frio atroz, me alegrei de encontrar até Skorossêiev. Apertamos as mãos por entre as luvas inteiriças.

— Venha passar a noite na minha casa, moro bem ali. Já faz tempo que fui solto. Peguei um crédito e construí. Até me casei — Skorossêiev soltou uma gargalhada. — Vamos beber um chá...

E estava tão frio que eu concordei. Passamos muito tempo nos arrastando pela cidade e pelos barrancos da Magadan noturna, encoberta por sua fria névoa, branca e turva.

— Sim, construí uma casa — disse Skorossêiev enquanto eu fumava, descansando — a crédito. Crédito do governo. Decidi fazer meu ninho. Um ninho no norte.

Bebi um pouco de chá. Deitei e dormi. Mas dormi mal, apesar de minha longa viagem. De alguma forma, o dia anterior tinha sido um mau dia.

Depois de acordar, lavar-me e fumar, entendi por que o dia anterior tinha sido um mau dia.

— Bem, vou embora. Um conhecido meu mora por aqui.

— Mas deixe a mala aqui. Quando encontrar seus conhecidos você volta.

— Não, não vale a pena subir a montanha outra vez.

— Você podia ficar aqui comigo. Querendo ou não, somos velhos amigos.

— Sim — falei. — Adeus — abotoei minha peliça curta, peguei a mala e já estava com a mão na maçaneta.

— E o dinheiro? — disse Skorossêiev.

— Que dinheiro?

— Pela cama, pelo pernoite. Essas coisas não são de graça.

— Desculpe — falei. — Não tinha percebido. — Pus a mala no chão, desabotoei a peliça, tateei o bolso em busca do dinheiro, paguei e saí para a bruma branca e amarelada do dia.

(1965)

PEDIDO ESPECIAL

Depois de 1938, Pávlov recebeu uma condecoração e um novo cargo — comissário do povo de assuntos internos da República do Tartaristão. O caminho fora mostrado — brigadas inteiras se dedicaram a abrir covas. A pelagra e os *blatares*, a escolta e a distrofia alimentar tinham feito o que podiam. Uma intervenção médica tardia salvava quem podia ou, mais precisamente, o que podia — as pessoas salvas deixavam de ser pessoas para sempre. Na Djelgala daquele tempo, de três mil que constavam na lista, só 98 saíam para trabalhar — o restante constava nos infindáveis OP e OK[110] ou era dispensado temporariamente.

Nos grandes hospitais, foi introduzida uma melhoria na alimentação e as palavras de Traut, "para o sucesso no tratamento dos pacientes é preciso alimentá-los e lavá-los", ganharam enorme popularidade. Nos grandes hospitais foi introduzida a alimentação dietética — alguns "regimes" diferentes. É verdade, havia pouca diferença entre os produtos, e era comum que não mudasse quase nada de um regime para o outro, mas mesmo assim...

A administração do hospital teve permissão para, nos casos de pacientes em estado particularmente grave, prepa-

[110] OP: sigla de *Ozdorovítelni Punkt* [Posto de Restabelecimento]; OK: sigla de *Ozdorovítelnaia Komanda* [Centro de Restabelecimento]. (N. da T.)

rar pedidos especiais — fora do cardápio do hospital. O limite desses pedidos especiais era pequeno: um ou dois para trinta leitos hospitalares.

Só havia uma infelicidade: o paciente para quem se pedia a refeição especial — panquecas, almôndegas de carne ou algo tão lendário quanto isso — já estava em um estado tal que não conseguia comer nada e, depois de lamber com a colher um ou outro prato, virava a cabeça para o lado em sua prostração agonizante.

Por tradição, terminar essas sobras régias cabia ao vizinho de leito ou a algum paciente que estava cuidando, como voluntário, de um paciente grave, ajudando o auxiliar de enfermagem.

Isso era um paradoxo, a antítese da tríade dialética. Dava-se um pedido especial quando o doente já não tinha forças para comer algo. O princípio, o único possível, que determinava a prática dos pedidos especiais, era o seguinte: ia sempre para o mais desnutrido, para o de estado mais grave.

Por isso, o pedido especial virou um sinal terrível, símbolo da morte que se aproximava. Os pacientes teriam medo do pedido especial, mas a consciência de quem recebia já estava turva naquele momento; quem se apavorava não eram eles, e sim os que recebiam o primeiro regime da escala da dieta, os que ainda conservavam o raciocínio e os sentimentos.

Todo dia, diante do diretor da ala do hospital aparecia essa questão desagradável, para a qual todas as respostas pareciam desonestas: para quem encomendar o pedido especial de hoje.

Ao meu lado ficava um jovem, um rapaz de uns vinte anos, que estava morrendo de distrofia alimentar — ou, como se chamava naqueles anos, poliavitaminose.

A refeição especial se transformou justamente naquela refeição que o condenado à morte pode pedir no dia da execução, o último pedido que a administração do hospital era obrigada a realizar.

O rapazinho recusava a comida — sopa de aveia, sopa de cevada, mingau de aveia, mingau de cevada. Quando ele recusou o mingau de semolina, transferiram-no para o pedido especial.

— Qualquer coisa, entendeu, Micha? Qualquer coisa, o que você quiser, vão cozinhar para você. Entendeu? — O médico estava sentado no leito do paciente.

Micha abriu um sorriso fraco e feliz.

— E então, o que você quer? Sopa de carne?

— Nã-ão. — Micha abanou a cabeça.

— Almôndegas de carne? Pastéis de carne? Panquecas com geleia?

Micha balançava a cabeça.

— Então diga você mesmo, diga...

Micha soltou um som rouco.

— O quê? O que você disse?

— *Galuchki*.[111]

— *Galuchki*?

Micha acenou afirmativamente com a cabeça e, sorrindo, recostou-se no travesseiro. Do travesseiro caía serragem de feno apodrecido.

No dia seguinte fizeram *galuchki*.

Micha se reavivou, pegou a colher, pescou uma *galuchka* da tigela fumegante, lambeu-a.

— Não, não quero, está sem gosto.

À noite ele morreu.

O segundo doente a pedir a refeição especial foi Víktorov, com suspeita de câncer no estômago. Deram-lhe o pedido especial por um mês inteiro, e os pacientes se irritaram que ele não morria — quando morresse, podiam dar a pre-

[111] Pedacinhos de massa cozidos em leite ou caldo. (N. da T.)

ciosa ração para outra pessoa. Víktorov não comia nada e, no fim das contas, morreu. Descobriu-se que ele não tinha câncer, e sim a forma mais comum de desnutrição: distrofia alimentar.

Quando designaram o engenheiro Demídov, paciente em recuperação de uma operação de mastoidite, ele recusou:

— Não sou o caso mais grave da enfermaria. — Recusou-se categoricamente, e não porque o pedido especial fosse terrível. Não, Demídov não se considerava no direito de pegar essa ração, que podia ajudar outros pacientes. Os médicos queriam fazer o bem a Demídov pela via oficial.

Isso era o pedido especial.

A ÚLTIMA BATALHA DO MAJOR PUGATCHOV

Do começo ao fim desses acontecimentos deve ter se passado muito tempo — pois os meses no Extremo Norte são contados como anos, tão grandiosa é a experiência, a experiência humana, adquirida ali. Até o governo reconhece isso quando aumenta o salário e acrescenta vantagens aos funcionários do Norte. Nessa terra de esperanças e, consequentemente, terra de boatos, conjecturas, pressuposições e hipóteses, qualquer acontecimento cresce ao ponto de virar uma lenda antes que o relatório do chefe local sobre o caso tenha tempo de chegar, pelo correio militar expresso, a alguém da "alta esfera".

Começaram a falar: quando um alto chefe em trânsito comentou que o trabalho cultural estava mancando das duas pernas, o major Pugatchov, organizador cultural, disse ao convidado:

— Não se preocupe, cidadão chefe, estamos preparando um espetáculo que vai dar o que falar por toda a Kolimá.

É possível começar o conto direto com o relatório do cirurgião Braude, enviado em missão do hospital central para a região de atividades militares.

Também é possível começar com a carta de Iachka Kutchen, um preso que era assistente de enfermagem e estava internado no hospital. Sua carta fora escrita com a mão esquerda — o ombro direito de Kutchen fora varado por uma bala de fuzil.

Ou ainda com o relato da doutora Potánina, que não viu nada, não escutou nada e estava fora quando ocorreram os acontecimentos inesperados. Justo essa ausência foi classificada pelo agente de polícia como "falso álibi", como uma inação criminosa ou seja lá como se chama isso em linguagem jurídica.

As detenções dos anos 30 foram detenções aleatórias de pessoas. Eram vítimas da falsa e terrível teoria de que a luta de classes estava se inflamando com o fortalecimento do socialismo. Os professores, membros do Partido, militares, engenheiros, camponeses, operários e trabalhadores que enchiam as prisões daquela época, não tinham nada de positivo além de, talvez, a honestidade pessoal, a ingenuidade, algo do tipo — em suma, aquelas qualidades que mais facilitavam do que dificultavam o trabalho punitivo da "justiça" da época. A ausência de qualquer ideia unificadora enfraquecia ao extremo a resistência moral dos detentos. Eles não eram nem inimigos do governo, nem criminosos de Estado, e, ao morrer, eles nem mesmo entendiam por que tinham que morrer. Seu amor-próprio e sua raiva não tinham em que se apoiar. E, desunidos, eles morriam no deserto branco de Kolimá — de fome, de frio, das muitas horas de trabalho, das surras e das doenças. Imediatamente aprendiam a não defender nem apoiar um ao outro. Era exatamente isso o que queria a chefia. As almas que permaneciam entre os vivos se submetiam a uma completa corrupção, e seus corpos não possuíam os requisitos necessários para o trabalho físico.

Para substituí-los, depois da guerra, vinha um vapor atrás do outro, com os repatriados — da Itália, da França, da Alemanha —, direto rumo ao extremo nordeste.

Ali havia muita gente com hábitos diferentes, com costumes adquiridos na época da guerra — gente com ousadia, capacidade de se arriscar, que acreditava apenas nas armas. Comandantes e soldados, pilotos e batedores...

A administração dos campos, acostumada à paciência angelical e à submissão digna de um escravo dos "trotskistas", não se incomodou nem um pouco e não esperou nada de novo.

Os novatos perguntavam aos "aborígenes" sobreviventes.

— Por que vocês comem a sopa e o mingau no refeitório, mas levam o pão para o barracão? Por que não comem a sopa com o pão, como o resto do mundo?

Sorrindo com as rachaduras da boca azul, mostrando os dentes perdidos pelo escorbuto, os habitantes locais respondiam aos novatos ingênuos:

— Daqui a duas semanas cada um de vocês vai entender e fazer a mesma coisa.

Como contar-lhes que até então ainda não tinham conhecido em vida a verdadeira fome, fome de muitos anos, que destrói a vontade, que torna impossível lutar contra o desejo ardente e dominador de prolongar o máximo possível o processo de comer e terminar, de sugar até o fim, em estado de suprema beatitude, sua ração de pão no barracão com uma caneca de água de neve "aquecida".

Mas nem todos os novatos acenavam com a cabeça desdenhosamente e se afastavam.

O major Pugatchov entendia como eram as coisas. Para ele, estava claro que haviam sido trazidos para a morte — para substituir aqueles mortos-vivos. Eles haviam sido trazidos no outono — a julgar pelo inverno, não haveria para onde fugir, mas no verão, mesmo que não desse para fugir de vez, poderiam pelo menos morrer em liberdade.

E por todo o inverno foi se tramando a rede daquela conspiração, praticamente a única que aconteceu em vinte anos.

Pugatchov entendia que só quem conseguiria sobreviver ao inverno e fugir depois eram aqueles que não trabalhassem nas atividades comuns, nas galerias de mina. Depois de algumas semanas de trabalho nas brigadas ninguém fugiria para lugar nenhum.

Os participantes da conspiração, lentamente, um após o outro, foram entrando para os serviços gerais. Soldátov virou cozinheiro, o próprio Pugatchov tornou-se organizador cultural; havia ainda um enfermeiro, dois chefes de brigada e o ex-mecânico Ivaschenko, que consertava armas no destacamento de segurança.

Mas não permitiam que ninguém saísse para "o outro lado do arame" sem escolta.

Começou a ofuscante primavera de Kolimá, sem uma só chuva, sem nenhum movimento de gelo pelos rios, sem o canto dos pássaros. A neve desaparecia aos poucos, derretida pelo sol. Nos lugares onde os raios de sol não chegavam, a neve ficava ali nos desfiladeiros e barrancos como pepitas de prata, até o ano seguinte.

E chegou o dia designado.

Bateram na porta do minúsculo alojamento da torre de vigia — perto dos portões do campo havia torres, com saídas para dentro e para fora do campo, onde, segundo as regras, sempre havia dois carcereiros. O guarda bocejou e olhou para o relógio. Eram cinco da manhã. "Só cinco", pensou.

Ele abriu o gancho e entrou quem tinha batido. Era o detento-cozinheiro Soldátov que viera pegar as chaves da despensa, onde ficava a comida. As chaves ficavam guardadas na torre, e três vezes por dia o cozinheiro Soldátov vinha pegá-las. Depois trazia de volta.

O próprio guarda precisava abrir o armário na cozinha, mas ele sabia que controlar o cozinheiro não adiantava — nenhum cadeado impedia o cozinheiro de roubar — e confiava as chaves a ele. Ainda mais às 5 da manhã.

O mestre de obras de plantão trabalhava em Kolimá há mais de uma dezena de anos, há muito tempo recebia ordenado duplo e já dera as chaves na mão do cozinheiro mil vezes.

— Pegue — o guarda pegou uma régua e se inclinou para fazer um traço no relatório da manhã.

Soldátov passou por trás das costas do guarda, tirou a chave do prego, colocou-a no bolso e agarrou o guarda pelo pescoço por trás. Naquele mesmo instante a porta se abriu, e entrou pela porta da torre, do lado do campo, Ivaschenko, o mecânico. Ivaschenko ajudou Soldátov a estrangular o carcereiro e a arrastar o corpo para trás do armário. Ivaschenko colocou em seu bolso a pistola Nagant do carcereiro. Na janela que dava para fora, via-se que o segundo guarda vinha pela trilha. Ivaschenko apressadamente vestiu o capote do morto, o boné, abotoou o cinto e sentou-se à mesa, como o carcereiro. O segundo guarda abriu a porta e entrou no cubículo escuro da torre. Naquele mesmo minuto ele foi agarrado, sufocado e jogado atrás do armário.

Soldátov vestiu a roupa dele. Os dois conspiradores já tinham armas e uniforme militar. Tudo acontecia segundo o roteiro, o plano do major Pugatchov. De repente na torre apareceu a mulher do segundo carcereiro — também para pegar as chaves, que o marido tinha levado por acaso.

— Não vamos estrangular uma mulher — disse Soldátov. Então a amarraram, enfiaram uma toalha em sua boca e a colocaram no canto.

Uma das brigadas voltou do trabalho. Essa eventualidade fora prevista. O escolta, depois de entrar na torre, foi imediatamente desarmado e amarrado pelos dois "carcereiros". A espingarda foi parar nas mãos dos fugitivos. Naquele momento, o major Pugatchov assumiu o comando.

A área na frente dos portões estava na mira das duas torres de sentinela onde ficavam vigias. Eles não viram nada de especial.

Um pouco antes da hora, uma brigada estava se preparando para o trabalho; mas quem pode dizer no Norte o que é cedo e o que é tarde? Parecia que era um pouco antes. Mas talvez fosse um pouco depois.

A brigada — dez pessoas — avançava pelo caminho para a galeria da mina numa formação de dois em dois. Seis metros à frente e atrás da formação de presos, como estabelecia o regulamento, andavam os escoltas, de capote, um deles com uma espingarda nas mãos.

O vigia da torre de sentinela viu que a brigada virou do caminho para uma trilha que passava na frente do alojamento do destacamento de segurança. Ali moravam os soldados do serviço de escolta — o destacamento inteiro tinha sessenta pessoas.

O dormitório dos escoltas era no fundo, e bem diante das portas havia o alojamento do guarda de plantão e umas pirâmides de armas. O guarda estava cochilando na mesa e, meio adormecido, viu que algum escolta estava levando uma brigada de presos pela trilha na frente da janela da segurança.

"Deve ser Tchernenko", pensou o guarda, sem reconhecer o escolta. "Tenho que escrever um relatório sobre ele, sem falta." O guarda de plantão adorava uma fofoca e não deixaria passar a possibilidade de basear-se na lei para fazer uma sujeira com alguém.

Foi seu último pensamento. A porta se escancarou, e três soldados entraram correndo na caserna. Dois correram para as portas dos dormitórios, e o terceiro deu um tiro à queima-roupa no guarda. Atrás dos soldados vieram detentos — todos correram para a pirâmide —, em suas mãos havia espingardas e automáticas. O major Pugatchov abriu à força a porta do dormitório da caserna. Os soldados, ainda de roupa de baixo, descalços, fizeram menção de se precipitar para a porta, mas duas rajadas de fuzis automáticos disparadas contra o teto os impediram.

— Deitem — ordenou Pugatchov, e os soldados se arrastaram para baixo de suas camas. O dono da automática continuava vigiando perto da soleira.

Sem pressa, a "brigada" pôs-se a trocar a roupa por uniformes militares, reunir víveres, abastecer-se de armas e munição.

Pugatchov mandou não pegar nenhuma provisão além de biscoito e chocolate. Por outro lado, pegaram tanta arma e munição quanto puderam.

O enfermeiro pôs no ombro uma bolsa com produtos de primeiros socorros.

Os fugitivos sentiam-se soldados de novo.

Diante deles estava a taiga — mas será que era pior do que os pântanos de Stokhod?[112]

Eles saíram para a rodovia, e na estrada Pugatchov ergueu a mão e parou um caminhão.

— Desça! — abriu a porta da cabine do caminhão.

— Mas eu...

— Desça, estou falando.

O motorista desceu. Subiu ao volante um tenente da tropa de tanques, Gueorgadze, e ao lado dele Pugatchov. Os soldados fugitivos subiram no veículo, e o caminhão saiu em disparada.

— Aqui deveria ter uma curva.

O caminhão dobrou em um dos...

— Acabou a gasolina!...

Puchatchov praguejou.

Eles foram para a taiga e, ao mergulhar na água, desapareceram imediatamente na enorme floresta silenciosa. Conferindo o mapa, não perderam o caminho secreto para a liberdade, andando reto. Atravessaram as impressionantes árvores arrancadas pela tempestade local.

[112] Rio à noroeste da Ucrânia, próximo à Polônia. (N. do T.)

No Norte as árvores morriam deitadas, como pessoas. Suas poderosas raízes pareciam as garras gigantescas de uma ave de rapina agarrando uma pedra. Dessas garras gigantescas, para baixo, na direção do *permafrost*, saíam milhares de minúsculas ramificações tentaculares. A cada verão o *permafrost* mal retrocedia, e a cada palmo de terra que derretia lentamente um tentáculo-raiz castanho subia e se fortalecia.

As árvores aqui atingiam a maturidade aos trinta anos, erguendo lentamente seu corpo pesado e poderoso sobre aquelas raízes fracas.

Derrubadas pelas tempestades, as árvores caíam de costas, com as cabeças todas para um lado, e morriam deitadas no musgo macio e espesso, rosa ou verde.

Começaram a se instalar à noite, depressa, como de hábito.

E só Achot e Malínin não conseguiram se acalmar de jeito nenhum.

— O que há com vocês aí?

— É que o Achot fica querendo me provar que Adão, quando saiu do paraíso, foi mandado para o Ceilão.

— Por que para o Ceilão?

— É isso o que eles dizem, os maometanos — disse Achot.

— Você é o quê, tártaro?

— Não, minha mulher que é.

— Nunca ouvi falar disso — disse Pugatchov, sorrindo.

— Pois é, eu também nunca ouvi — concordou Malínin.

— Certo, vamos dormir.

Estava frio, e o major Pugatchov adormeceu. Soldátov sentou e colocou a automática sobre o joelho, absolutamente atento. Pugatchov, deitado de costas, procurou com os olhos a estrela polar — a estrela preferida dos que andavam a pé. As constelações aqui não se dispunham da mesma forma que na Europa: na Rússia a carta celeste ficava um pouco torta, e a Ursa Maior tinha se afastado para perto da linha do horizonte. A taiga estava em silêncio, severa; enormes lariços nodosos postavam-se distantes uns dos outros. A floresta estava repleta daquele silêncio inquieto que todo caçador conhece. Dessa vez, Pugatchov não era o caçador, mas a caça que estava sendo perseguida — o silêncio da floresta era para ele triplamente pertubador.

Era sua primeira noite em liberdade, a primeira noite livre depois dos longos meses e anos da terrível via-crúcis do major Pugatchov. Deitado, ele se lembrava de como começara o que agora estava se desenrolando diante de seus olhos, como um filme de suspense. Era como se Pugatchov girasse uma fita contendo o filme de todas aquelas doze vidas com suas próprias mãos, de forma que, em vez da lenta rotação diária, os acontecimentos passassem com uma impressionante velocidade. E então aparecia o letreiro, FIM, e eles estavam livres. E começava a batalha, o jogo, a vida...

O major Pugatchov se lembrava do campo de prisioneiros alemão de onde ele fugira em 1944. O *front* estava se aproximando da cidade. Ele trabalhava como motorista de caminhão dentro de um campo enorme, na faxina. Ele se lembrava de como havia acelerado o caminhão e saído à toda velocidade pela cerca de arame farpado, arrancando os postes fincados às pressas. Tiros dos vigias, gritos, uma corrida enlouquecida até a cidade, em diferentes direções, o veículo abandonado, o caminho à noite até a linha de frente e o encontro — um interrogatório do departamento especial. A acusação de espionagem, a condenação — 25 anos de prisão.

O major Pugatchov se lembrou da chegada dos emissários de Vlássov com seu "manifesto", do encontro com os soldados russos famintos, extenuados, torturados.

— Seu governo já rejeitou vocês há muito tempo. Todos os prisioneiros são traidores aos olhos dos seus governantes

— disseram os *vlássovtsi*.[113] E mostraram os jornais de Moscou com as ordens e os discursos. Os prisioneiros já sabiam disso mesmo antes. Não era por acaso que só os prisioneiros russos não recebiam remessas. Os franceses, os americanos, os ingleses — prisioneiros de todas as nacionalidades recebiam remessas, cartas, tinham sociedade de socorro mútuo para conterrâneos, amizade; os russos não tinham nada além de fome e raiva de tudo no mundo. Não é à toa que no Exército Russo de Libertação tenham entrado tantos egressos dos campos de prisioneiros de guerra alemães.

O major Pugatchov não acreditou nos oficiais de Vlássov até ele mesmo chegar ao território do Exército Vermelho. Tudo o que os *vlássovtsi* tinham falado era verdade. Ele não era útil para o governo. O governo o temia.

Depois foram os vagões de carga adaptados, com grades e escolta — uma viagem de muitos dias até o Extremo Oriente, o mar, três navios a vapor e as minas de ouro do Extremo Norte. E o inverno de fome.

Pugatchov soergueu-se e sentou. Soldátov lhe fez um aceno. Justo a Soldátov pertencia a honra de ter começado a coisa, ainda que ele tivesse sido um dos últimos a se juntar à conspiração. Ele não se acovardou, não se perdeu, não entregou ninguém. Grande Soldátov!

Perto de seus pés estava deitado o capitão da Aeronáutica Khrustaliov, cujo destino era parecido com o de Pugatchov. Avião abatido pelos alemães, prisioneiro, fome, fuga — tribunal e campo de trabalho. Então Khrustaliov se virou de lado — uma bochecha estava mais vermelha do que a ou-

[113] Integrantes do exército russo que se uniram às forças antissoviéticas, lutando ao lado dos alemães na Segunda Guerra Mundial. Receberam essa denominação a partir do tenente-general Andrei Andrêievitch Vlássov (1901-1946). Capturado pelos nazistas, Vlássov criou o Exército Russo de Libertação para combater Stálin. (N. da T.)

tra, tinha passado tempo demais em cima dela. Khrustaliov foi o primeiro com quem, alguns meses atrás, o major Pugatchov combinara a fuga. Concordaram que era melhor a morte do que a vida de detento, que era melhor morrer com uma arma na mão do que extenuado de fome e trabalho, sob a coronha e as botas dos escoltas.

Tanto Khrustaliov quanto o major eram homens de ação, e aquela chance ínfima na qual doze pessoas apostaram sua vida fora discutida da forma mais detalhada. O plano era sequestrar um campo de pouso, um avião. Havia alguns campos de pouso por ali, e agora mesmo eles estavam indo para o mais próximo pela taiga.

Khrustaliov era aquele chefe de brigada que os fugitivos mandaram buscar depois do ataque ao destacamento. Pugatchov não queria ir embora sem seu amigo mais próximo. Lá estava ele, Khrustaliov, afundado em um sono tranquilo e pesado.

E ao lado dele estava Ivaschenko, armeiro que consertava os revólveres e os fuzis dos seguranças. Ivaschenko tinha aprendido tudo o que era necessário para o sucesso da operação: onde ficavam as armas, quem fazia o plantão de vigia do destacamento e quando, onde guardavam as munições. Ivaschenko era um ex-batedor.

Levitski e Ignátovitch dormiam pesado, apertando-se um contra o outro — ambos eram pilotos, camaradas do capitão Khrustaliov.

O operador de tanques Poliakov estendera ambas as mãos sobre as costas dos vizinhos — o gigante Gueorgadze e o careca brincalhão Achot, de cujo sobrenome o major agora não conseguia se lembrar. Com a bolsa de primeiros socorros sob a cabeça, dormia Sacha Malínin, enfermeiro do campo de trabalho, que antes fora enfermeiro militar, o enfermeiro pessoal de Pugatchov e seu grupo.

Pugatchov sorriu. Cada um devia ter imaginado essa fuga à sua maneira. Mas Pugatchov via que não era só seu mérito o fato de que tinha corrido tudo bem, de que todos tinham se entendido desde o início. Cada um sabia que as coisas estavam acontecendo como deviam acontecer. Eles tinham um comandante, tinham um objetivo. Um comandante confiante e um objetivo difícil. Tinham armas. Tinham liberdade. Podiam dormir um tranquilo sono de soldado, mesmo naquela noite polar vazia de um lilás pálido, com uma estranha luz que não vinha do sol, e que deixava as árvores sem sombra.

Ele prometera liberdade, e eles tinham recebido a liberdade. Ele os levara para a morte — e eles não tinham temido a morte.

"E ninguém nos denunciou", pensou Pugatchov, "até o último dia." É claro que muitos no campo sabiam da fuga planejada. Tinham passado alguns meses escolhendo as pessoas. Muitas com quem Pugatchov falara francamente recusaram, mas ninguém tinha corrido para a torre de vigia para denunciar. Essa circunstância reconciliava Pugatchov com a vida. "Boas pessoas, boas pessoas", sussurrava ele sorrindo.

Comeram biscoitos, chocolate, e saíram em silêncio. Uma trilha quase imperceptível os conduzia.

— Trilha de ursos — disse Selivánov, um caçador siberiano.

Pugatchov e Khrustaliov galgaram um passo rumo a um tripé topográfico, e com binóculos puseram-se a olhar para baixo para duas faixas cinzentas: o rio e a estrada. O rio era como qualquer rio, mas a estrada, que ocupava um grande espaço por algumas dezenas de quilômetros, estava cheia de pessoas e de caminhões.

— Devem ser presos — supôs Khrustaliov.

Pugatchov olhou bem.

— Não, são soldados. Estão nos procurando. Temos que nos separar — disse Pugatchov. — Oito pessoas passam a noite nos feixes de feno, e nós quatro vamos por aquele desfiladeiro. De manhã voltamos, se estiver tudo bem.

Passando pelo mato baixo, saíram no leito do rio. Estava na hora de ir para trás.

— Veja, tem gente demais. Vamos para cima pelo leito.

Com a respiração pesada, subiram rapidamente o leito do rio, as pedras voavam diretamente para baixo, para os pés dos que os atacavam, com rumor e estrondo.

Levitski se virou, soltou um palavrão e caiu. A bala o atingira bem no olho.

Gueorgadze parou perto de uma pedra grande, virou-se e, com uma rajada de metralhadora, parou os soldados que subiam pelo desfiladeiro; por pouco tempo — o automático emperrou, e só uma pequena espingarda continuava atirando.

Khrustaliov e o major Pugatchov conseguiram subir bem mais alto, até o próprio passo.

— Vá sozinho — disse o major a Khrustaliov —, eu atiro.

Sem pressa ia abatendo todos os que apareciam. Khrustaliov voltou, gritando:

— Estão vindo! — e caiu. As pessoas saíram correndo de trás da pedra grande.

Pugatchov saiu a toda, atirou nos perseguidores e se jogou do passo do planalto para o estreito leito do rio. No ar ele se agarrou a uns galhos de salgueiro, se segurou e se afastou rastejando. As pedras em que tropeçara na queda foram fazendo barulho até chegar embaixo.

Ele andou pela taiga, sem trilha, até perder as forças.

Sobre a clareira do campo o sol estava nascendo, e aqueles que estavam escondidos nos feixes de feno viram claramente figuras de uniforme militar por todos os lados da clareira.

— Será que é o fim? — disse Ivaschenko e cutucou Khatchaturian com o cotovelo.

— Por que o fim? — disse Achot enquanto fazia mira. O tiro de espingarda estalou, um soldado caiu na trilha.

Imediatamente começou um tiroteio de todos os lados pelos feixes de feno.

A um comando, soldados vieram correndo pelo pântano até os feixes, começaram a pipocar tiros, ouviram-se gemidos.

O ataque foi vencido. Alguns feridos ficaram deitados em montinhos no pântano.

— Enfermeiro, se arraste até lá — ordenou algum chefe.

Por precaução, haviam trazido do hospital o auxiliar Iachka Kutchen, um preso, antigo habitante da Bielorrússia Ocidental. Sem dizer uma palavra, o detento Kutchen rastejou até um ferido, agitando uma bolsa de primeiros socorros. Uma bala, atingindo o peito, deixou Kutchen na metade do caminho.

Sem medo, saltou para fora o chefe do destacamento de segurança — o mesmo destacamento que os fugitivos tinham desarmado. Ele gritou:

— Ei, Ivaschenko, Soldátov, Pugatchov: entreguem-se, estão cercados. Vocês não têm por onde escapar.

— Venha tomar as armas — gritou Ivaschenko dos feixes.

E Bobiliev, chefe da segurança, saiu correndo, chapinhando pelo pântano, rumo aos feixes.

Quando ele já tinha percorrido metade da trilha, ressoou um tiro de Ivaschenko — a bala atingiu Bobiliev bem na testa.

— Muito bem — elogiou Soldátov. — O chefe estava assim tão corajoso porque para ele dava na mesma: com a nossa fuga ele ou seria fuzilado, ou receberia uma pena. Bem, aguente firme!

Estavam atirando de todos os lados. As metralhadoras trazidas começaram a estrepitar.

Soldátov sentiu queimarem ambas as pernas, e caiu em seu ombro a cabeça de Ivaschenko, morto.

Outro feixe se calou. Mais de dez cadáveres estavam caídos no pântano.

Soldátov continuava atirando, até que algo o atingiu na cabeça e ele perdeu a consciência.

Nikolai Serguêievitch Braude, cirurgião chefe do grande hospital, recebeu por telefone uma ordem do general-major Artiémiev, um dos quatro generais de Kolimá, chefe da segurança de todo o campo de Kolimá, e foi mandado de imediato para o povoado de Litchan, junto com "dois enfermeiros, material e instrumentos para curativos" — como dizia o fonograma.

Braude não ficou tentando adivinhar à toa; se arrumou rapidamente, e o velho caminhão de uma tonelada e meia do hospital se locomoveu na direção ordenada. Na estrada o veículo do hospital era incessantemente ultrapassado por potentes Studebakers carregados de soldados armados. Era preciso percorrer quarenta quilômetros ao todo, mas, por causa das paradas frequentes, pela acumulação de veículos em algum lugar mais adiante, por causa das constantes verificações de documentos, Braude só chegou ao seu destino três horas depois.

O general-major Artiémiev estava esperando o cirurgião no apartamento do chefe local do campo. Tanto Braude quanto Artiémiev eram veteranos de Kolimá, e já não era a primeira vez que o destino os colocava juntos.

— O que está acontecendo aqui, uma guerra ou o quê? — perguntou Braude ao general quando se cumprimentaram.

— Guerra ou não, a primeira batalha deixou 28 mortos. E você mesmo vai ver quantos feridos.

E enquanto Braude lavava as mãos na pia instalada perto da porta, o general lhe contou da fuga.

— E vocês — disse Braude acendendo um cigarro — não

chamaram aviões, algo assim? Duas ou três esquadrilhas e bomba, bomba... Ou uma bomba atômica direto.

— Vocês acham tudo muito engraçado — disse o general-major. — Mas estou esperando ordens, sem brincadeira. Ainda vai ser bom se só me tirarem da segurança, podem até me mandar para a corte marcial. Acontece de tudo.

Sim, Braude sabia que acontecia de tudo.

Alguns anos antes, três mil pessoas foram mandadas a pé no inverno para um dos portos, cujos depósitos da costa tinham sido destruídos por uma tempestade. Quando o comboio chegou, de três mil pessoas sobraram trezentos vivos. E o vice-diretor do departamento que tinha assinado a ordem de envio do comboio foi sacrificado e mandado a julgamento.

Braude e os enfermeiros extraíram balas, amputaram e fizeram curativos até a noite. Os feridos eram apenas soldados da segurança — nenhum dos fugitivos estava entre eles.

No dia seguinte, à noite, trouxeram mais feridos. Cercados de oficiais da segurança, dois soldados trouxeram uma maca com o primeiro e único fugitivo que Braude viu. O fugitivo estava com uniforme militar e só era diferente de um soldado por não estar barbeado. Ele tinha fraturas por armas de fogo em ambas as pernas, uma fratura por arma de fogo no ombro esquerdo, uma ferida na cabeça com lesão no osso parietal. Estava inconsciente.

Braude prestou primeiros socorros e, por ordem de Artiémiev, junto com os escoltas, levou o ferido para o hospital grande, que tinha as condições necessárias para uma operação importante.

Estava tudo terminado. Não muito longe estava o caminhão militar coberto por uma lona — lá foram colocados os corpos dos fugitivos mortos. E, ao lado, um segundo veículo, com os corpos dos soldados mortos.

Podiam mandar o exército para casa depois dessa vitória, mas por muitos dias caminhões com soldados ainda viajaram para lá e para cá por toda a estrada de dois mil quilômetros.

Não tinham capturado o décimo segundo: o major Pugatchov.

Passaram muito tempo tratando de Soldátov, e ele se curou — para ser fuzilado. Aliás, essa foi a única sentença de morte dos sessenta — esse foi o número de amigos e conhecidos dos fugitivos que foram para o tribunal. O chefe regional do campo recebeu dez anos. A chefe da seção de auxiliares de enfermagem, doutora Potánina, foi absolvida no julgamento; mal terminou o processo e ela mudou seu local de trabalho. O general-major Artiémiev previra corretamente: ele foi tirado do trabalho e mandado embora do serviço de segurança.

Pugatchov desceu rastejando com dificuldade para a estreita garganta da caverna — era uma toca de urso, a habitação de inverno do animal que já há muito tempo saíra e estava vagando pela taiga. Nas paredes da caverna e nas pedras do fundo havia pelos de urso.

"Veja como tudo termina rápido", pensou Pugatchov. "Vão trazer um cachorro e me encontrar. E aí me levam."

E, deitado na caverna, ele se lembrou de toda a sua vida — uma dura vida de homem, vida que terminava agora em uma trilha de ursos na taiga. Lembrou das pessoas — todos os que ele respeitava e amava, começando com sua própria mãe. Lembrou da professora da escola, Maria Ivánovna, que usava um tipo de blusa de algodão, coberta por um veludo preto, desbotado e esburacado. E ainda muitas, muitas pessoas com quem seu destino tinha se cruzado lhe vieram à memória.

Mas os melhores de todos, os mais dignos de todos, eram seus onze companheiros que morreram. Nenhuma das outras pessoas sofrera tanta decepção, engano e mentira. E naquele inferno do Norte eles encontraram forças para acreditar nele, Pugatchov, e estender a mão na direção da liberdade. E morrer na batalha. Sim, aquelas eram as melhores pessoas de sua vida.

Pugatchov colheu mirtilo de um arbusto que crescia na pedra bem na entrada da caverna. A frutinha do ano anterior, desbotada e enrugada, rebentou em seus dedos, e ele os lambeu. A fruta apodrecida era sem gosto, como a água de neve. A casca da frutinha grudou na língua ressecada.

Sim, aquelas eram as melhores pessoas. E agora ele sabia o sobrenome de Achot — era Khatchaturian.

O major Pugatchov se lembrou de todos, um depois do outro, e sorriu para cada um. Depois colocou o cano da pistola na boca e, pela última vez na vida, atirou.

(1959)

O CHEFE DO HOSPITAL

— Espere só, você ainda vai fazer uma besteira, vai se estrepar — ameaçou-me, na gíria dos *blatares*, o chefe dos bandidos, doutor Doktor; uma das figuras mais odiosas de Kolimá... — Fique em pé como se deve.

Eu estava de pé "como se deve", mas fiquei tranquilo. Não jogam um enfermeiro treinado e diplomado para um animal qualquer estraçalhar, não me entregariam ao doutor Doktor — estávamos em 1947, e não em 37, e eu, que vira algo diferente, algo que o doutor Doktor não podia nem imaginar, estava tranquilo e só esperava uma coisa — que o chefe fosse embora. Eu era o enfermeiro-chefe da ala cirúrgica.

A perseguição começara há pouco tempo, depois que o doutor Doktor descobriu na minha pasta pessoal a condenação pela sigla "KRTD", e o doutor Doktor era da Tcheká, membro do departamento político, e mandara para a morte muitos KRTD, e eis que, em suas mãos, em seu hospital, com o curso terminado, aparece um enfermeiro passível de ser liquidado.

O doutor Doktor tentou pedir ajuda ao delegado do NKVD. Mas o delegado era o soldado do *front* Baklánov, um jovem vindo da guerra. Negociatas sujas do próprio doutor Doktor — os pescadores pegavam peixe especialmente para ele, caçadores abatiam presas, o auto-abastecimento da chefia ia a todo vapor, e o doutor Doktor não obteve a compaixão de Baklánov.

— Mas ele veio do curso que vocês mesmos dão, acabou de terminar. Foram vocês que o admitiram.

— Fizeram uma bobagem no escritório de pessoal. Não tem como encontrar onde foi.

— Bem — disse o delegado —, se ele quebrar algo, enfim, cometer alguma violação, levamos embora. Vamos ajudar vocês.

O doutor Doktor queixou-se dos tempos ruins e começou a esperar pacientemente. Os chefes também são capazes de esperar pacientemente por um descuido de seus subordinados.

O hospital central do campo era grande, com mil leitos. Havia médicos presos de todas as especialidades. A chefia livre pedira e conseguira permissão para abrir no departamento cirúrgico duas enfermarias para pacientes — uma masculina, outra feminina — para operações urgentes. Em minha enfermaria havia uma moça que tinha sido trazida com apendicite, mas não operaram e mantiveram em observação. A moça era desenvolta, secretária da organização do Komsomol na seção das montanhas, parece. Quando a trouxeram, o galante cirurgião Braude mostrou a ala à paciente, tagarelando algo sobre... fraturas e espondilites, mostrando todas as alas uma atrás da outra. Lá fora fazia um frio de 60 graus negativos, e na seção de transfusão de sangue não havia aquecimento — o gelo sujava toda a janela, e para fora do metal era impossível colocar a mão descoberta, mas o galante médico escancarou as portas da seção de transfusão de sangue, e todos recuaram para trás, para o corredor.

— É aqui que costumamos internar as mulheres.

— Sem grande sucesso, pelo visto — disse a convidada, aquecendo as mãos com a respiração.

O cirurgião ficou desconcertado.

Foi essa moça corajosa que pegou o hábito de ir me ver no plantão. Lá havia mirtilo congelado, uma tigela de mirtilos, e nós conversávamos até tarde. Mas uma vez, por volta das doze, escancararam-se as portas da sala de plantão — e entrou o doutor Doktor. Sem jaleco, com uma jaqueta de couro.

— Está tudo em ordem nessa ala.

— Estou vendo. E você, quem é? — dirigiu-se o doutor Doktor à moça.

— Uma paciente. Estou aqui na enfermaria feminina. Vim pegar um termômetro.

— Amanhã você não vai estar aqui. Vou acabar com essa zona.

— Zona? Quem é? — disse a moça.

— É o chefe do hospital.

— Ah, então esse é o doutor Doktor. Escutei falar dele, sim. Vão fazer algo com você por minha causa? Pelo mirtilo?

— Não vai acontecer nada.

— Bem, em todo caso, amanhã vou falar com ele. Vou ensinar uma lição a ele, vai entender seu lugar. E se tocarem em você, dou minha palavra de honra...

— Não vai acontecer nada comigo.

Não deram alta à moça, seu encontro com o diretor do hospital não aconteceu e tudo se acalmou até a primeira reunião geral, na qual o doutor Doktor apresentou um relatório sobre o afrouxamento da disciplina.

— Na ala cirúrgica um enfermeiro estava sentado na sala de operações com uma mulher — o doutor Doktor confundiu o plantão com a sala de operações — comendo mirtilos.

— Com quem foi? — cochichavam nas fileiras.

— Com quem? — gritou algum dos livres.

Mas o doutor Doktor não disse o sobrenome.

Caiu um raio, e eu não entendi nada. O enfermeiro-chefe é responsável pela alimentação: o chefe do hospital decidiu dar o golpe mais simples.

Mediram novamente o peso do *kissel*, e viram que faltavam dez gramas. Com grande dificuldade consegui provar que distribuíam com uma canequinha, e quando sacudiam em cima do prato grande, inevitavelmente se perdiam dez gramas, que ficavam "grudados no fundo".

O raio me avisou, ainda que tivesse vindo sem trovão.

No dia seguinte ressoou o trovão, sem raio.

Um dos médicos da enfermaria pediu para guardar para seu paciente — um moribundo — uma colher de algo mais gostoso, e eu, tendo prometido, mandei o encarregado da distribuição guardar meia tigela, um quarto de tigela de alguma sopa da dieta especial. Não estava dentro da lei, mas era algo que se fazia sempre, em todo lugar, em qualquer ala. No almoço, a alta chefia, encabeçada pelo doutor Doktor, veio em bando até a ala.

— Para quem é isso? — eu estava esquentando no aquecedor a meia-tigela de sopa da dieta.

— O doutor Gussegov pediu para seu paciente.

— O doutor Gussegov não tem nenhum paciente com alimentação dietética.

— Chamem aqui o doutor Gussegov.

Doutor Gussegov, preso, e ainda por cima condenado pelo artigo 58.1a, traição da pátria, embranqueceu de medo quando apareceu diante de Sua Majestade, o chefe. Ele fora admitido no hospital há pouco tempo, depois de muitos anos de requerimentos e pedidos. E agora aquela ordem infeliz.

— Não dei essa ordem, cidadão chefe.

— Quer dizer que o senhor, enfermeiro-chefe, está mentindo. Quer nos induzir ao erro — esbravejou o doutor Doktor. — Fez bobagem, admita. Se estrepou.

Lamentei pelo doutor Gussegov, mas eu o entendia. Fiquei calado. E também ficaram todos os membros da comissão: o chefe da equipe médica, o diretor do campo. Só o doutor Doktor estava enfurecido.

— Tire esse jaleco e vá para o campo! Para o trabalho geral! Vou fazer você apodrecer no isolamento!

— Sim, senhor, cidadão chefe.

Tirei o jaleco e na mesma hora me transformei em um detento comum, a quem empurravam pelas costas, com quem gritavam — fazia um bom tempo que eu não morava no campo...

— Onde fica o barracão do pessoal de serviço?

— Nada de barracão para você. Vai para o isolamento!

— Ainda não tem ordem.

— Ponham-no lá sem mandado, por enquanto.

— Não, não levo sem mandado. O chefe do campo não deu a ordem.

— O cargo de chefe do hospital é certamente superior ao de chefe do campo.

— Deve ser superior, mas o meu chefe é só o chefe do campo.

Acabei ficando pouco no barracão dos serviços gerais — emitiram o mandado rapidamente, e entrei no isolamento do campo, no cárcere fedido, tão fedido quanto as dezenas de celas em que havia ficado antes.

Me deitei no catre e assim fiquei até a manhã seguinte. Pela manhã veio o supervisor. Já nos conhecíamos de antes.

— Te deram três dias descontados dos trabalhos comuns. Quando sair você vai receber luvas inteiriças, e levar areia em um carrinho de mão na fundação do novo edifício da segurança. Foi uma comédia. O chefe do campo me contou. O doutor Doktor exige que você seja mandado para a lavra punitiva, para sempre... Transferido para um campo numerado.[114]

— Por uma bobagem dessas? — diz todo o resto. — Se

[114] Campo especialmente severo, onde os detentos são tratados por números. (N. da T.)

uma contravenção dessas der lavra punitiva ou numerada, podem mandar todos. E um enfermeiro treinado faz falta.

Toda a comissão sabia da covardia de Gussegov, inclusive o doutor Doktor, mas ele se enfurecia ainda mais.

— Bem, então duas semanas de trabalho comum.

— Isso também não fica bem. Uma punição pesada demais. Uma semana, com saída para trabalhar no hospital — propôs o delegado Baklánov.

— O que há com vocês? Se não for trabalho comum, no carrinho de mão, então não vai ser punição coisa nenhuma. Se for só para passar a noite no isolamento, é apenas pró-forma.

— Certo, está bem: um dia com envio ao trabalho comum.

— Três dias.

— Certo, tudo bem.

E ali estava eu, depois de muitos anos novamente levando um carrinho de mão, um veículo OSO — dois braços e uma roda.

Eu era um velho empurrador de carrinho de mão em Kolimá. No ano de 1938, na lavra de ouro, tinha sido treinado em todos os pormenores da arte de levar um carrinho de mão. Sei como apertar o braço do carrinho para que o apoio recaia sobre o ombro, sei como puxar um carrinho vazio para trás — a roda na frente, as empunhaduras para cima, para o sangue refluir. Sei como virar o carrinho com um movimento, como desvirar e colocar na prancha.

Sou professor na arte da condução de carrinhos de mão. Levava o carrinho com gosto, tinha classe. Com gosto eu virava e aplainava a prancha com uma pedrinha. Não davam aulas disso. Apenas o carrinho, a punição, e pronto. Não tinha desconto da pena porque era uma punição. Há uns bons meses eu não saía do enorme edifício de três andares do hospital central, me virava sem ar fresco — eu brincava que já havia respirado ar puro suficiente na lavra para vinte anos e por isso não colocava o pé para fora. E agora estava respirando ar puro, lembrando do ofício de empurrar o carrinho. Passei duas noites e três dias nesse trabalho. Na noite do terceiro dia o chefe do campo veio me ver. Em toda a sua prática nos campos em Kolimá, ele ainda não tinha se deparado com a tal medida de punição por contravenção que exigia o doutor Doktor, e estava tentando entender o que se passava.

Ele parou perto da prancha.

— Olá, cidadão chefe.

— Hoje termina seu trabalho forçado, não precisa mais ir para o isolamento.

— Obrigado, cidadão chefe.

— Mas hoje termine o trabalho.

— Sim, senhor, cidadão chefe.

Logo antes do toque de recolher, antes da batida no trilho, apareceu o doutor Doktor. Vinha com ele seu ajudante, Postel, o comandante do hospital, e Gricha Kobeko, o protesista.

Postel, antigo funcionário do NKVD, sifilítico, contagiara duas ou três enfermeiras, que tiveram que ser mandadas para uma *venzona*, para a zona feminina de doenças venéreas em uma missão na floresta, onde viviam apenas os sifilíticos. O belo Gricha Kobeko era delator, informante e especialista em falsas incriminações — uma companhia digna do doutor Doktor.

O chefe do hospital se aproximou da fundação, e os três empurradores de carrinho pararam o trabalho, se levantaram e se postaram em posição de "sentido".

O doutor Doktor me examinou com absoluta satisfação.

— Veja onde você está... Esse é o trabalho para você. Entendeu? É esse o seu trabalho.

Para que trouxera as testemunhas? Para tentar provocar algo, nem que fosse uma pequena infração? Os tempos estavam mudados, sim. O doutor Doktor entendia isso, e eu também. Um chefe e um enfermeiro — não era o mesmo que um chefe e um trabalhador simples. Longe disso.

— Cidadão chefe, posso fazer qualquer trabalho. Posso até ser chefe do hospital.

O doutor Doktor soltou uns palavrões e se mandou na direção do povoado dos livres. Bateram no trilho, e eu fui não para o campo, não para a zona, como nos últimos dois dias, mas para o hospital.

— Grichka, água! — gritei. — E quero traçar alguma coisa depois do banho.

Mas eu conhecia pouco o doutor Doktor. As comissões e controles continuaram acontecendo na minha ala quase todo dia.

E, enquanto esperava a chegada da alta chefia, o doutor Doktor enlouqueceu.

Ele teria conseguido me atingir, mas outros médicos livres acabaram com sua carreira, passaram-lhe a perna e o derrubaram do bom posto que ocupava.

Imediatamente o doutor Doktor foi mandado para umas férias no continente, apesar de nunca ter solicitado férias. Em seu lugar veio outro médico.

Houve uma ronda de despedida. O novo chefe era corpulento, preguiçoso, tinha a respiração pesada. Passaram rápido pela ala cirúrgica no segundo andar, arquejando. Ao me ver, o doutor Doktor não pôde evitar uma última satisfação.

— Esse aqui é a contrarrevolução em pessoa, foi sobre ele que falei lá embaixo — indicando-me com o dedo, disse em voz alta o doutor Doktor. — Tentei de tudo para mandá-lo embora, não consegui. Aconselho a você fazer isso rapidamente, agora mesmo. O ar do hospital vai ficar mais puro.

— Vou me esforçar para isso — disse indiferente o chefe gordo, e eu entendi que ele odiava o doutor Doktor tanto quanto eu.

(1964)

O VENDEDOR DE LIVROS USADOS

Da noite, fui transferido para o turno do dia — uma evidente promoção, uma confirmação, um sucesso no perigoso caminho de salvação como paciente que se torna auxiliar de enfermagem. Não notei quem ocupou o meu lugar — não me restavam forças para a curiosidade naquela época, eu economizava cada movimento, físico ou espiritual —, querendo ou não, eu já tinha precisado ressuscitar e sabia como pode custar caro uma curiosidade desnecessária.

Mas, meio adormecido à noite, vi com o canto do olho um rosto pálido e sujo, com uma barba por fazer densa e ruiva, olhos fundos, olhos de uma cor desconhecida, dedos tortos queimados pelo frio que agarravam a asa queimada de um caldeirãozinho. A noite do barracão hospitalar era tão escura e densa que o fogo da *benzinka*,[115] oscilando e tremendo como se houvesse vento, não conseguia iluminar o corredor, o teto, a parede, a porta, o chão, e só tirava da escuridão um pedacinho de toda a noite: um canto da mesinha de cabeceira e o rosto pálido que se inclinava sobre ela. O novo plantonista estava vestido com o mesmo jaleco que eu usava no plantão, um jaleco sujo e rasgado, o jaleco típico dos pacientes. De dia esse jaleco ficava pendurado na enfermaria, mas de noite ele era enfiado por cima da *telogreika* do paciente que trabalhava como auxiliar de enfermagem. A fla-

[115] Lamparina artesanal de vapor de benzina, o mesmo que *kolimka*. (N. da T.)

nela era extraordinariamente fina, transparente — e mesmo assim não se rasgava; os pacientes ou não conseguiam ou tinham medo de fazer movimentos bruscos e desfazer o jaleco em pedaços.

O semicírculo de luz bamboleava, vacilava, mudava. Parecia que era o frio, e não o vento, não o movimento do ar, mas o próprio frio que balançava essa luz sobre a mesinha do auxiliar de plantão. Na mancha luminosa oscilava o rosto deformado pela fome, dedos entortados e sujos tateavam o fundo da panelinha em busca do que não dava para pegar com a colher. Os dedos, mesmo que queimados pelo frio, insensíveis, eram mais seguros do que a colher — eu entendi a essência do movimento, a linguagem do gesto.

Eu não precisava saber de tudo isso; eu era o auxiliar de enfermagem do turno diurno.

Mas, depois de alguns dias, houve uma partida apressada, uma aceleração inesperada do destino por uma decisão súbita — e uma caçamba de caminhão que tremia a cada arranco do veículo, que se arrastava pelo leito congelado de um rio sem nome, que se arrastava rumo a Magadan, rumo ao sul pela estrada de inverno da taiga. Na caçamba do caminhão, duas pessoas voavam e batiam contra o fundo com um barulho de madeira, rolavam como achas de lenha. O escolta estava na cabine, e eu não sabia se o que estava batendo em mim era um pedaço de madeira ou uma pessoa. Em uma das paradas para comer, a ruidosa e voraz mastigação do meu vizinho me pareceu conhecida, e eu reconheci os dedos torcidos, o rosto pálido e sujo.

Não falávamos um com o outro — cada um de nós temia afugentar a felicidade, felicidade de detento. O veículo corria — a estrada terminou em um dia.

Nós dois tínhamos sido enviados pelo campo para o curso de enfermeiro. Magadan, o hospital, o curso — tudo isso estava como que envolto pela névoa, pela bruma branca de

Kolimá. Será que havia marcos, marcos na estrada? Por acaso aceitavam os do artigo 58? Só os do parágrafo 10. E o meu vizinho na caçamba do caminhão? Também era do parágrafo 10 — AAS. Sigla: Agitação Antissoviética. Equivalia ao parágrafo 10.

Prova de língua russa. Ditado. As notas foram dadas no mesmo dia. Cinco.[116] Trabalho escrito de matemática — cinco. Teste oral de matemática — cinco. Os futuros cursantes foram poupados dos detalhes da "Constituição da URSS" — já sabiam isso de antemão... Fiquei deitado na tarimba, sujo, e provavelmente ainda piolhento — o trabalho de auxiliar de enfermagem não acabara com os piolhos, ou talvez fosse só impressão minha — a piolheira é uma das psicoses do campo de trabalho. Mesmo que há tempo já não tivesse piolhos, nada me fazia me acostumar com a ideia (que ideia? como?), com o sentimento de que já não tinha piolhos; isso acontecera em minha vida duas ou três vezes. A Constituição, ou a história, ou a economia política — nada disso era para nós. Na cadeia de Butirka, ainda na época da investigação, o guarda de plantão no nosso pavilhão gritava: "Por que ficam perguntando sobre a Constituição? A Constituição de vocês é o Código Penal". E o guarda estava certo. Sim, o Código Penal era a nossa Constituição. Isso tinha acontecido há muito tempo. Mil anos atrás. A quarta matéria era química. Nota: três.

Ah, como os presos-alunos se dedicavam ao aprendizado quando o que estava em jogo era a vida. Como antigos professores dos Institutos de Medicina corriam para inculcar a ciência salvadora em ignorantes, em broncos que nunca tinham se interessado por medicina — do almoxarife Siláikin ao escritor tártaro Min Chabai...

O cirurgião, crispando os lábios finos, perguntou:

[116] Nota máxima no sistema russo e soviético. (N. da T.)

— Quem inventou a penicilina?

— Fleming! — quem respondeu não fui eu, mas meu vizinho no hospital regional. A barba ruiva estava raspada. Mas aquela palidez doentia permanecia em suas bochechas inchadas (ele andava exagerando na sopa — compreendi rapidamente).

Fiquei estupefato com o conhecimento do aluno ruivo. O cirurgião olhava atentamente para o triunfante "Fleming". Quem é você, auxiliar de enfermagem noturno? Quem?

— Com o que você trabalhava em liberdade?

— Sou capitão. Capitão de engenharia do exército. No começo da guerra estava no comando da região fortificada. Construímos fortificações às pressas. No outono de 1941, quando a névoa da manhã se dissipou, vimos na baía o encouraçado alemão *Graf von Spee*. O encouraçado destruiu com tiros nossas fortificações. Depois foi embora. E me deram dez anos.

"Se não acredita, finja que é um conto de fadas." Acredito. Conheço o costume.

Todos os alunos estudavam noites a fio, assimilando, absorvendo o conhecimento com toda a paixão de condenados à morte que de repente tinham recebido uma esperança de vida.

Mas Fleming, depois de alguma reunião profissional com a chefia, ficou mais alegre, levou um romance para o estudo no barracão e, comendo peixe cozido — restos do banquete de alguma outra pessoa —, ficou negligentemente folheando um livro.

Entendendo meu sorriso irônico, Fleming disse:

— Tanto faz, estamos estudando há três meses, todos os que ficaram no curso vão ser soltos, todos vão receber diploma. Para que vou ficar louco? Concorda, não é?!

— Não — falei. — Quero aprender a curar as pessoas. Aprender a fazer a coisa de verdade.

— A coisa de verdade é ficar vivo.

Nessa hora ficou claro que o posto de capitão de Fleming era apenas uma máscara, mais uma máscara sobre aquele rosto pálido da prisão. O posto de capitão não era máscara — a máscara eram as tropas de engenharia. Fleming fora investigador do NKVD, no posto de capitão. A informação fora vazando depois de se acumular gota a gota por alguns anos. Essas gotas mediam o tempo como um relógio d'água. Ou as gotas caíam sobre o crânio nu da pessoa investigada, como os relógios d'água das câmaras de tortura de Leningrado nos anos 30. Ampulhetas mediam o tempo dos passeios dos detentos, relógios d'água mediam o tempo da confissão, da investigação. A pressa das ampulhetas, o tormento dos relógios d'água. Os relógios d'água contavam não os minutos, mas a alma humana, a vontade humana, destruindo-a gota a gota, batendo na pedra até furar, como diz o provérbio. Esse folclore dos investigadores circulava muito nos anos 30, e até nos anos 20.

As palavras do capitão Fleming foram se juntando gota a gota, e o tesouro se revelou inestimável. O próprio Fleming o considerava inestimável — e com razão!

— Você sabe qual é o maior segredo do nosso tempo?

— Qual?

— Os processos dos anos 30. Como foram preparados. Eu estava em Leningrado na época. Estava com Zakovski.[117] A preparação dos processos pertence à química, à medicina, à farmacologia. Supressão da vontade por meios químicos. E nesses meios tinha de tudo. E por acaso você acha que, se

[117] Leonid Zakovski (1894-1938), oficial do NKVD. (N. da T.)

eles tinham meios de supressão da vontade, não iam usar? Está achando o quê, que é a Convenção de Genebra?

Possuir meios químicos de supressão da vontade e não usá-los na investigação, no "*front* interno", já é excessivamente humano. É impossível acreditar nesse humanismo em pleno século XX. Esse, e só esse, era o segredo dos processos dos anos 30, processos abertos, abertos até a correspondentes estrangeiros, a qualquer Feuchtwanger.[118] Nesses processos não havia nenhum duplo. O segredo dos processos era o segredo da farmacologia.

Eu ficava deitado na estreita e desconfortável tarimba do beliche no barracão estudantil vazio — varado de um lado a outro pelos raios de sol — e escutava essas confissões.

As experiências já aconteciam antes, inclusive: nos processos de sabotagem, por exemplo. Já a comédia de Ramzin[119] tem apenas uma leve relação com a farmacologia.

O conto de Fleming foi escoando gota a gota — não seria seu próprio sangue que pingava em minha memória descoberta? Que gotas eram aquelas — sangue, lágrimas ou tinta? Não era tinta e não eram lágrimas.

— Claro, havia casos em que a medicina era ineficaz. Ou erravam as quantidades na preparação das soluções. Ou sabotagem. Então se conferia pela segunda vez. Eram as regras.

— Onde é que estão esses médicos agora?

— E quem sabe? Na lua, provavelmente...

[118] Lion Feuchtwanger (1884-1958), escritor alemão adversário do nazismo, mas pouco crítico às atrocidades de Stálin. (N. da T.)

[119] Leonid Ramzin (1887-1948), cientista russo, acusado de conspiração e condenado a dez anos de prisão em 1930. (N. da T.)

Aquele arsenal investigativo era a última palavra em ciência, a última palavra em farmacologia.

Não era o armário A — *venena* — venenos, e não era o armário B — *heroica* — "efeito forte"... Vê-se que a palavra latina para "herói" se traduz para o russo como "efeito forte". E onde ficavam guardados os remédios do capitão Fleming? No armário C, de crime, ou no armário M, de milagre.

O homem que tinha acesso ao armário C e ao armário M das mais altas realizações da ciência só foi descobrir no curso de enfermagem do campo de trabalhos forçados que o ser humano tem apenas um fígado, que o fígado não é um órgão duplo. Descobriu a circulação do sangue trezentos anos depois de Harvey.

O segredo ficava escondido em laboratórios, gabinetes subterrâneos, viveiros fedidos onde animais tinham exatamente o mesmo cheiro dos detentos da suja *tranzitka* em 1938. A cadeia de Butirka, em comparação com essa *tranzitka*, reluzia de uma limpeza cirúrgica, tinha o cheiro de uma sala de operações e não de um viveiro.

Todas as descobertas da ciência e da técnica eram testadas primeiro para uso bélico; mesmo que com vistas ao futuro, a fins hipotéticos. E só aquilo que os generais descartavam como sem utilidade para a guerra era entregue para uso geral.

A medicina, a química e a farmacologia estavam na mira dos militares há tempos. Em todo o mundo, os institutos de estudo do cérebro sempre acumularam os resultados de experiências e observações. Os venenos dos Bórgia sempre foram armas da prática política. O século XX trouxe um extraordinário florescimento de meios farmacológicos e químicos para controlar a psique.

Mas se é possível suprimir o medo com o uso de remédios, é possível fazer o contrário mil vezes — aniquilar a vontade humana com injeções, com pura farmacologia ou química, sem qualquer tipo de "física", como quebrar costelas, pisotear com o tacão do sapato, quebrar dentes ou apagar cigarros no corpo do investigado.

Os químicos e os físicos — assim se chamavam essas duas escolas de investigação. Os físicos eram aqueles que tinham como pedra angular a crença na ação puramente física, e viam no espancamento um meio de revelar o princípio moral do mundo. Revelar as profundezas da essência humana — e como se mostrava baixa e insignificante essa essência. Com os espancamentos era possível não apenas obter qualquer confissão. Sob o porrete as pessoas faziam invenções, descobertas científicas, escreviam poemas, romances. O medo das surras e a escala estomacal da ração surtiam grande efeito.

O espancamento era um instrumento psicológico bastante sério e efetivo.

Também rendia muitos benefícios a famosa e ubíqua "cadeia de produção", em que os investigadores iam se revezando e não deixavam o detento dormir. Depois de dezessete dias sem dormir, a pessoa enlouquece — será que essa observação científica não foi colhida nas salas de investigação?

Mas a escola química também não ficava para trás.

Os físicos podiam fornecer material para as "comissões especiais" e para todo tipo de *troika*,[120] mas para processos públicos a escola física não servia. A escola do movimento físico (acho que é assim que aparece em Stanislávski)[121]

[120] *Troika*: comissão composta por três agentes e que expedia condenações extrajudiciais ao longo dos anos 1930. (N. do T.)

[121] Konstantin Stanislávski (1863-1938), célebre diretor de teatro

não poderia encenar em público aquele espetáculo teatral sangrento, não poderia preparar aqueles "processos abertos" que fariam tremer toda a humanidade. Cabia aos químicos preparar esse tipo de espetáculo.

Vinte anos depois dessa conversa eu insiro no conto linhas de um artigo de jornal:

"Empregando alguns agentes psicofarmacológicos, é possível, por um determinado tempo, eliminar completamente, por exemplo, o sentimento do medo em uma pessoa. É especialmente importante o fato de que não perturba de modo algum a clareza de sua consciência...

Depois, fatos ainda mais inesperados foram descobertos. Pessoas cujas fases REM do sono foram suprimidas prolongadamente — em nosso caso ao longo de dezessete noites seguidas — começaram a apresentar diversos transtornos em sua condição psíquica e em seu comportamento."

O que é isso? Um fragmento do testemunho de algum ex-chefe da direção do NKVD nos processos de julgamento dos juízes?... Uma carta de Vichinski ou Riúmin[122] escrita nos momentos que antecederam sua morte? Não, são parágrafos de um artigo científico de um membro efetivo da Academia de Ciências da URSS. Mas tudo isso — e cem vezes mais — foi conhecido, testado e aplicado nos anos 30, na preparação dos "processos abertos".

A farmacologia não era a única arma do arsenal investigativo daqueles anos. Fleming mencionou um sobrenome que me era bem conhecido.

russo e autor de um manual de preparação de atores muito utilizado até hoje. (N. da T.)

[122] Mikhail Riúmin (1913-1954), dirigente do MGB [Ministério da Segurança do Estado]. Foi fuzilado após a morte de Stálin em 1953. (N. da T.)

Ornaldo!

Pudera: Ornaldo era um hipnotizador conhecido, que nos anos 20 se apresentava muito nos circos de Moscou, e não só de Moscou. Hipnose em massa era a especialidade de Ornaldo. Há fotografias de suas famosas turnês. Ilustrações em livros de hipnose. Ornaldo era um pseudônimo, claro. Seu nome verdadeiro era N. A. Smirnov. Um médico moscovita. Havia cartazes em todos os pilares — na época, os cartazes eram colados em bases redondas —, fotografias. Svischtov-Paola[123] tinha uma fotografia na travessa Stoliéchnikov na época. Havia na vitrine uma enorme fotografia de olhos humanos, com a legenda "Olhos de Ornaldo". Eu me lembro desses olhos até hoje, lembro daquela confusão espiritual que senti quando escutei ou vi a apresentação circense de Ornaldo. O hipnotizador se apresentou até o fim dos anos 20. Há fotografias de apresentações de Ornaldo em Baku em 1929. Depois ele parou com os espetáculos.

— No começo dos anos 30, Ornaldo entrou para o serviço secreto no NKVD.

O calafrio de um segredo revelado percorreu minha espinha.

Várias vezes Fleming elogiava Leningrado sem nenhum motivo. Ou melhor, ele admitiu não ser um leningradense nativo. De fato, Fleming fora recrutado na província pelos estetas do NKVD nos anos 20, como um digno continuador de sua obra. Enxertaram-lhe gostos muito mais amplos do que sua formação escolar comum. Não só Turguêniev e Nekrássov, mas também Balmont e Sologub, não só Púchkin mas também Gumiliov.

[123] Nikolai Svischtov-Paola (1874-1964), célebre fotógrafo russo. (N. da T.)

— "Ah, vós, cães do rei, flibusteiros que guardavam ouro no porto sombrio."[124] Não estou confundindo?

— Não, está tudo certo.

— Não me lembro do resto. Eu sou um cão do rei? Um cão do Estado?

E sorrindo — para si mesmo e para seu passado — contou, com a reverência de um puchkinista, que teve em suas próprias mãos a pena de ganso que o poeta usou para escrever *Poltava*, e como ele roçou as pastas do "arquivo Gumiliov", que chamou de conspiração de alunos do liceu. Era possível pensar que ele estivesse se referindo à Caaba; tamanha era a beatitude, tamanha a pureza em cada traço de seu rosto, que eu involuntariamente pensei que esse também era um caminho de iniciação à poesia. Um atalho surpreendente, raríssimo, através das salas de investigação, para compreender os valores literários. Claro, não é possível compreender os valores morais da poesia por esse caminho.

— Nos livros leio, antes de tudo, as notas e os comentários. Sou um homem de notas e comentários.

— E o texto?

— Nem sempre. Quando dá tempo.

Para Fleming e seus colegas — por mais sacrílego que isso soe — a obtenção de cultura só podia acontecer no trabalho de investigação. Seu encontro com as pessoas dos círculos literários e sociais era deturpado, mas ainda assim de alguma forma verdadeiro, genuíno, pois não estava escondido por detrás de mil máscaras.

Assim, o principal informante da *intelligentsia* artística daqueles anos, o habitual, qualificado e ponderado autor de tudo quanto era "memorando" e pesquisa sobre as vidas dos escritores era — e seu nome só era inesperado à primeira vis-

[124] Verso do poema "Kapitani" [Capitães], de Nikolai Gumiliov (1886-1921). (N. da T.)

ta — o general-major Ignátiev. Cinquenta anos nas tropas. Quarenta anos no serviço soviético de espionagem.

— Esse livro, *Cinquenta anos nas tropas*,[125] eu li ainda na época em que estava conhecendo as pesquisas e fui apresentado ao próprio autor. Ou ele foi apresentado a mim — disse Fleming pensativo. — Não é um mau livro, *Cinquenta anos nas tropas*.

Fleming não gostava muito de jornais, notícias, programas de rádio. Interessava-se pouco por acontecimentos internacionais. Já com os acontecimentos da vida interior era outra coisa. O principal sentimento de Fleming era uma mágoa sombria com a força obscura que prometera ao estudante do ginásio abarcar o inabarcável, o erguera nas alturas e depois o jogara no abismo, sem vergonha e sem deixar rastros — eu não conseguia lembrar ao certo como era o fim daquela famosa canção da minha infância, "O incêndio de Moscou ressoava e ardia".

Sua iniciação na cultura fora peculiar. Alguns cursos de pouca duração, uma excursão ao Hermitage. O homem cresceu e tornou-se um investigador-esteta, chocado com a força grosseira que irrompia nos "órgãos" nos anos 30, varrido para fora, destruído pela "nova onda" que professava apenas a grosseira força física, que desprezava não só as sutilezas psicológicas, mas inclusive a "linha de produção" e as "esperas em pé". A nova onda simplesmente não tinha paciência para qualquer tipo de cálculo científico, para a alta psicologia. Via-se que era mais fácil conseguir resultados com os espancamentos costumeiros. Os lentos estetas foram eles mesmos "para a lua". Fleming permaneceu vivo por acaso. A nova onda não teve tempo de esperar.

[125] Obra de Aleksei Ignátiev (1877-1954), publicada postumamente em 1959. (N. da T.)

O brilho da fome se extinguia nos olhos de Fleming, e a observação profissional novamente apresentava sua voz...

— Escute, eu estava olhando para você na hora da conferência. Você estava pensando em algo consigo mesmo.

— Só quero lembrar de tudo, lembrar para descrever — algumas imagens oscilavam no cérebro de Fleming, já descansado, já tranquilizado.

Na ala de psiquiatria onde Fleming trabalhava havia um letão gigante que recebia uma ração tripla de modo plenamente oficial. Toda vez que o gigante começava a comer, Fleming sentava em frente dele, sem conseguir conter seu encantamento diante daquela poderosa comilança.

Fleming não se separava de seu caldeirãozinho, o mesmo com que chegara no Norte... Era um talismã. Um talismã de Kolimá.

Na ala de psiquiatria os bandidos pegaram um gato, mataram, cozinharam e serviram ao enfermeiro de plantão Fleming — era a tradicional "propina", o suborno de Kolimá, o resgate. Fleming comeu a carne e não falou nada sobre o gato. Era o gato da ala cirúrgica.

Os alunos tinham medo de Fleming. Mas de quem eles não tinham medo? No hospital, Fleming já trabalhava como enfermeiro, como médico efetivo. Todos nutriam por ele hostilidade e receio, sentindo nele não só um funcionário dos órgãos, mas também o dono de algum segredo incomum, importante, terrível.

A inimizade cresceu, o segredo ficou mais profundo depois de um repentino encontro de Fleming com uma jovem espanhola. A espanhola era absolutamente autêntica, filha de algum membro do governo da República Espanhola. Agente secreta, ela foi envolvida numa rede de provocações, recebeu uma pena e foi jogada em Kolimá para morrer. Mas revelou-se que Fleming não tinha sido esquecido por seus velhos e distantes amigos, seus antigos colegas de trabalho. Ele tinha que descobrir algo com a espanhola, confirmar algo. A paciente não ia esperar. A espanhola se recuperou e foi mandada para uma lavra feminina. De repente, Fleming, interrompendo o trabalho no hospital, foi ao encontro da espanhola e passou dois dias vagando numa rodovia de mil verstas de extensão, na qual os carros andavam em fluxo e havia postos operativos a cada quilômetro. Fleming teve sorte, voltou do encontro são e salvo. Podia parecer um ato romântico realizado em nome de um amor dos campos de trabalho. Infelizmente, Fleming não viajara por amor, não realizara atos heroicos por amor. Ali agia uma força muito maior que o amor, a paixão elevada, e foi essa força que conduziu Fleming ileso por todos os postos de controle do campo.

Fleming muitas vezes se lembrava do ano de 1935 — uma repentina sucessão de assassinatos. A morte da família de Sávinkov. O filho foi fuzilado, e a família — esposa, dois filhos e a mãe da esposa — não quis sair de Leningrado. Todos deixaram cartas — cartas de suicídio uns para os outros. Todos se mataram, e Fleming guardara na memória algumas linhas de um dos bilhetes das crianças: "Vovó, logo vamos morrer".

Em 1950 acabou a pena de Fleming pelo "caso NKVD", mas ele não voltou para Leningrado. Não recebeu permissão. A esposa, que por muitos anos guardara o quarto, foi de Leningrado para Magadan, mas não conseguiu se instalar e foi embora de volta. Antes do Vigésimo Congresso, Fleming voltou para Leningrado, para o mesmo quarto no qual vivera antes da catástrofe...

Requerimentos enlouquecidos. Uma aposentadoria de 1.400 pelos anos de serviço. Não precisou voltar a trabalhar em sua "especialidade", como conhecedor de farmacologia, então enriquecida pela formação de enfermeiro. Revelou-se que os velhos funcionários, todos os veteranos desse caso, todos os estetas que conseguiram ficar vivos, foram obrigados a se aposentar. Até o último mensageiro.

Fleming conseguiu um trabalho como selecionador de livros em um sebo na avenida Litêini. Ele se considerava a *intelligentsia* russa em carne e osso, ainda que tivesse com ela uma relação e uma afinidade tão peculiar. Até o fim ele não quis separar seu destino do destino da *intelligentsia* russa, talvez porque somente a comunicação com o livro pudesse mantê-lo com a qualificação necessária, caso tivesse êxito em sobreviver até tempos melhores.

Nos tempos de Konstantin Leóntiev,[126] o capitão das tropas de engenharia teria se retirado para um monastério. Mas o mundo dos livros também era um mundo perigoso e sublime, e o culto ao livro estava tingido de fanatismo; mas, como todo amor por livros, continha em si um elemento de purificação espiritual. Um antigo admirador de Gumiliov e conhecedor dos comentários aos poemas e do destino de Gumiliov não ia virar porteiro. Ser enfermeiro, seguindo sua nova especialização? Não, melhor ser vendedor de livros usados.

— Faço requerimentos, passo o tempo todo cuidando de requerimentos. Traga rum!

— Eu não bebo.

— Ah, que azar, que coisa desagradável você não beber. Kátia, ele não bebe! Está entendendo? Faço requerimentos. Ainda vou voltar para o meu trabalho.

— Se você voltar para o seu trabalho — Kátia, sua mulher, proferiu com os lábios azuis — eu me enforco ou me afogo amanhã mesmo.

— Estou brincando. Estou sempre brincando. Faço requerimentos. Estou sempre atarefado. Apresento algum re-

[126] Filósofo russo (1831-1891), eslavófilo e conservador, que no final da vida tornou-se monge. (N. da T.)

querimento, vou para Moscou. Enfim, reabilitaram-me no Partido. Mas sabe como?

Tirou do peito umas folhinhas amassadas.

— Leia. É o depoimento de Drábkina.[127] Esteve comigo em Igarka.

Corri os olhos pelo minucioso depoimento da autora de *Pão duro e preto*.

"Quando chefe do posto do campo tinha uma boa relação com os presos, e por isso logo foi preso e condenado..."

Percorri a declaração suja e pegajosa de Drábkina, várias vezes folheada pelos dedos distraídos da chefia...

E Fleming, inclinando-se na direção da minha orelha e com o hálito cheirando a rum, explicou com voz rouca que ele, no campo, tinha sido "gente" — até Drábkina confirmava isso.

— Você precisa de tudo isso?

— Preciso. Com isso preencho a vida. E, de repente, vai que funciona. Vamos beber?

— Eu não bebo.

— Ê! Pelo tempo de serviço. 1.400. Mas não é disso que eu preciso...

— Cale a boca, senão eu me enforco — gritou Kátia, a esposa.

— Ela é cardíaca — explicou Fleming.

— Controle-se. Escreva. Você domina a arte da palavra. Sei pelas cartas. E um conto ou um romance não são uma carta confidencial.

— Não, não sou escritor. Faço requerimentos...

E, salpicando minha orelha de saliva, cochichou alguma coisa completamente absurda: que não havia existido Koli-

[127] Elizavieta Drábkina (1901-1974), escritora russa ligada à linha oficial do Partido, autora de um livro de memórias da Revolução de 1917, *Pão duro e preto*. (N. da T.)

má nenhuma, e que em 37 o próprio Fleming tinha passado 17 dias na "linha de produção", e isso tinha deixado lapsos perceptíveis em sua psique.

— Agora publicam muitas memórias. Recordações. Por exemplo, *No mundo dos párias*, de Iakubóvitch.[128] Deixe que publiquem.

— Você escreveu suas memórias?

— Não. Quero recomendar um livro para publicação, você sabe qual. Fui à Lenisdat[129] e me disseram que isso não era da minha conta...

— Que livro é esse?

— *Notas de Sanson, o carrasco de Paris*. Isso sim seria um livro de memórias.

— O carrasco de Paris?

— Sim. Eu me lembro: Sanson cortou a cabeça de Charlotte Corday e lhe dava tapas nas bochechas, e as bochechas coravam na cabeça cortada.[130] E mais ainda: naquela época tinha "bailes das vítimas". Nós fazemos "bailes das vítimas"?

— "Baile das vítimas" diz respeito ao Termidor, e não apenas à época depois do Terror. As notas desse Sansão são uma fraude.

— Mas tanto faz se são ou não uma fraude. Esse livro existia. Vamos beber rum. Já passei por várias bebidas, e a melhor de todas é o rum. Rum. Rum jamaicano.

A mulher preparou o almoço — uma montanha de alguma comida gordurosa, que foi engolida pelo voraz Fleming

[128] Referência às memórias da prisão escritas por Piotr Iakubóvitch (1860-1911), ativista do grupo *Naródnaia Vólia*. (N. da T.)

[129] Importante casa editorial de Leningrado. (N. da T.)

[130] Referência ao carrasco oficial do governo francês, Charles-Henri Sanson (1739-1806). Após a execução de Corday, assassina de Marat, na guilhotina em 1793, um homem de nome Legros (e não Sanson) teria pego sua cabeça e a estapeado. (N. da T.)

quase instantaneamente. Uma avidez indomável em relação à comida ficara para sempre nele, como um trauma psíquico: ficara em milhares de ex-presos, para toda a vida.

A conversa de alguma forma se interrompeu e, no crepúsculo que caía sobre a cidade, eu escutei ao meu lado o conhecido mastigar de Kolimá.

Pensei na força da vida escondida em um estômago e em intestinos saudáveis, na capacidade de devorar — aquilo fora para Fleming um reflexo de defesa da vida em Kolimá. Falta de escrúpulos e avidez. A alma inescrupulosa, adquirida na mesa de investigador, também fora uma preparação, um amortecedor peculiar naquela queda de Kolimá, onde nenhum abismo foi revelado para Fleming — ele já sabia de tudo mesmo antes, e isso foi sua salvação —, e enfraqueceu os tormentos morais, se é que foram tormentos! Fleming não experimentou nenhum outro trauma psicológico adicional — ele viu o pior, olhou com indiferença para a morte de todos à sua volta, e estava pronto para lutar apenas por sua própria vida. Sua vida foi salva, mas na alma de Fleming ficou algum rastro pesado que era preciso apagar, limpar pela penitência. A penitência era um lapso, uma quase alusão, uma conversa consigo mesmo em voz alta, sem compaixão, sem condenação. "Eu simplesmente não tive sorte." E apesar de tudo, o relato de Fleming era um ato de penitência.

— Está vendo essa caderneta?

— A carteirinha do Partido?

— Isso. Novinha. Mas não foi nada simples, não foi simples. Seis meses atrás o *obkom* investigou minha reabilitação ao Partido. Sentaram, leram os materiais. O secretário do *obkom*, um tchuvache, disse, sem vida, grosseiro: "Bem, está tudo claro. Escreva uma resolução: reintegrar com um período de intervalo nos anos de serviço".

"Senti como se estivesse queimando: 'com um período

de intervalo’. Pensei: se agora eu não manifesto minha discordância com a decisão, dali em diante me diriam sempre: ‘mas por que ficou calado quando estavam examinando seu caso? É para isso que o chamam pessoalmente no exame, para que na hora possa se manifestar, explicar...’. Levantei a mão.

“‘Que foi?’ Desse jeito sem vida, grosseiro.

“Falei: ‘Não concordo com a decisão. Em todo lugar, em todos os trabalhos vão exigir uma explicação desse intervalo’.

“‘Olha só como você é rápido’, falou o primeiro secretário do *obkom*. ‘Essa agilidade toda é porque você tem uma base material; quanto recebe pelos anos de serviço?’

“Ele tinha razão, mas interrompi o secretário e falei: ‘peço reabilitação completa sem período de intervalo’.

“O secretário do *obkom* falou de repente: ‘Por que está insistindo tanto? Por que está irritado? Seus braços estão sujos de sangue até os cotovelos!’.

“Minha cabeça começou a zumbir. ‘E você’, falei, ‘não tem sangue nas mãos?’

“O secretário do *obkom* falou: ‘Não estávamos aqui’.

“‘E no lugar onde você estava em 1937, também não se afundaram em sangue?’

“O primeiro secretário falou: ‘Chega de conversa. Podemos votar de novo. Saia daqui’.

“Fui para o corredor e me levaram a decisão: ‘Reabilitação no Partido negada’.

“Passei seis meses fazendo requerimentos em Moscou. Cancelaram a decisão. Mas me deram só aquela primeira formulação: ‘Reabilitação com período de intervalo’.

“Quem relatou o meu caso na KPK[131] disse: não tinha necessidade de ter criado caso no *obkom*.

[131] Comissão de Controle do Partido Comunista. (N. da T.)

"Faço requerimentos, faço pedidos, vou a Moscou, estou tentando. Beba!"

— Eu não bebo.

— Não é rum, é conhaque. Conhaque cinco estrelas. Para você.

— Tire a garrafa daqui.

— Tudo bem, vou tirar, vou pegar, levar comigo. Não se ofenda.

— Não vou me ofender.

Passou um ano, e eu recebi uma última carta do vendedor de livros usados:

"Quando estava fora de Leningrado, minha mulher morreu de repente. Eu cheguei seis meses depois, vi o túmulo, a cruz e uma foto amadora dela no caixão. Não me condene pela fraqueza, sou uma pessoa sã, mas não consigo fazer nada: vivo como se estivesse em um sonho, perdi o interesse pela vida.

Sei que isso vai passar, mas preciso de tempo. O que ela viu na vida? Andanças pelas prisões atrás de certificados e encomendas. Desprezo da sociedade, uma viagem para me ver em Magadan, uma vida na penúria, e isso agora: o desfecho. Desculpe, depois lhe escrevo mais. Sim, estou saudável, mas será que está saudável a sociedade em que vivo?

Saudações"

(1956)

LEND-LEASE

As marcas frescas de trator no pântano eram vestígios de algum tipo de animal pré-histórico — podia ser qualquer coisa, menos o abastecimento segundo a técnica americana do *lend-lease*.

Nós, presos, escutamos falar desses presentes ultramarinos que causaram uma confusão no sentimento da chefia do campo. Roupas gastas de malha, pulôveres e *jumpers* gastos, mandados através do oceano para os presos de Kolimá, quase provocaram briga entre as mulheres dos generais de Magadan. Nas listas, estes tesouros de lã se destacavam pela palavra "de segunda mão", que, como se entende, é muito mais expressivo do que o adjetivo "usado", ou algo como u/a — "utilizado anteriormente", conhecido apenas aos ouvidos do campo. Na locução "de segunda mão" há alguma espécie de misteriosa incerteza, como se aquilo tivesse sido segurado nas mãos, ou deixado no armário em casa — e assim uma roupa se tornara "de segunda mão", sem perder nenhuma das numerosas características em que não dava nem para pensar se no documento colocassem a palavra "usado".

Uma linguiça do *lend-lease* não era de forma alguma usada, mas víamos essas latas fabulosas apenas de longe. A carne de porco enlatada do *lend-lease*, latinhas barrigudas: essa comida nós conhecíamos bem. Marcada, medida segundo uma tabela de trocas muito complicada, a carne enlatada de porco, roubada pelas mãos ávidas dos chefes e mais uma vez contada, mais uma vez medida antes de ir para o caldeirão, uma vez cozida, se transformava ali em algo misterioso e cabeludo, que cheirava a qualquer coisa, menos a carne — a carne de porco do *lend-lease* comovia apenas a nossa vista, mas não o paladar. A carne de porco do *lend-lease* jogada no caldeirão do campo não tinha nenhum gosto. Os estômagos dos habitantes do campo preferiam um produto nacional — como carne podre de rena, que nem nos sete caldeirões do campo cozinhava direito. A carne de rena não desaparece, não é tão efêmera quanto a carne enlatada.

Quanto aos flocos de aveia do *lend-lease*, nós aprovamos, comemos. Não importava se não rendiam mais que duas colheres de sopa de mingau por porção.

Mas recebemos até equipamento técnico pelo *lend-lease* — equipamento técnico não dava para comer: desconfortáveis machados *tomahawk*, pás comodíssimas com cabos não-russos, curtos, que economizavam a força de quem carregava. As pás imediatamente se transmutaram em pás de cabo longo, à moda nacional — a mesma pá era achatada para pegar mais, juntar mais terra.

Glicerina em barris! Glicerina! Logo na primeira noite o vigia tirou com uma vasilha um balde de glicerina líquida, vendeu naquela mesma noite ao pessoal do campo como "mel americano" e ficou rico.

E também havia Diamonds enormes, negros, de cinquenta toneladas, com reboques e bordas metálicas; e Studebakers de cinco toneladas, que com facilidade encaravam qualquer montanha — caminhões melhores que esses não havia em Kolimá. Nesses Studebakers e Diamonds, por toda a estrada de milhares de verstas, transportavam dia e noite trigo americano recebido pelo *lend-lease* em sacos brancos de linho com a águia americana. Com essa farinha, cozinhavam umas rações gordas, sem gosto nenhum. Todos os que comiam esse pão do *lend-lease* paravam de ir ao banheiro — às vezes a barriga expelia algo uma vez a cada cinco dias, se é que dava para chamar de "expelir". O estômago e os intestinos do prisioneiro do campo digeriam esse formidável pão branco misturado a milho, farinha de osso e mais alguma coisa — pelo visto uma simples esperança humana —, sem deixar restos, e não chegou ainda o momento de contar quantos foram salvos precisamente por esse trigo de além-mar.

Os Studebakers e Diamonds queimavam muita gasolina. Mas a gasolina também vinha por *lend-lease* — uma gasolina para aviões, clara. Os veículos nacionais, *gáziki*,[132] foram reequipados com aquecimento a lenha; duas colunas de forno posicionadas ao lado do motor aqueciam lascas de madeira. A palavra "lascas" fez surgir alguns centros de produção de lascas, para cuja direção foram contratados membros do Partido. A orientação técnica desses centros de produção de lascas era dada por um engenheiro-chefe, um engenheiro comum, um encarregado de normas de produção, um encarregado de planejamento e alguns contadores. Não lembro quantos trabalhadores por turno cortavam a madeira com uma serra circular em cada um desses centros de produção. Dois ou três. Pode ser que fossem até três. O equipamento técnico viera pelo *lend-lease*, e, quando o trator chegou, trouxe para nossa língua uma nova palavra: "buldôzer".

O animal pré-histórico foi libertado de suas correntes — um buldôzer americano com uma lâmina larga, brilhante como um espelho, um escudo-relha de suspensão metálico — solto com sua esteira de lagarta. Como um espelho que refletia o céu, as árvores e estrelas, que refletia os rostos sujos dos detentos. E até o escolta se aproximou do fantástico monstro de além-mar e falou que dava para se barbear com aquele espelho de aço. Mas nós não precisávamos nos barbear — era impossível uma ideia dessas passar por nossas cabeças.

[132] Forma irônica de se referir aos automóveis russos, produzidos na fábrica Gaz. (N. da T.)

No ar gelado, ouviram-se por muito tempo os suspiros e os gemidos do novo animal americano. O buldôzer tossia no frio, se irritava. Então ele começou a bufar, resmungar e pôs-se em movimento com ousadia, pegando um montinho e passando com leveza sobre os tocos — ajuda vinda de além-mar.

Agora não precisaríamos recolher os troncos de chumbo dos lariços de Daúria — a madeira de construção e a lenha ficavam espalhadas pela floresta na encosta da montanha. O trabalho de arrastar com a mão até a pilha — é isso o que significa a alegre palavra *treliovka* — em Kolimá é extenuante, insuportável. A *treliovka* nos montes, nas trilhas estreitas e sinuosas, na encosta da montanha é extenuante. Em outros tempos — antes de 1938 — mandavam cavalos para cumprir o trabalho, mas os cavalos são piores para sobreviver no Norte de que as pessoas, eles se revelaram mais fracos do que as pessoas, morriam, não aguentavam essa *treliovka*. Agora, viera para nos ajudar (seria mesmo para nós?) a lâmina de arado do buldôzer de além-mar.

Nenhum de nós nem ousava pensar que, em vez da *treliovka* pesada e extenuante que todos odiavam, nos dariam algum trabalho leve. Apenas aumentariam nossas cotas de coleta de madeira, e dava na mesma se teríamos que fazer alguma coisa diferente: seria algo igualmente humilhante, igualmente desprezível, como eram todos os trabalhos do campo. O buldôzer americano não iria curar nossos dedos queimados pelo frio. Mas quem sabe o óleo lubrificante americano curaria! Ah, o lubrificante, o lubrificante. Um barril no qual haviam trazido óleo foi atacado imediatamente por uma multidão de *dokhodiagas* — o fundo do barril foi arrombado ali mesmo com uma pedra.

Disseram aos famintos que era azeite trazido pelo *lend-lease*, e sobrou menos de meio barril quando puseram um guarda para vigiá-lo; a tiros ele conseguiu afugentar a multidão de *dokhodiagas* do barril de lubrificante. Os felizardos devoraram esse azeite do *lend-lease* sem acreditar que era só óleo lubrificante, já que o salutar pão americano também não tinha nenhum sabor, também deixava na boca aquele gostinho estranho de ferro. E todos os que tiveram a sorte de tocar o lubrificante passaram várias horas lambendo os dedos, engolindo minúsculos pedacinhos daquela felicidade de além-mar que tinha o gosto de uma pedra jovem. Afinal, uma pedra também não nasce pedra, mas sim uma criatura macia e oleaginosa. Uma criatura, e não uma coisa. A pedra se transforma em coisa na velhice. Os jovens tufos líquidos de rochas calcárias nas montanhas maravilhavam os olhos dos fugitivos e dos trabalhadores da prospecção geológica. Era preciso um esforço da vontade para deixar para trás aqueles leitos gelatinosos, aqueles rios leitosos de pedra jovem e fluida. Mas lá ficavam a montanha, o rochedo, o precipício, e aqui, o fornecimento por *lend-lease*, os artigos feitos por mãos humanas...

Com aqueles que puseram as mãos no barril não aconteceu nada de mau. O estômago e os intestinos exigidos por Kolimá, treinados em Kolimá, se viraram com o lubrificante. E para cuidar do que sobrou colocaram um vigia, pois o óleo lubrificante era o alimento dos veículos, algo infinitamente mais importante para o governo do que as pessoas.

E então um desses seres veio até nós cruzando o oceano — símbolo da vitória, da amizade e de outras coisas.

Trezentas pessoas sentiam uma inveja infinita do detento sentado ao volante do trator americano: Grinka Liébedev. Entre os presos havia tratoristas melhores que Liébedev, inclusive, mas todos eram do artigo 58, *líterniks*, *litiorkas* — Grinka Liébedev era um preso comum, um parricida para ser mais exato. Cada um dos trezentos sonhava com sua felicidade terrena: matraquear sentado ao volante de um trator bem lubrificado, ir para a área de coleta de madeira fazendo barulho.

A área de coleta se afastava para cada vez mais longe. Em Kolimá, a extração de madeira para construção acontecia ao longo dos leitos dos rios, onde, em abismos profundos e protegidas do vento, as árvores se estendem para alcançar o sol por causa da escuridão e chegam a alturas consideráveis. Nas encostas pantanosas das montanhas, ao sabor do vento e da luz, crescem anões quebrados, retorcidos, torturados pelos eternos giros em busca de sol, pela eterna luta por um pedacinho de solo descongelado. As árvores nas encostas das montanhas não parecem árvores, e sim monstros dignos de um show de horrores. E apenas nos abismos escuros, ao longo dos leitos de rios das montanhas, as árvores conseguem alcançar altura e força. A extração da madeira parece a extração do ouro e é feita nos mesmo rios do ouro — e é igualmente apressada e corrida: um rio, uma bateia, o equipamento de lavagem, o barracão provisório, o surto predatório apressado que deixa o rio e as margens sem árvores por trinta anos, e sem ouro para sempre.

Em algum lugar existe um estudo das florestas, mas que estudo de silvicultura sobre a maturidade dos lariços em trezentos anos pode falar sobre Kolimá na época da guerra, quando, em resposta ao *lend-lease* ocorreu uma febre do ouro, refreada, aliás, pelas torres de guarda da zona?

Muita madeira de construção, até já extraída e cortada, estava largada pelo terreno. Muitos troncos volumosos na parte de baixo, que mal se empoleiravam nos ombros finos e pontudos dos detentos, caíam na terra e se afundavam na neve. As dezenas de mãos fracas dos detentos não conseguiam levantar até o ombro de alguém (e nem existia esse ombro) um tronco de dois metros e arrastar esse tronco de chumbo por algumas dezenas de metros através de montes, barrancos e valas. Muita madeira foi abandonada por falta de força na *treliovka*, e o buldôzer devia nos ajudar.

Mas para seu primeiro trajeto nas terras de Kolimá, em

terra russa, o buldôzer recebera um trabalho completamente diferente.

Vimos o buldôzer tagarela virar para a esquerda e começar a subir para um trecho plano, uma saliência da pedra na qual havia um velho caminho que passava pelo cemitério do campo, e por onde tinham nos levado para o trabalho centenas de vezes.

Eu não tinha parado para pensar por que nas últimas semanas nos estavam levando para o trabalho por outro caminho, e não conduzindo pela trilha conhecida, batida pelos coturnos dos escoltas e pelas galochas de borracha dos presos. O novo caminho era duas vezes mais longo que o velho. A cada passo havia subidas e descidas. Ficávamos cansados ao chegar ao lugar de trabalho. Mas ninguém perguntou por que estavam nos levando por outro caminho.

Tinha que ser assim, essas eram as ordens, e íamos nos arrastando de quatro, agarrando-nos nas pedras, rebentando os dedos até sair sangue.

Só naquele momento eu vi e entendi do que se tratava. E agradeci a Deus por ter me dado tempo e força para ver tudo isso.

A área de extração de madeira se estendia diante de nós. A encosta da montanha estava descoberta, a neve, ainda superficial, fora levada pelo vento. Os pés de cânhamo tinham sido arrancados até o último — nos grandes fora jogado amonal, e eles saíram voando. Os pés menores foram arrancados com alavancas. E os ainda menores, simplesmente com as mãos, como moitas de *stlánik*...[133]

A montanha fora descoberta e transformada em um gigantesco palco para um espetáculo, um mistério do campo de trabalhos forçados.

Uma sepultura, uma vala comum de detentos, ainda de

[133] Espécie de pinheiro (*Pinus pumila*). (N. da T.)

38, uma cova de pedra cheia até a borda com cadáveres não decompostos ia se desfazendo. Os mortos iam deslizando pela encosta da montanha, revelando o segredo de Kolimá.

Em Kolimá os corpos não são entregues à terra, e sim à pedra. A pedra guarda e revela os segredos. A pedra é mais segura do que a terra. O *permafrost* guarda e revela segredos. Dos nossos, cada um dos que morreram em Kolimá — cada um dos fuzilados, espancados, debilitados pela fome — ainda pode ser identificado, mesmo depois de dezenas de anos. Não havia câmaras de gás em Kolimá. Os cadáveres esperam na pedra, no *permafrost*.

Em 1938, nas lavras de ouro havia brigadas inteiras na escavação dessas sepulturas, ininterruptamente cavando, explodindo, aprofundando enormes, cinzentas, duras e frias covas de pedra. Cavar túmulos em 1938 era um trabalho fácil — ali não havia "lições", cotas calculadas para matar uma pessoa, calculadas para um dia de trabalho de quatorze horas. Cavar túmulos era mais fácil do que ficar com galochas de borracha nos pés nus na água gelada da galeria da mina de ouro — a "produção primária", o "primeiro metal".

Essas sepulturas, enormes covas de pedra, estavam cheias de mortos até a borda. Mortos não decompostos, esqueletos nus recobertos de pele suja, arranhada, pele mordida por piolhos.

A pedra e o Norte resistiam com todas as forças ao trabalho do ser humano, sem deixar que os mortos se alojassem em suas entranhas. A pedra, cedendo, vencida, humilhada, prometia não se esquecer de nada, prometia esperar e guardar segredo. Invernos duros, verões quentes, vento, chuva — seis anos depois tiraram os mortos da pedra. A terra se abriu, mostrando seus depósitos subterrâneos, pois nos depósitos subterrâneos de Kolimá não há só ouro, não há só estanho, não há só tungstênio, não há só urânio, mas também corpos humanos não decompostos.

Esses corpos humanos deslizavam pela encosta, talvez se preparando para ressuscitar. Eu antes vira de longe — do outro lado do rio — esses objetos que se moviam, enganchando-se nos raminhos e nas pedras, vira por entre a esparsa floresta caída e pensara que era lenha, lenha ainda não recolhida pela *treliovka*.

Agora a montanha fora desnudada, e o segredo da montanha fora revelado. O túmulo fora exumado, e os mortos deslizavam pela encosta de pedra. Perto do caminho do trator fora escavada, fora aberta — mas por quem, se não tinham pegado ninguém do barracão para esse trabalho? Uma nova e enorme vala comum. Muito grande. Para mim e para meus camaradas, caso congelássemos, caso morrêssemos, eles encontrariam um lugar nessa nova sepultura, na nova morada dos mortos.

O buldôzer juntou esses últimos cadáveres, milhares de cadáveres, milhares de esqueletos mortos. Nada tinha se decomposto: dedos das mãos retorcidos, dedos dos pés cheios de pus, cotos de dedo queimados pelo frio, pele seca arranhada até sangrar e um ardente brilho faminto nos olhos.

Com meu cérebro cansado, extenuado, eu tentava entender de onde viera uma sepultura tão enorme naquelas terras. Pois ali, era o que parecia, não havia lavra de ouro — eu era um veterano de Kolimá. Mas depois eu pensei que conhecia apenas um pedacinho daquele mundo, cercado pela zona de arame com torres de guarda que lembravam os tetos piramidais em forma de tenda dos edifícios de Moscou. Os arranha-céus de Moscou eram torres de vigia que cuidavam da segurança dos detentos de Moscou — era o que pareciam esses edifícios. Mas quem tinha precedência — seriam as torres de vigia do Kremlin, ou será que as torres do campo teriam servido de modelo para a arquitetura moscovita? A torre da zona do campo era a principal ideia do seu tempo, expressa com brilho no simbolismo da arquitetura.

Eu pensei que conhecia apenas um pedacinho daquele mundo, uma nulidade, uma parte pequena, que a vinte quilômetros podia haver uma isbá de geólogos da prospecção procurando por urânio, ou uma lavra de ouro com trinta mil presos. É possível esconder muita coisa nas dobras das montanhas.

Mas depois eu me lembrei do ávido fogo do epilóbio, da floração furiosa da taiga no verão, que tenta esconder no capim, na folhagem, qualquer ato humano — bom ou mau. Que o capim se esquece ainda mais rápido do que o ser humano. Se eu me esquecer, o capim vai se esquecer também. Mas a pedra e o *permafrost* não vão esquecer.

Grinia Liébedev, o parricida, era um bom motorista de trator e certamente manejava bem o trator bem lubrificado de além-mar. Grinia Liébedev fazia sua tarefa cuidadosamente com a reluzente lâmina-escudo do buldôzer: recolhia os cadáveres na sepultura, jogava na fossa e novamente voltava para continuar a *treliovka*.

A diretoria tinha decidido que o primeiro trajeto, o primeiro trabalho do buldôzer recebido do *lend-lease* seria não um trabalho na floresta, mas algo bem mais importante.

O trabalho estava terminado. O buldôzer juntou, sobre a nova sepultura, um monte de pedras e cascalho, e os mortos ficaram escondidos sob a pedra. Mas não desapareceram.

O buldôzer se aproximava de nós. Grinia Liébedev, preso comum, parricida, não olhou para nós — *líterniks*, artigo 58. O governo incumbira Grinia Liébedev de uma tarefa, e ele cumpriu essa tarefa. No rosto de pedra de Grinia Liébedev estava esculpido o orgulho, a consciência do dever cumprido.

O buldôzer passou por nós com ruído — no espelho-lâmina não havia um único arranhão, uma única mancha.

(1965)

SENTENÇA

para Nadiéjda Iákovlevna Mandelstam[134]

As pessoas iam emergindo do não-ser, uma depois da outra. Um desconhecido deitou-se ao meu lado na tarimba, e apoiou-se à noite no meu ombro ossudo, cedendo seu calor — gotas de calor — e recebendo o meu em troca. Havia noites em que, por entre os pedaços do *buchlat*[135] e da *telogreika*, não chegava a mim nenhum calor — de manhã, eu olhava para meu vizinho como se olha para um morto, e ficava um pouco surpreso de ver que o morto estava vivo, se levantava ao ouvir os gritos, se vestia e cumpria ordens, submisso. Eu tinha pouco calor. Não havia sobrado muita carne nos meus ossos. Essa carne era suficiente apenas para a raiva — o último dos sentimentos humanos. Não a indiferença, e sim a raiva era o último sentimento humano — o que estava mais perto dos ossos. Uma pessoa que tinha emergido do não-ser desaparecia de dia — na prospecção de carvão havia muitas seções — e desaparecia para sempre. Eu não conhecia as pessoas que dormiam ao meu lado. Nunca lhes perguntava nada, e não porque seguisse o provérbio árabe: não pergunte e não mentirão para você. Pouco me importava, se iam mentir para mim ou não; eu estava do lado de fora da verdade, do lado de fora da mentira. Sobre isso, os bandidos têm um ditado duro, expressivo, grosseiro, repleto de um

[134] Viúva do escritor Óssip Mandelstam (1891-1938). (N. da T.)

[135] Casaco de inverno pesado, tradicionalmente usado por marinheiros, com tecido duplo para proteger das rajadas de vento. (N. da T)

profundo desprezo em relação àquele que pergunta: se você não acredita, finja que é um conto de fadas. Eu não perguntava e não escutava contos de fadas.

O que me restou até o fim? Raiva. E, mantendo essa raiva, eu esperava pela morte. Mas a morte, tão próxima há tão pouco tempo, começou a se afastar aos poucos. Não era vida o que substituía a morte, e sim uma semiconsciência, uma existência para a qual não existem fórmulas e que não pode ser chamada de vida. Todo dia, todo nascer do sol trazia o perigo de um novo golpe mortal. Mas o golpe não acontecia. Eu trabalhava como operador do *boiler* — o trabalho mais leve de todos, ainda mais leve do que o de guarda, mas não conseguia cortar lenha para o titã —, o *boiler* do sistema Titan. Podiam me mandar embora, mas para onde? A taiga estava longe, nosso vilarejo, a "missão", na linguagem de Kolimá, era como uma ilha em um mundo de taiga. Eu mal arrastava as pernas, os duzentos metros que separavam a tenda do trabalho me pareciam intermináveis, e eu me sentava para descansar mais de uma vez. Até hoje me lembro de todos os barrancos, de todos os buracos, de todas as fossas naquele caminho mortal; do riacho diante do qual eu me deitava de barriga e bebia como um animal a água fria, saborosa, curativa. Da serra de duas mãos que eu arrastava ora sobre os ombros, ora pelo chão, segurando por uma mão, e que me parecia uma carga incrivelmente pesada.

Eu nunca conseguia fazer a água ferver a tempo para que o titã entrasse em ebulição antes do almoço.

Mas nenhum dos trabalhadores livres — todos antigos presos — prestava atenção se a água estava fervendo ou não. Kolimá ensinou todos nós a diferenciar a água potável apenas pela temperatura. Quente ou fria, e não fervida ou sem ferver.

Não queríamos saber do salto dialético da transição de quantidade para qualidade. Não éramos filósofos. Éramos trabalhadores, e nossa água potável quente não possuía essas qualidades importantes para o salto.

Eu tentava comer tudo o que me saltava aos olhos, sem critério: sobras, restos de comida, frutas silvestres do ano passado que ficaram no pântano. A sopa de ontem ou de anteontem do caldeirão dos "livres". Não, não sobrava sopa de ontem dos nossos livres.

Em nossa tenda havia duas espingardas, duas caçadeiras. As perdizes não tinham medo das pessoas, e no começo abatíamos os pássaros bem na soleira da tenda. A caça era assada inteira nas cinzas da fogueira ou cozida depois de cuidadosamente depenada. As plumas iam para os travesseiros, que também serviam para comércio, eram dinheiro certo — trabalho extra dos livres, senhores das espingardas e dos pássaros da taiga. As perdizes destripadas e depenadas eram cozidas em latas de conserva de três litros, penduradas sobre as fogueiras. Dessas aves misteriosas nunca achei resto nenhum. Os estômagos famintos dos livres trituravam, moíam, devoravam todos os ossos das aves sem deixar restos. Isso também era um dos milagres da taiga.

Nunca experimentei nem um pedacinho dessas perdizes. O que era meu eram as frutas silvestres, as raízes de ervas, a ração. E eu não morria. Cada vez mais indiferente, sem raiva, comecei a olhar para o frio sol vermelho, para as montanhas, os topos pelados, onde tudo — penhascos, curvas de riachos, lariços, álamos — era anguloso e hostil. À noite subia do rio uma névoa fria — e, em 24 horas na taiga, não havia uma hora em que me sentisse aquecido.

Dedos dos pés e das mãos queimados pelo frio doíam, zumbiam de dor. A pele rosada dos dedos, bem clara, permanecia rosada, fácil de ser ferida. Os dedos estavam eternamente enrolados em algum trapo sujo, protegendo a mão de uma nova ferida, da dor, mas não da infecção. Dos dedões dos pés escorria pus, e não havia fim.

Me acordavam batendo em um trilho. Com uma batida no trilho me tiravam do trabalho. Depois de comer eu imediatamente me deitava na tarimba, sem tirar a roupa, claro, e dormia. A tenda na qual eu dormia e vivia aparecia para mim como se fosse por entre a névoa — em algum lugar se moviam pessoas, surgia um alto som de palavrões, apareciam brigas, baixava instantaneamente um silêncio diante de um golpe perigoso. As brigas rapidamente se extinguiam — sozinhas, ninguém segurava nem separava, os motores da briga apenas iam se desligando e caía o silêncio frio da noite com o céu pálido e alto entre os buracos do teto de lona, com o ronco, o ressonar, os gemidos, a tosse e os xingamentos inconscientes dos que dormiam.

Uma noite, senti que estava escutando esses gemidos e roncos. A sensação foi imediata, como uma iluminação, e não me alegrou. Mais tarde, ao lembrar esse momento de surpresa, entendi que a necessidade de sono, o esquecimento, a inconsciência tornou-se menor — tinha matado meu sono, como dizia Moissei Moissêievitch Kuznetsov, nosso ferreiro,[136] o mais inteligente entre os inteligentes.

Apareceu uma dor persistente nos músculos. Que músculos eu ainda tinha na época, não sei, mas a dor existia, me irritava, não deixava me distrair do corpo. Depois, apareceu algo diferente da raiva ou do ódio, que existia junto com a raiva. Apareceu a indiferença — a coragem. Entendi que tudo dava no mesmo para mim: se iam ou não me bater, se iam ou não me dar o almoço e a ração. E ainda que na prospecção, na expedição sem escolta, não me batessem — só batiam nas lavras —, eu, lembrando da lavra, media minha coragem com a medida de lá. Essa indiferença, essa coragem, era uma

[136] Trata-se de um trocadilho com o sobrenome no original: a palavra *kuznets* significa "ferreiro" em russo. (N. da T.)

pontezinha que, de alguma forma, me afastava da morte. A consciência de que ali não me bateriam, não batiam e não iam bater fez nascer novas forças, novos sentimentos.

Depois da indiferença veio o medo — não um medo muito forte —, o medo de ver-me privado dessa vida salvadora, desse trabalho salvador como operador do *boiler*, do céu alto e frio e da dor persistente nos músculos desgastados. Entendi que estava com medo de sair dali e ir para a lavra. Tinha medo e só. Ao longo da minha vida, nunca procurei melhorar o que já estava bom. A carne nos meus ossos crescia dia após dia. Inveja — era assim que se chamava o próximo sentimento que voltou para mim. Eu invejava meus camaradas mortos — pessoas que haviam morrido em 38. Invejava também os vizinhos vivos que mastigavam algo, os vizinhos que fumavam algo. Não invejava o chefe, o mestre de obras, o chefe de brigada: isso era outro mundo.

O amor não voltou para mim. Ah, como o amor está longe da inveja, do medo, da raiva. Como as pessoas precisam pouco de amor. O amor vem quando todos os sentimentos humanos já voltaram. O amor vem por último, volta por último, e será que volta mesmo? Mas não só a indiferença, a inveja e o medo foram testemunhas de meu retorno à vida. A pena pelos animais voltou antes do que a pena pelas pessoas.

Como o mais fraco naquele mundo de poços de escavação e valas de prospecção, eu trabalhava com o topógrafo — arrastava a bandeirola e o teodolito atrás dele. Às vezes acontecia que, para ter maior rapidez na movimentação, o topógrafo ajustava a correia do teodolito às suas costas, e para mim restava apenas a bandeirola levíssima e colorida, com números. O topógrafo era um preso. Para dar mais coragem — naquele ano havia muitos fugitivos na taiga —, o topógrafo levava uma espingarda de baixo calibre, arma que conseguira com a chefia. Mas a espingarda só nos atrapalhava. E não só porque era uma coisa sobrando em nosso difícil percurso. Tínhamos sentado para descansar em uma clareira, e o topógrafo, brincando com a pequena espingarda, apontou para um pisco-chilreiro vermelho que se aproximara para afastar o perigo, encarando-o de perto. Se fosse preciso, sacrificaria a vida. A fêmea do pássaro estava chocando ovos em algum lugar por ali — só isso explicaria a ousadia insana da ave. O topógrafo levantou a arma, e eu desviei o cano para o lado.

— Tire a arma!

— O que que é isso? Ficou louco?

— Deixe o pássaro em paz e pronto.

— Vou te delatar para o chefe.

— Vá para o diabo, você e seu chefe.

Mas o topógrafo não quis brigar e não disse nada ao chefe. Eu entendi que algo importante voltara em mim.

Há mais de um ano eu não via jornais e livros, e há tempos tinha aprendido a não lamentar essa perda. Todos os meus cinquenta vizinhos na tenda, na tenda de lona rasgada, sentiam o mesmo — em nosso barracão não aparecia um só jornal, um só livro. A alta chefia — o mestre de obras, os chefes da prospecção, o capataz — descia ao nosso mundo sem livros.

Minha linguagem, minha língua grosseira da lavra era pobre, como eram pobres os sentimentos que ainda viviam perto dos ossos. Levantar, divisão por trabalho, almoço, fim do trabalho, toque de recolher, cidadão chefe, permissão para falar, pá, poço, sim senhor, broca, picareta, está frio lá fora, chuva, sopa gelada, sopa quente, pão, ração, deixe-me fumar: eu me virava com duas dezenas de palavras há mais de um ano. Metade delas eram palavrões. Na minha juventude, na minha infância, existia uma piada sobre como um russo dava um jeito de contar uma viagem ao exterior usando apenas uma palavra em diferentes combinações de entonação. A riqueza dos xingamentos russos, sua inesgotável capacidade de ofender não se revelou para mim na infância nem na juventude. A piada com palavrões parecia ali a linguagem de uma universitária. Mas eu não estava procurando por outras palavras. Eu estava feliz por não precisar procurar por outras palavras, quaisquer que fossem. Se essas outras palavras existiam ou não, eu não sabia. Não era capaz de responder a essa pergunta.

Fiquei assustado, aturdido, quando no meu cérebro, bem ali — disso eu me lembro claramente —, sob o osso da têmpora direita, nasceu uma palavra absolutamente inadequada para a taiga, uma palavra que eu mesmo não entendi, não só meus camaradas. Eu gritei essa palavra pondo-me de pé na tarimba, dirigindo-me para o céu, para o infinito.

— Sentença! Sentença!

E dei uma gargalhada.

— Sentença! — vociferei diretamente para o céu do Norte, para a aurora dupla, vociferei ainda sem entender o significado dessa palavra que tinha nascido em mim. E, se essa palavra estava voltando, estava sendo recuperada, melhor ainda — melhor ainda! Uma alegria suprema preencheu todo o meu ser.

— Sentença!

— Seu louco!

— Louco mesmo! O que foi, é estrangeiro?[137] — perguntou com sarcasmo o engenheiro de minas Vronski, aquele Vronski. O "três tabaquinhos".

— Vronski, dê-me algo para fumar.

— Não, não tenho.

— Ah, nem que seja três tabaquinhos.

— Três tabaquinhos? Aqui está.

[137] A palavra "sentença", de origem latina, não é de uso corrente no vocabulário russo. (N. da T.)

De uma bolsa para fumo cheia de *makhorka* tirava com unhas sujas três tabaquinhos.

— Estrangeiro? — a pergunta transferiu nosso destino para um mundo de provocações e delações, investigações e acréscimos da pena.

Mas não me importava a pergunta provocadora de Vronski. Meu achado era grandioso demais.

— Sentença!

— Está louco mesmo.

O sentimento da raiva é o último sentimento com o qual a pessoa sumia no não-ser, no mundo morto. Mas será que estava morto mesmo? Nem uma pedra parecia morta para mim, sem falar da grama, das árvores, do rio. O rio não era só uma personificação da vida, não era só um símbolo da vida, mas era a própria vida. Seu eterno movimento, seu ruído incessante, sua conversa, sua ação que obriga a água a correr para baixo em um curso em meio ao vento contrário, abrindo caminho entre os rochedos, cortando as estepes, os campos. O rio que mudava o leito descoberto, seco pelo sol, e um fiozinho de água quase imperceptível ia abrindo caminho em algum lugar nas pedras, obedecendo ao seu dever eterno, um riacho que perdera a esperança de uma ajuda do céu — de uma chuva salvadora. A primeira tempestade, o primeiro aguaceiro — e a água mudava as margens, quebrava os rochedos, jogava as árvores para cima e corria raivosamente para baixo por sua mesma estrada eterna.

Sentença! Eu mesmo não acreditava em mim, estava com medo de que, ao dormir, à noite, essa palavra que voltara para mim desaparecesse. Mas a palavra não desapareceu.

Sentença. Que dessem esse nome ao rio no qual ficava nosso vilarejo, nosso rio Rita. O que seria melhor do que "Sentença"? O mau gosto do dono daquela terra, um cartógrafo, introduziu no mapa mundial um rio Rita. E não havia forma de corrigir.

Sentença: havia algo de romano, de firme, de latino nessa palavra. Roma Antiga, na minha infância, era uma história de luta política, lutas entre as pessoas, e a Grécia Antiga era o reino da arte. Ainda que na Grécia Antiga houvesse políticos e assassinos, e na Roma Antiga houvesse bastante gente artística. Mas minha infância acentuou, simplificou, reduziu e dividiu esses dois mundos muito diferentes. Sentença era uma palavra romana. Fiquei uma semana sem entender o que significava a palavra "sentença". Eu sussurrava essa palavra, gritava, assustava e divertia os vizinhos com essa palavra. Eu exigia do mundo, do céu, uma solução, uma explicação, uma tradução. Depois de uma semana entendi — e estremeci de medo e alegria. Medo porque me assustei com o retorno a esse mundo ao qual, para mim, não havia volta. Alegria porque vi que a vida estava voltando para mim contra a minha própria vontade.

Passaram-se muitos dias antes que eu aprendesse a despertar das profundezas do cérebro mais e mais palavras novas, uma atrás da outra. Cada uma vinha com dificuldade, cada uma surgia de súbito e separadamente. As ideias e as palavras não voltavam em um fluxo. Elas iam voltando uma por uma, sem a escolta de outras palavras conhecidas — surgiam primeiro na língua e depois no cérebro.

Depois, chegou o dia em que todos, todos os cinquenta trabalhadores largaram o trabalho e fugiram para o vilarejo, para o rio, escapando de seus poços, valas, largando árvores por serrar e sopa por cozinhar no caldeirão. Todos corriam mais rápido do que eu, mas mesmo eu cheguei a tempo, mancando, ajudando-me com as mãos nessa corrida montanha abaixo.

Um chefe havia chegado de Magadan. O dia estava claro, quente, seco. No enorme toco de lariço que ficava perto da entrada da tenda havia uma vitrola. A vitrola tocava, superando o chiado da agulha, tocava uma música sinfônica.

E estavam todos à sua volta: assassinos e ladrões de cavalo, bandidos e *fráieres*, capatazes e trabalhadores. O chefe estava ao lado. Tinha uma expressão em seu rosto que era como se ele mesmo tivesse escrito aquela música para nós, para nossa expedição perdida na taiga. O disco de laca girava e chiava, o próprio toco girava, como se tivessem dado corda em seus trezentos anéis, como uma mola dura, torcida por trezentos longos anos...

(1965)

MAPA DA UNIÃO SOVIÉTICA

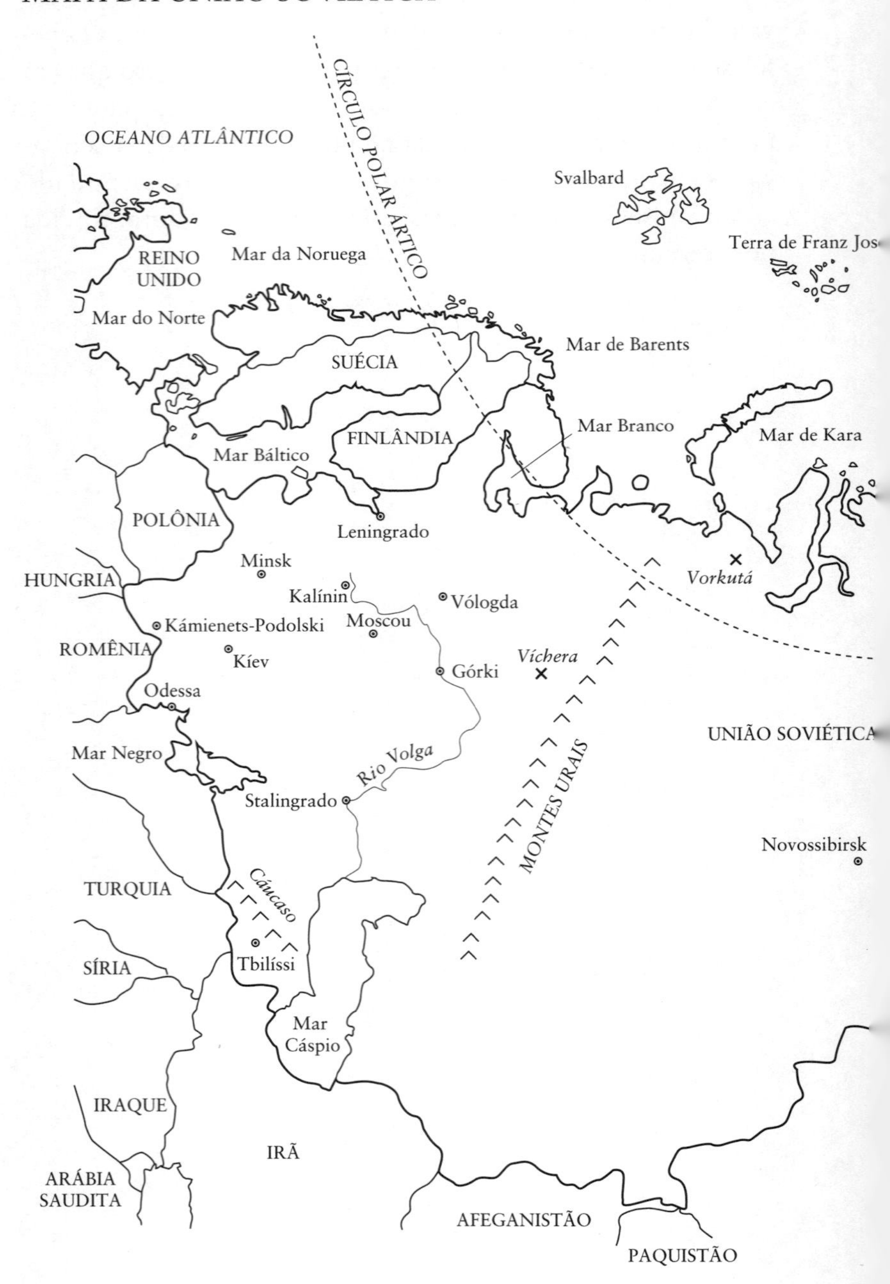

OCEANO ÁRTICO
ALASCA
Mar de Chukchi
Mar de Bering
Mar da Sibéria
Tchukotka
Ilhas
Nova Sibéria
Siévernaia
Zemliá
Mar de Laptev
Rio Kolimá
OCEANO
PACÍFICO
Iacútia
Magadan
Rio Lena
Iakutsk
Mar de Okhotsk
Ilha de
Sacalina
Lago
Baikal
Bamlag
Buriátia
Irkutsk
Harbin
Mar do
Japão
JAPÃO
Vladivostok
Ulan Bator
MONGÓLIA
CHINA
0 250 500 750 km

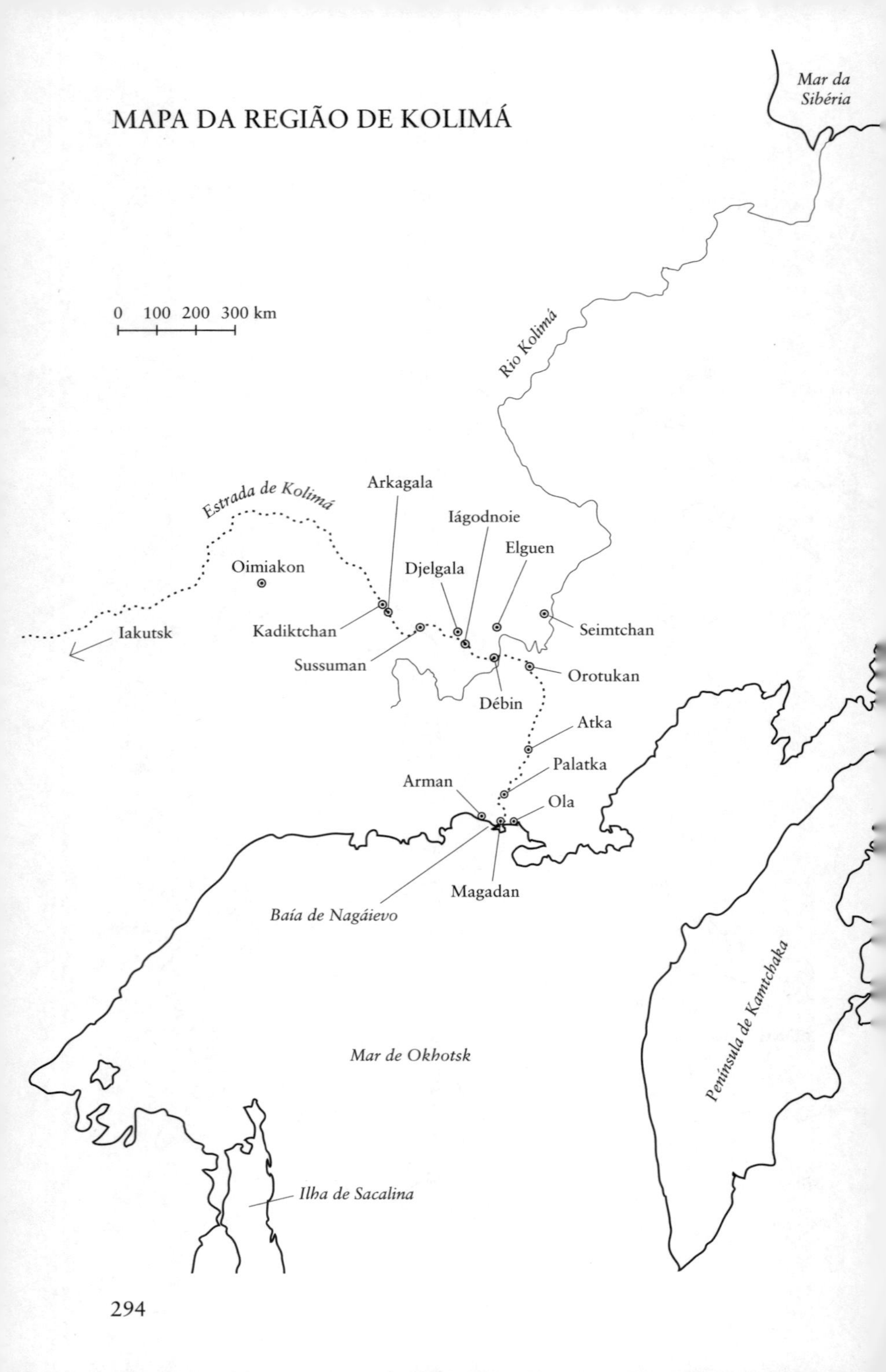
MAPA DA REGIÃO DE KOLIMÁ
Mar da Sibéria
0 100 200 300 km
Rio Kolimá
Estrada de Kolimá
Arkagala
Iágodnoie
Elguen
Djelgala
Oimiakon
Kadiktchan
Seimtchan
Iakutsk
Sussuman
Orotukan
Débin
Atka
Palatka
Arman
Ola
Magadan
Baía de Nagáievo
Mar de Okhotsk
Península de Kamtchaka
Ilha de Sacalina

GLOSSÁRIO

artigo 58 — Artigo do código penal soviético de 1922, relativo a crimes políticos por atividade contrarrevolucionária.

blatar — Bandido ou criminoso profissional que segue o "código de conduta" da bandidagem.

Dalstroi — Acrônimo de *Glávnoie Upravliénie Stroítelstva Dálnego Siévera*, Administração Central de Obras do Extremo Norte, empresa estatal submetida ao NKVD e responsável pela construção de estradas e exploração mineral na região de Kolimá.

dokhodiaga — Categoria de prisioneiros completamente sem forças, esgotados, acabados.

fráier — Termo do jargão criminal. Indica o criminoso ocasional, que não faz parte da bandidagem; sinônimo de ingênuo, vítima dos bandidos de verdade.

komsomolka — Integrante feminina do Komsomol, a Juventude Comunista da URSS.

kissel — Caldo doce de frutas engrossado com farinha

lend-lease — Programa dos Estados Unidos de ajuda aos países aliados na Segunda Guerra Mundial, com o fornecimento de máquinas, equipamentos, roupas e alimentos.

líternik, *litiorka* — Preso cuja condenação era baseada numa letra ou sigla dentro de um artigo do Código Penal Soviético; geralmente relacionava-se com "atividades contrarrevolucionárias".

makhorka — Tabaco muito forte e de baixa qualidade.

NKVD — Sigla do *Naródni Komissariat Vnútrennikh Diel*, Comissariado do Povo para Assuntos Internos, órgão associado ao serviço secreto e grande responsável pela repressão política.

obkom — Abreviação de *Oblástnoi Komitet*, Comitê Regional.

permafrost — Camada do solo permanentemente congelada.

portianka — Pano para enrolar os pés e protegê-los do frio.

sovkhoz — Unidade agrícola gerida pelo Estado, voltada para a produção de alimentos em larga escala.

telogreika — Literalmente, “esquentador de corpo”. Agasalho acolchoado, confeccionado para proteger contra o clima.

treliovka — Trabalho pesado de recolher troncos cortados de árvores nos campos.

zek — Sigla para *zakliutchónni*, “preso” em russo.

zavkhoz — Administrador encarregado de uma casa.

Varlam Chalámov (1907-1982) (o mais alto na fileira de trás),
quando trabalhava no Hospital Central de Débin,
na margem esquerda do rio Kolimá, no final dos anos 1940.

SOBRE O AUTOR

Varlam Tíkhonovitch Chalámov nasceu no dia 18 de junho de 1907, em Vólogda, Rússia, cidade cuja fundação remonta ao século XII. Filho de um padre ortodoxo que, durante mais de uma década, atuara como missionário nas ilhas Aleutas, no Pacífico Norte, Chalámov conclui os estudos secundários em 1924 e deixa a cidade natal, mudando-se para Kúntsevo, nas vizinhanças de Moscou, onde arranja trabalho num curtume. Em 1926 é admitido no curso de Direito da Universidade de Moscou e, no ano seguinte, no aniversário de dez anos da Revolução, alinha-se aos grupos que proclamam "Abaixo Stálin!". Ao mesmo tempo escreve poemas e frequenta por um breve período o círculo literário de Óssip Brik, marido de Lili Brik, já então a grande paixão de Maiakóvski. Em fevereiro de 1929, é detido numa gráfica clandestina imprimindo o texto conhecido como "O Testamento de Lênin", e condenado a três anos de trabalhos correcionais, que cumpre na região de Víchera, nos montes Urais. Libertado, retorna a Moscou no início de 1932 e passa a trabalhar como jornalista para publicações de sindicatos. Em 1934, casa-se com Galina Ignátievna Gudz, que conhecera no campo de trabalho nos Urais, e sua filha Elena nasce no ano seguinte. Em 1936, tem sua primeira obra publicada: o conto "As três mortes do doutor Austino", no número 1 da revista *Outubro*. Em janeiro de 1937, entretanto, é novamente detido e condenado a cinco anos por "atividades trotskistas contrarrevolucionárias", com a recomendação expressa de ser submetido a "trabalhos físicos pesados".

Inicia-se então para Chalámov um largo período de privações e sofrimentos, com passagens por sucessivos campos de trabalho, sob as mais terríveis condições. Após meses detido na cadeia Butírskaia, em Moscou, é enviado para a região de Kolimá, no extremo oriental da Sibéria, onde inicialmente trabalha na mina de ouro Partizan. Em 1940, é transferido para as minas de carvão Kadiktchan e Arkagala. Dois anos depois, como medida punitiva, é enviado para a lavra Djelgala. Em 1943, acusado de agitação antissoviética por ter dito que o escritor Ivan Búnin era "um clássico da literatura russa", é condenado a mais dez anos de prisão. Esquelético, debilitado ao extremo, passa o outono em recuperação no hospital de Biélitchie. Em dezembro, é enviado para a lavra Spokóini, onde fica até meados de 1945, quando volta ao hospital de Biélitchie; como modo de prolongar sua permanência, passa a atuar como "organizador cultural". No outono, é designado para uma frente de trabalho na taiga, incumbida do corte de árvores e processamento de madeira — ensaia uma fuga, é capturado, mas, como ainda está sob efeito da segunda condenação, não tem a pena acrescida; no entanto, é enviado para trabalhos gerais na mina punitiva de Djelgala, onde passa o inverno. Em 1946, após trabalhar na "zona pequena", o campo provisório, é convidado, graças à intervenção do médico A. I. Pantiukhov, a fazer um curso de enfermagem para detentos no Hospital Central. De 1947 a 1949, trabalha na ala de cirurgia desse hospital. Da primavera de 1949 ao verão de 1950, trabalha como enfermeiro num acampamento de corte de árvores em Duskania. Escreve os poemas de *Cadernos de Kolimá*.

Em 13 de outubro de 1951 chega ao fim sua pena, e Chalámov é liberado do campo. Continua a trabalhar como enfermeiro por quase dois anos para juntar dinheiro; consegue voltar a Moscou em 12 de novembro de 1953, e no dia seguinte encontra-se com Boris Pasternak, que lera seus poemas e o ajuda a reinserir-se no meio literário. Encontra trabalho na região de Kalínin, e lá se estabelece. No ano seguinte, divorcia-se de sua primeira mulher, e começa a escrever os *Contos de Kolimá*, ciclo que vai absorvê-lo até 1973. Em 1956, definitivamente reabilitado pelo regime, transfere-se para Moscou, casa-se uma segunda vez, com Olga Serguêievna Nekliúdova, de quem se divorciará dez anos depois, e passa a colaborar com a revista *Moskvá*. O número 5 de *Známia* publica poemas seus, e Chalámov começa a ser reconhecido como poeta — ao todo publicará cinco coletâneas de poesia durante a vida. Gravemente doente, começa a receber pensão por invalidez.

Em 1966, conhece a pesquisadora Irina P. Sirotínskaia, que trabalhava no Arquivo Central de Literatura e Arte do Estado, e o acompanhará de perto nos últimos anos de sua vida. Alguns contos do "ciclo de Kolimá" começam a ser publicados de forma avulsa no exterior. Para proteger o escritor de possíveis represálias, eles saem com a rubrica "publicado sem o consentimento do autor". Em 1967, sai na Alemanha (Munique, Middelhauve Verlag) uma coletânea intitulada *Artikel 58: Aufzeichnungen des Häftlings Schalanow* (*Artigo 58: apontamentos do prisioneiro Schalanow*), em que o nome do autor é grafado incorretamente. Em 1978, a primeira edição integral de *Contos de Kolimá*, em língua russa, é publicada em Londres. Uma edição em língua francesa é publicada em Paris entre 1980 e 1982, o que lhe vale o Prêmio da Liberdade da seção francesa do Pen Club. Nesse meio tempo, suas condições de saúde pioram e o escritor é transferido para um abrigo de idosos e inválidos. Em 1980, sai em Nova York uma primeira coletânea dos *Contos de Kolimá* em inglês. Seu estado geral se deteriora e, seguindo o parecer de uma junta médica, Varlam Chalámov é transferido para uma instituição de doentes mentais crônicos, a 14 de janeiro de 1982 — vem a falecer três dias depois.

Na Rússia, a edição integral dos *Contos de Kolimá* só seria publicada após sua morte, já durante o período da *perestroika* e da *glásnost*, em 1989. Naquele momento, houve uma verdadeira avalanche de escritores "redescobertos", muitos dos quais, no entanto, foram perdendo o brilho e o prestígio junto ao público conforme os dias soviéticos ficavam para trás. Mas a obra de Varlam Chalámov não teve o mesmo destino: a força de sua prosa não permitiu que seu nome fosse esquecido, e hoje os *Contos de Kolimá* são leitura escolar obrigatória na Rússia. Também no exterior a popularidade de Chalámov só vem crescendo com o tempo, e seus livros têm recebido traduções em diversas línguas europeias, garantindo-lhe um lugar de honra entre os grandes escritores do século XX. Prova disso são as edições completas dos *Contos de Kolimá* publicadas em anos recentes, primeiro na Itália (Milão, Einaudi, 1999), depois na França (Paris, Verdier, 2003) e Espanha (Barcelona, Minúscula, 2007-13), e agora no Brasil.

SOBRE A TRADUTORA

Cecília Rosas é mestre e doutora em Literatura e Cultura Russa pela Faculdade de Filosofia, Letras e Ciências Humanas da Universidade de São Paulo, com dissertação de mestrado sobre Aleksandr Púchkin e tese de doutorado sobre a correspondência entre Marina Tsvetáieva e Boris Pasternak. Traduziu o conto "Di Grasso", de Isaac Bábel, para a revista *Fevereiro* (2011), e os volumes *Noites egípcias e outros contos* (Hedra, 2010) e *O conto maravilhoso do tsar Saltan* (Cosac Naify, 2013), de Púchkin, além de traduzir e organizar o volume *O ladrão honesto e outros contos*, de Dostoiévski (Hedra, 2013). Participou também como tradutora da *Nova antologia do conto russo (1792-1998)* e da *Antologia do pensamento crítico russo (1802-1901)*, ambas organizadas por Bruno Gomide para a Editora 34 (respectivamente em 2011 e 2013). Mais recentemente publicou suas traduções de *A margem esquerda*, de Varlam Chalámov, volume 2 dos *Contos de Kolimá* (Editora 34, 2016); *A guerra não tem rosto de mulher* (Companhia das Letras, 2016) e *As últimas testemunhas* (Companhia das Letras, 2018), de Svetlana Aleksiévitch; *Viagem sentimental*, de Viktor Chklóvski (Editora 34, 2018); e *Era uma vez uma mulher que tentou matar o bebê da vizinha*, de Liudmila Petruchévskaia (Companhia das Letras, 2018).

Este livro foi composto em Sabon,
pela Bracher & Malta, com CTP da
New Print e impressão da Graphium
em papel Pólen Soft 80 g/m² da Cia.
Suzano de Papel e Celulose para a
Editora 34, em outubro de 2019.